D0752631

10 18
12, avenue d'Italie — Paris XIII⁰

Sur l'auteur

Né à Washington D.C. en 1944, Armistead Maupin passe ses premières années en Caroline du Nord. Après avoir servi dans la marine au Viêt-nam, il s'installe à San Francisco en 1971. C'est en 1976, dans les colonnes du quotidien *The San Francisco Chronicle* – renouant ainsi avec une vieille tradition littéraire du XIXe siècle –, qu'il commence à publier ses *Chroniques de San Francisco* : elles connaissent un succès immédiat. Puis, avec leur publication sous la forme d'une série de six romans, traduits dans toutes les langues et adaptés à la télévision, un événement local s'est transformé en véritable phénomène international. Armistead Maupin a depuis écrit deux autres romans, *Maybe the moon,* et *Une voix dans la nuit.* Il vit et travaille toujours à San Francisco.

Pour plus d'informations, vous pouvez visiter le site Internet « 28 Barbary Lane Online » : www.talesofthecity.com

CHRONIQUES
DE SAN FRANCISCO

PAR

ARMISTEAD MAUPIN

Traduit de l'américain
par Olivier Weber
et Tristan Duverne

« *Domaine étranger* »
dirigé par Jean-Claude Zylberstein

LES ÉDITIONS PASSAGE DU MARAIS

Titre original :
Tales of the City

© The Chronicle Publishing Company, 1978.
© Passage du Marais, 1994,
pour la traduction française.
ISBN 2-264-02995-1

Note de l'éditeur

Ce roman contient, naturellement, une multiplicité de références — pour la plupart intraduisibles — propres à la culture américaine et à l'époque des années 70. Nous en avons volontairement gardé beaucoup — en anglais — dans l'espoir qu'une telle démarche contribue au dépaysement du lecteur, à son immersion dans l'univers de San Francisco. Notre souci constant a néanmoins été de bien veiller à ce qu'elles ne constituent en aucun cas un obstacle au plaisir de la lecture.

Chroniques de San Francisco

Pour ma mère, mon père
et ma famille à *Duck House*

« C'est étrange, mais on raconte que toute personne qui disparaît est aperçue à San Francisco. »

Oscar WILDE

Le grand plongeon

Mary Ann Singleton avait vingt-cinq ans quand elle vit San Francisco pour la première fois.

Elle s'était rendue dans la ville, seule, pour huit jours de vacances. Le cinquième soir, elle but trois irish coffees au *Buena Vista,* constata que sa bague de stress était bleue, et décida d'appeler sa mère à Cleveland.

— Allô, maman ? C'est moi.

— Oh, ma chérie ! Nous parlions justement de toi, ton père et moi. Ils montraient un reportage à la télé sur ce détraqué étrangleur de secrétaires, et je n'ai pas pu m'empêcher de penser à...

— Maman...

— Je sais : ta vieille mère qui se fait toujours du souci pour rien. Mais on n'est jamais trop prudent avec ces choses-là. Regarde cette pauvre Patty Hearst, enfermée dans un placard avec tous ces affreux...

— Maman... J'appelle de loin.

— Ah... oui. Tu dois sûrement bien t'amuser.

— Oh, tu ne peux pas t'imaginer ! Les gens ici sont si gentils que j'ai l'impression d'être...

— Tu as déjà été au *Top of the Mark* comme je te l'avais conseillé ?

— Pas encore.

— Bon, ne rate surtout pas ça ! Tu sais, ton père m'a emmenée là-bas quand il est revenu du Pacifique Sud. Je me rappelle qu'il avait glissé cinq dollars au chef d'orchestre, pour que nous puissions danser sur *Moonlight Serenade*, et j'ai renversé du tom collins sur son bel uniforme blanc de la Navy...

— Maman, je voudrais que tu me rendes un service.

— Bien sûr, trésor. Ah... Avant que j'oublie, j'ai croisé M. Lassiter hier au centre commercial de Ridgemont, et il m'a avoué que rien n'allait plus au bureau sans toi. Les bonnes secrétaires ne sont pas légion aux Fertilisants Lassiter.

— Maman, c'est justement pour ça que j'appelais.

— Oui, trésor ?

— Je voudrais que tu appelles M. Lassiter, et que tu lui dises que je ne serai pas au bureau lundi matin.

— Oh... Mary Ann, je ne suis pas sûre que ce soit raisonnable de demander une prolongation de tes vacances.

— Ce n'est pas une prolongation, maman.

— Bien, mais alors pourquoi...

— Je ne rentre pas à la maison.

Silence. A l'autre bout de la pièce, une voix à la télé vantait au père de Mary Ann les mérites d'un produit contre les hémorroïdes. Finalement, sa mère brisa le silence :

— Ne sois pas stupide, trésor.

— Maman... Je ne suis pas stupide. *J'aime* cet endroit. Je m'y sens déjà comme chez moi.

— Mary Ann, s'il y a un garçon là-dessous...

— Il n'y a pas de garçon... J'y pensais depuis longtemps.

— Ne sois pas ridicule. Ça fait cinq jours que tu es là-bas !

— Maman, je sais ce que tu ressens, mais ça n'a rien à voir avec toi ou papa. Je voudrais juste commencer à vivre ma propre vie... Avoir mon propre appartement et tout.

— Oh, ça ! Mais bien sûr que tu peux, trésor ! D'ailleurs, ton père et moi, on se disait que les nouveaux appartements du côté de Ridgemont seraient parfaits pour toi. Ils acceptent une foule de jeunes gens, et il y a une piscine et un sauna, et je pourrais te confectionner les mêmes adorables petits rideaux que j'ai offerts à Sonny et Vicki quand ils se sont mariés. Tu aurais toute l'intimité que tu...

— Tu ne m'écoutes pas, maman. J'essaie de te dire que je suis adulte.

— Bon, alors comporte-toi en adulte ! Tu ne peux pas... fuir comme ça ta famille et tes amis pour aller vivre avec un tas d'hippies et d'assassins !

— Tu regardes trop la télé.

— OK... Et l'Horoscope, alors ?

— Quoi ?

— L'Horoscope : ce détraqué. Le tueur.

— Maman... Il s'appelle le Zodiaque.

— C'est du pareil au même. Et puis... les tremblements de terre. J'ai vu ce film, Mary Ann, et j'ai failli en mourir quand Ava Gardner...

— Est-ce que tu veux bien appeler M. Lassiter pour moi ?

Sa mère commença à sangloter.

— Tu ne reviendras pas. Je le sais.

— Maman... je t'en prie... je reviendrai. Promis.

— Mais tu ne seras pas... la même.

— Non ! J'espère pas.

Quand ce fut terminé, Mary Ann quitta le bar et traversa Aquatic Park jusqu'à la baie. Elle resta immobile pendant plusieurs minutes, dans un vent frais, à contempler le phare d'Alcatraz. Elle se jura de ne pas penser à sa mère pendant quelque temps.

De retour au *Holiday Inn* de Fisherman's Wharf, elle chercha le numéro de Connie dans l'annuaire.

Connie travaillait comme hôtesse pour la compagnie aérienne United. Mary Ann ne l'avait plus revue depuis le lycée : 1968.

— Superchouette ! s'écria Connie. T'es ici pour combien de temps ?

— Pour de bon.

— Génial ! T'as déjà trouvé un appartement ?

— Non... Je... C'est-à-dire que je me demandais si je pourrais abuser de ton hospitalité, jusqu'à ce que...

— Bien sûr. Aucun problème.

— Connie... tu es célibataire ?

L'hôtesse s'esclaffa.

— Jusqu'au bout des ongles.

Chez Connie

Mary Ann traîna son sac de voyage jusqu'à l'appartement de Connie, poussa un faible gémissement, et s'effondra dans un fauteuil en fausse peau de zèbre.

— Eh bien... salut, Sodome et Gomorrhe !

Connie rigola :

— Ta mère a flippé, c'est ça ?

— Oh, là, là !

— Pauvre chérie ! Je connais le truc. Quand j'ai dit à *ma* mère que je partais m'installer à San Francisco, elle a piqué une véritable crise ! Mille fois pire que l'été où j'avais essayé de faire partie d'Up With People !

— Mince... J'avais presque oublié.

Le regard de Connie se voila de nostalgie.

— Ouais... Hé, t'as une petite soif, ma chérie ?

— Euh, oui.

— Reste assise. Je reviens tout de suite.

Trente secondes plus tard, Connie émergea de la cuisine avec deux verres de la compagnie aérienne et une bouteille de liqueur à la banane. Elle remplit le verre de Mary Ann.

Mary Ann sirota avec appréhension.

— Eh bien... regarde-moi ça. T'es pratiquement une indigène maintenant, dis donc ! C'est assez... dingue.

« Assez dingue », c'était ce qu'elle trouvait de mieux à dire. L'appartement était un véritable bazar : une lampe Tiffany en plastique, une moquette à poils longs, des Snoopys brodés, un poster avec des chatons proclamant « Tiens bon, bébé », un ensemble de plats à salade ornés de singes, des accroche-plantes en macramé, et — non, tout mais pas ça, pensa Mary Ann — un « Caillou Domestique ».

— J'ai eu de la chance, lança Connie, radieuse. Être hôtesse, ça permet de dénicher toutes sortes d'objets d'art au fil des voyages.

— Mmm...

Mary Ann se demanda si Connie considérait ce tableau en soie noire qui représentait un toréador comme un objet d'art.

L'hôtesse continuait à sourire.

— Ça va, la liqueur ?

— Quoi ? Oh... oui. Ça fait du bien.

— J'adore ce truc.

Pour le prouver, elle en avala une autre gorgée, puis leva les yeux comme si elle venait de déceler la présence de Mary Ann dans la pièce.

— Hé, ma chérie ! Ça fait un bail, nous deux !

— Oui. Trop longtemps. Huit ans.

— Huit ans... huit ans ! T'as l'air en forme, n'empêche. T'as l'air vraiment... Hé, t'as envie de voir quelque chose d'absolument immonde ?

Sans attendre une réponse, elle bondit en direction de la bibliothèque en plastique orange construite à partir de six caisses de lait. Mary Ann parvenait à distinguer les exemplaires de *Jonathan Livingstone le Goéland, Comment être votre propre meilleur ami, La Femme sensuelle, Les Joies du sexe 2,* et *Écoutez les chaleureux.*

Connie prit un grand livre relié en vinyle bordeaux et le tendit à Mary Ann.

— Ta ta ta tan !

— Oh, c'est pas vrai ! Le *Boucanier* ?

Connie acquiesça triomphalement et tira une chaise vers elle. Elle ouvrit le livre de classe.

— Tu vas t'évanouir en voyant tes cheveux !

Mary Ann trouva sa photo de terminale. Ses cheveux étaient très blonds et soigneusement lissés. Elle portait les inévitables sweat-shirt et collier de perles. Malgré le maquillage spécial, elle se rappelait toujours l'endroit exact où le bouton d'acné avait surgi le jour de la photo. La légende disait :

MARY ANN SINGLETON
« Méfiez-vous des eaux dormantes. »
Pep Club 2,3,4 ;
Futures Femmes au foyer d'Amérique 3,4 ;
Ligue nationale d'éloquence 4 ;
Plume et Palette, 3,4

Mary Ann secoua la tête.

— Qu'elle repose en paix, fit-elle en grimaçant.

Connie, clémente, ne lui proposa pas d'examiner sa propre biographie. Mary Ann ne s'en souvenait que trop bien : majorette en chef, trésorière de la classe pendant trois ans, présidente des Y-Teens. Les eaux de Connie n'avaient pas été dormantes. Elle avait été populaire.

Mary Ann s'efforça de revenir au présent :

20

— Et qu'est-ce que tu fais de ton temps libre ?

Connie leva les yeux au ciel.

— Tout ce que tu peux imaginer.

— Je préfère pas.

— Ben... par exemple.

Connie se pencha sur sa table de salon et dénicha un exemplaire du magazine *Oui*.

— Tu lis ce genre de truc ? s'enquit Mary Ann.

— Non. Un mec l'a oublié.

— Ah.

— Jette un coup d'œil à la page 70.

Mary Ann tomba sur un article intitulé : « Bains mixtes — Bienvenue à l'orgie la plus propre au monde. » En illustration : un enchevêtrement de jambes, de seins et de fesses.

— Charmant.

— Ça se trouve à Valencia Street. Tu paies ta place et tu tentes ta chance.

— Et tu y as été ?

— Non. Mais ce n'est pas à exclure.

— Je regrette, mais il ne faudra pas compter sur moi, si tu as l'intention...

Connie éclata d'un rire guttural.

— Détends-toi, ma chérie. Laisse passer le temps. Cette ville décoince les gens.

— Je ne serai jamais à ce point décoincée... ou désespérée.

Connie haussa les épaules, l'air vaguement vexée. Elle but une autre gorgée de sa liqueur de banane.

— Connie, je ne voulais pas...

— Ça va, ma chérie. Je sais ce que tu voulais dire. Hé, je crève de faim. Si on allait se chercher un hamburger ?

Après le dîner, Mary Ann s'assoupit pendant une heure.

Elle rêva qu'elle se trouvait dans une salle carrelée remplie de vapeur. Elle était nue. Son père et sa mère s'y trouvaient aussi, en train de regarder un jeu à la télé, à travers la vapeur. Connie arriva avec M. Lassiter, furieux envers Mary Ann. Il se mit à hurler. Le père et la mère encourageaient le premier candidat du jeu télé.

— Prends la boîte, criaient-ils. Prends la boîte !

Mary Ann se réveilla. Elle chancela jusqu'à la salle de bains et se rafraîchit le visage.

Quand elle ouvrit l'armoire au-dessus du lavabo, elle découvrit un assortiment d'after-shaves : *Brut, Old Spice, Jade East.*

Connie, apparemment, était toujours populaire.

Une boîte à Frisco

La discothèque s'appelait *Dance Your Ass Off.* Mary Ann trouvait cela répugnant, mais ne le dit pas à Connie. Connie était trop occupée à faire semblant de jouer à Marisa Berenson.

— Le truc, c'est d'avoir l'air morte d'ennui.

— Ça ne devrait pas être trop dur.

— Si t'as envie d'être baisée, Mary Ann, t'as intérêt à...

— Je n'ai jamais dit ça.

— Personne ne le *dit* jamais, bon sang ! Écoute, ma chérie, si tu n'es pas capable d'assumer ta sexualité, tu vas te faire piétiner pour de bon dans cette ville.

— Ça me plaît, ce que tu dis là. Tu devrais en faire une chanson country.

Connie soupira d'exaspération.

— Allez. Et essaie de ne pas prendre le même air

que Tricia Nixon en train de passer les troupes en revue.

Elle entra dans le bâtiment la première, et se réserva un sofa abîmé près du mur.

La pièce était supposée avoir l'air branché : murs en brique rouge, pubs de bières virevoltantes, souvenirs kitsch. Des femmes rincées au henné et des hommes en polo de rugby s'agglutinaient de façon décorative le long du bar, comme s'ils posaient pour une pub Seagram.

Pendant que Connie achetait les boissons, Mary Ann s'installa tant bien que mal dans le sofa et s'efforça d'arrêter de tout comparer avec Cleveland.

A quelques mètres de là, une fille en bottes de cow-boy, pantalon de training et veste Eisenhower roux écureuil fixait le pantalon en polyester de Mary Ann d'un air hautain. Mary Ann lui tourna la tête, pour se retrouver face à une autre femme, cheveux ras, vernis à ongles noir, l'air blasé dans un décolleté en macramé.

— Il y a un mec au bar qui ressemble exactement à Robert Redford.

Connie était de retour avec les boissons : un tequila sunrise pour elle, un vin blanc pour Mary Ann.

— Verrues comprises ? demanda Mary Ann en prenant son verre.

— Quoi ?

— Ce mec. Est-ce qu'il a des verrues ? Parce que Robert Redford, lui, il en a.

— C'est dégoûtant. Bon... J'ai envie de me remuer le cul. On va sur la piste ?

— Non. Je crois que je vais juste... m'imprégner un peu de l'ambiance. Vas-y.

— T'es sûre ?

— Oui. Merci. Je tiendrai le coup.

Quelques secondes après que Connie eut disparu sur la piste dans l'autre salle, un homme aux cheveux longs, vêtu d'une chemise de paysan grec, s'assit sur le sofa à côté de Mary Ann.

— Je peux ?

— Euh... oui.

— Danser, c'est pas vot' truc, hein ?

— Pas pour l'instant.

— Vous êtes branchée trips mentaux, alors ?

— Je ne vois pas très bien ce que...

— C'est quoi, vot' signe ?

Elle eut envie de dire : « Ne pas déranger. » Elle répondit :

— A votre avis ?

— Ah... Des devinettes. OK. Je dirais que vous êtes Taureau.

Elle fut étonnée.

— D'accord... Comment vous avez fait ?

— Facile. Les Taureaux sont hypertêtus. Ils refusent toujours de vous révéler leur signe.

Il se pencha sur elle, suffisamment près pour que Mary Ann puisse sentir son huile au musc. Il la regarda droit dans les yeux.

— Mais sous cet implacable masque de Taureau bat un cœur de romantique invétérée.

Mary Ann recula légèrement.

— Alors ? fit l'homme.

— Alors quoi ?

— Vous êtes romantique, non ? Vous aimez les tons ocre et les nuits de brouillard et les films de Lina Wertmuller et l'odeur des bougies à la citronnelle pendant que vous faites l'amour.

Il prit sa main. Elle sursauta.

— Ça va, dit-il calmement. Je ne vous ai encore rien proposé. Je veux juste regarder votre ligne de cœur.

Doucement, il glissa son index le long de la paume de Mary Ann.

— Regardez votre point d'insertion, reprit-il. Juste ici, entre Jupiter et Saturne.

— Ça veut dire quoi?

Mary Ann regarda ce doigt qui reposait entre son propre index et son majeur.

— Ça veut dire que vous êtes quelqu'un de très sensuel.

Il se mit à faire glisser son doigt d'avant en arrière.

— C'est exact, non? Vous êtes quelqu'un de très sensuel.

— Eh bien, je...

— On vous a déjà dit que vous ressembliez exactement à Jennifer O'Neill?

Mary Ann se leva brusquement.

— Non, mais si vous chantonnez quelques notes...

— Hé, oh! Ça va, ça va. Je vous laisse de l'espace...

— Bien. Je prendrai l'autre salle. Bonne chasse.

Elle s'approcha de la piste de danse à la recherche de Connie. Elle la trouva dans l'œil du cyclone, en train de s'éclater avec un homme noir, habillé d'une culotte en Lurex et chaussé de hauts talons à paillettes.

— Ça boume? lança l'hôtesse, s'extrayant de la masse tout en continuant à danser.

— Je suis crevée. Tu pourrais me donner les clés de l'appartement?

— Tout va bien?

— Oui, oui. Je suis juste fatiguée.

— Une touche?

— Non, juste un... Est-ce que je peux avoir les clés?

— Voilà un double. Fais de beaux rêves.

Au moment de monter dans le bus 41, Mary Ann comprit soudainement pourquoi Connie gardait un double des clés dans son sac.

Mary Ann regarda la télé avant de s'endormir.

Il était quatorze heures du matin passées quand Connie rentra. Elle n'était pas seule.

Mary Ann se retourna sur le sofa et enfonça sa tête sous les couvertures pour faire semblant de dormir. Connie et son invité se déplacèrent bruyamment sur la pointe des pieds jusqu'à la chambre à coucher.

La voix de l'homme était déformée par les effets du whisky, mais elle la reconnut immédiatement.

Il demandait des bougies à la citronnelle.

Son nouvel appart

Mary Ann se faufila hors de l'appartement juste avant l'aube. L'idée de passer un petit déjeuner à trois lui était insupportable.

Elle arpenta les rues de la Marina à la recherche de pancartes « À LOUER », puis elle mangea un petit déjeuner mammouth à l'*International House of Pancakes*.

A neuf heures, elle fut la première cliente de la journée dans une agence immobilière sur Lombard Street.

Elle voulait un balcon, une belle vue, une cheminée, et le tout pour moins de 175 dollars.

— Eh bien, lui décocha la dame de l'agence. Vous êtes bien difficile, pour une fille sans travail.

Elle proposa à Mary Ann : « Un joli studio à Lower Pacific Heights avec moquette partout et vue partielle sur l'auditorium Fillmore. » Mary Ann refusa.

En définitive, il lui resta à choisir entre trois logements possibles.

Le premier était gardé par une concierge coincée qui demanda à Mary Ann si elle « prenait de la marijuana ».

26

Le deuxième était une forteresse en stuc rose sur Upper Market, avec des paillettes dorées au plafond.

Le dernier se situait sur Russian Hill. Mary Ann arriva à seize heures trente.

La maison se trouvait dans Barbary Lane, un étroit passage piétonnier avec des marches en bois. Les trois étages composaient une structure en planches marron, usées par les intempéries. Cela fit penser Mary Ann à un vieil ours qui aurait eu des feuilles accrochées dans son pelage. Elle fut immédiatement séduite.

La logeuse frisait la cinquantaine. Elle portait un kimono prune.

— Je m'appelle Mme Madrigal, fit-elle joyeusement. Comme dans « médiéval ».

Mary Ann sourit.

— Vous ne pouvez sûrement pas vous sentir aussi vieille que moi. Je fais la chasse à l'appartement depuis ce matin.

— Eh bien, prends ton temps. Il y a une vue partielle sur la mer, si tu comptes ce petit morceau de baie qu'on devine derrière les arbres. C'est équipé, bien sûr. Petite maison, mais les gens sont sympas. Tu es arrivée cette semaine ?

— Ça se voit tant que ça, alors ?

La logeuse acquiesça.

— C'est le look qui te trahit. Ne perds pas de temps, mords le lotus à pleines dents.

— Pardon ? Je ne vois pas bien...

— Tennyson. Tu sais ? « Manger le lotus jour après jour. / Regarder les ondulations sur la plage, / Et les tendres courbes de l'écume crémeuse, / Soumettre nos cœurs et nos esprits tout entiers à l'influence de... » et cetera. Bref, tu me comprends.

— Euh... est-ce que les meubles sont compris ?

— Ne change pas de sujet quand je cite Tennyson.

Mary Ann resta perturbée jusqu'à ce qu'elle remarque que la logeuse souriait.

— Tu t'habitueras à mes bavardages. Les autres s'y sont habitués aussi.

Elle s'approcha de la fenêtre, où le vent souleva le brillant plumage de son kimono.

— Les meubles sont compris. Qu'en penses-tu, mon enfant ?

Mary Ann accepta.

— Bien. Tu es l'une des nôtres, alors. Bienvenue au 28 Barbary Lane.

— Merci.

— Oui, y a de quoi.

Mme Madrigal sourit. Son visage trahissait quelque peu les soucis du passé, mais, sinon, Mary Ann la trouvait tout à fait charmante.

— Vous avez quelque chose contre les animaux domestiques ? s'enquit la nouvelle locataire.

— Oh, mon enfant... Je n'ai quelque chose contre *rien*.

Euphorique, Mary Ann marcha jusqu'au croisement entre Hyde et Union, et téléphona à Connie.

— Salut ! Devine quoi !

— Tu t'es fait kidnapper ?

— Oh... Connie, excuse-moi, je ne voulais pas te faire peur. Je m'étais mise à la recherche d'un appartement...

— J'étais en train de devenir dingue.

— Je suis vraiment désolée. Je... Connie, j'ai trouvé un appart adorable sur Russian Hill, au deuxième étage d'un vieux bâtiment génial... et je peux emménager dès demain.

— Ah... tu n'as pas perdu de temps.

— Il est tellement chouette ! Je suis impatiente de te le montrer.

— Oui, c'est super. Tu sais, Mary Ann, si t'as le moindre problème d'argent ou n'importe quoi d'autre, tu peux rester avec moi jusqu'à ce que...

— J'ai quelques économies. Merci quand même. Tu as été formidable.

— C'était normal. Hé... qu'est-ce t'as de prévu pour ce soir ?

— Voyons. Ah, oui. Robert Redford passe me prendre à sept heures, et on dîne chez Ernie.

— Largue-le, il a des verrues.

— Et au lieu de ça ?

— Au lieu de ça, je te propose l'endroit le plus chaud de la ville. Le Safeway des rencontres.

— Le quoi des rencontres ?

— Le Safeway, idiote. Le supermarché.

— C'est bien ce que j'avais compris. Qu'est-ce qu'on se marre avec toi.

— Je te ferai remarquer, pauvre innocente, que le Safeway des rencontres se trouve être le... enfin, tout simplement le truc à la mode.

— Pour ceux que ça inspire de faire des provisions.

— Des provisions *d'hommes,* ma chérie. C'est une tradition locale. Tous les mercredis soir. Et tu n'as même pas besoin d'avoir l'air d'avoir envie de te faire draguer.

— Je te crois pas.

— Il n'y a qu'un moyen pour te le prouver.

Mary Ann pouffa de rire :

— Et je suis censée faire quoi ? Me tapir derrière les artichauts jusqu'à ce qu'un courtier qui ne se doute de rien passe par là ?

— Rendez-vous là-bas à vingt heures, pauvre innocente. Tu verras.

L'amour avec le bon client

Une douzaine d'affichettes pendaient au plafond du supermarché Safeway de Marina, tentant d'amadouer les clients à l'aide d'un message ambigu : « Comme nous sommes voisins, devenons amis. »

Et des amitiés se nouaient, c'était certain.

Mary Ann observa un homme blond, avec un sweat-shirt STANFORD, en train de s'approcher nonchalamment d'une petite brune qui portait un bustier en toile de jean.

— Euh... pardon, pourriez-vous me dire s'il vaut mieux utiliser l'huile Saffola ou l'huile Wesson ?

La fille rigola nerveusement.

— Pour faire quoi ?

— Je n'arrive pas à le croire, dit Mary Ann en prenant son caddie. Tous les mercredis soir ?

Connie confirma.

— Ce n'est pas trop mal les week-ends non plus.

Elle empoigna un caddie et se précipita dans un rayon populeux.

— A tout à l'heure. Ça marche mieux quand on est seule.

Mary Ann se dirigea à grands pas vers le rayon fruits et légumes. Elle avait l'intention de *faire ses courses,* en dépit de Connie et de son rituel païen d'accouplement.

C'est alors que quelqu'un lui tira le bras.

L'homme, au visage enflé, devait avoir trente-cinq ans. Il portait un costume de ville, avec une ceinture blanche en vinyle et des chaussures assorties.

— Est-ce que ce sont bien les trucs qu'on utilise en cuisine chinoise ? demanda-t-il, désignant du doigt les pois blancs.

— Oui, lui renvoya-t-elle aussi sèchement que possible.

— Extra. Ça fait une semaine que j'en cherche. Je m'intéresse beaucoup à la cuisine chinoise ces derniers temps. J'ai acheté un *wok* et tout.

— Oui. Ben, ce sont les bons pois. Bonne chance.

Elle vira brusquement en direction de la caisse. Son assaillant la poursuivit.

— Hé... peut-être que vous pourriez m'en dire un peu plus sur la cuisine chinoise ?

— J'en doute très sérieusement.

— Allez, quoi. La plupart des nanas dans cette ville sont vachement branchées par la cuisine chinoise.

— Je ne suis pas la plupart des nanas.

— OK. J'ai pigé. Chacun son truc, hein ? D'ailleurs, c'est quoi vot' truc ?

— La solitude.

— OK. Ça va, laissez tomber.

Il hésita un moment, puis lança sa tirade finale :

— Fallait pas jouer les allumeuses, salope !

Il la laissa seule au rayon des surgelés, les doigts cramponnés au rebord du frigo, sa respiration lançant de petits signaux de détresse.

— Mon Dieu, lâcha-t-elle dans un murmure glacial.

Une larme unique atterrit sur une boîte de gâteau au chocolat.

— Charmant, dit un homme à côté d'elle.

Mary Ann se raidit.

— Quoi ?

— Votre ami, là... au langage chatoyant. C'est vraiment un chic type.

— Vous avez tout entendu ?

— Seulement les tendres paroles d'adieu. Le reste volait plus haut ?

— Non. A moins d'avoir envie de discuter pois blancs avec Charlie Manson.

L'homme rigola, révélant de belles dents blanches. Selon les estimations de Mary Ann, il devait avoir environ trente ans. Cheveux frisés châtains, yeux bleus, chemise en flanelle.

— Il y a des jours où cet endroit me dépasse, dit-il.

— Ah bon?

L'avait-il vue pleurer?

— Le pire, reprit-il, c'est que toute cette putain de ville parle de rapprochement et de communication et de toutes ces conneries sur l'Ère du Verseau, et que la plupart d'entre nous en sont encore à essayer de se faire passer pour quelqu'un d'autre... Pardon, je radote.

— Non. Pas du tout. Je... suis d'accord avec vous.

Il lui tendit la main.

— Je m'appelle Robert.

Pas Bob ou Robbie, mais Robert. Fort et direct. Elle empoigna sa main.

— Moi, c'est Mary Ann Singleton.

Elle voulait qu'il s'en souvienne.

— Eh bien... au risque de passer pour Charlie Manson... vous n'auriez pas un petit conseil culinaire pour un homme malchanceux en cuisine?

— Bien sûr. Pas de pois blancs?

Il rit.

— Pas de pois blancs. Des asperges.

Jamais Mary Ann n'avait été aussi enthousiasmée par le sujet. Elle était en train d'observer la réaction des yeux de Robert à sa recette de sauce hollandaise, quand un jeune homme moustachu approcha avec son caddie.

— Je ne peux pas te laisser seul une minute.

Il parlait à Robert.

Robert gloussa.

— Michael... je te présente Mary Ann...

— Singleton, ajouta-t-elle.

— Je vous présente Michael, qui vit avec moi. Elle était en train de m'aider pour ma sauce hollandaise, Michael.

— Ah, bien, fit Michael en souriant à Mary Ann. Sa sauce hollandaise est un désastre.

Robert haussa les épaules.

— Michael est le maître queux à la maison. Ça lui donne le droit de me gâcher l'existence.

Il sourit à son compagnon.

Les mains de Mary Ann devenaient moites.

— Moi non plus, je ne suis pas une grande cuisinière, dit-elle.

Pourquoi diable volait-elle au secours de Robert? Robert n'avait pas besoin de son aide. Robert ne savait même pas qu'elle existait.

— Elle a été très serviable, reprit Robert. On ne peut pas en dire autant pour tout le monde ici.

— On se fâche? répliqua Michael, hilare.

— Bon, dit Mary Ann faiblement, je crois que je vais finir mes courses.

— Merci pour votre aide, conclut Robert. Vraiment.

— Ravi de vous avoir rencontrée, ajouta Michael.

— Moi de même, répondit Mary Ann avant de pousser son caddie en direction du rayon produits ménagers.

Quand Connie apparut quelques secondes plus tard, elle trouva son amie seule, l'air morose, en train de presser un rouleau de papier toilette.

— Merde alors! lança l'hôtesse de l'air. On est dans le Temple de la Drague, ce soir!

Mary Ann déposa le papier toilette dans son caddie.

— J'ai mal à la tête, Connie. Je crois que je vais rentrer à pied. OK?

— Bon... attends une seconde. Je viens avec toi.

— Connie, je... je préférerais être seule, OK?

— Bien sûr.

Comme d'habitude, elle avait l'air vexée.

Fiasco pour Connie

Connie rentra du Safeway de Marina une heure après Mary Ann.

Avec fracas, elle déposa ses courses sur le comptoir de la cuisine.

— Aah, fit-elle en pénétrant dans le salon, je me sens prête pour Union Street. Je suppose que toi, tu te prépares à aller au lit ?

Mary Ann confirma :

— Demain, faut que je trouve un boulot et que j'emménage. J'aurai besoin de toutes mes forces.

— L'abstinence donne des boutons.

— J'essaierai de m'en souvenir, lui renvoya Mary Ann tandis que Connie franchissait déjà la porte.

Mary Ann dîna devant la télévision. Elle mangea un steak, de la salade et des pommes de terre frites en forme de gaufrettes. Connie ne jurait que par ça pour satisfaire les hommes. Elle jeta un œil sur la collection de disques de Connie (les Carpenters, Percy Faith, 101 Strings), puis regarda les images dans *Les Joies du sexe 2*. Elle s'endormit sur le sofa avant minuit.

Lorsqu'elle s'éveilla, la pièce était emplie de lumière. Le camion des éboueurs grondait sur Greenwich Street. Elle entendit le tintement d'un porte-clés contre la porte d'entrée.

Connie entra d'un pas lourd.

— Y a de ces trous du cul dans cette ville !

Mary Ann se redressa et se frotta les yeux.

— Mauvaise soirée ?

— Mauvaise soirée, mauvaise matinée, mauvaise semaine, mauvaise année. Les tarés ! J'ai le don pour les repérer, bordel. S'il y a un seul taré à des centaines de putain de kilomètres à la ronde, cette chère Connie Bradshaw sera là pour se le farcir. Merde !

34

— Un petit café?

— Mais qu'est-ce qui ne tourne pas rond chez moi, Mary Ann? Tu peux me le dire? J'ai deux nichons, un beau cul. Je fais la lessive. *J'écoute* les gens...

— Allez. On a toutes les deux besoin d'un café.

Pour une séance de confessions matinales, la cuisine, perfidement, présentait un aspect trop pimpant. Mary Ann grimaça à la vue des murs jaunes à la Doris Day et des petits récipients pleins à ras bord de haricots séchés.

Connie engloutit un bol de céréales.

— J'envisage de devenir nonne, reprit-elle.

— Avec la tenue, tu ferais un carton à *Dance Your Ass Off*.

— Ce n'est pas drôle.

— OK. Qu'est-ce qui s'est passé?

— Rien qui pourrait t'intéresser.

— Oh, que si! T'es bien allée à Union Street?

— Oui. Chez *Perry*. Puis au *Slater Hawkins*. Mais la véritable tuile m'est tombée dessus au *Thomas Lord*.

Mary Ann remplit sa tasse de café.

— Qu'est-ce qui s'est passé?

— Je me le demande encore, bordel. J'étais en train de siroter innocemment un verre au bar, quand j'ai remarqué un type assis près du feu. Je l'ai reconnu tout de suite, parce que, le mois dernier sur son house-boat à Sausalito, on s'était fait un petit numéro, lui et moi.

— Un petit numéro?

— Une partie de jambes en l'air.

— Merci.

— Donc... je m'approche de lui. Jerry quelque chose. Un nom allemand. Pantalon en daim, collier de turquoises et une paire de lunettes à la John Denver. Supersexy, dans son genre. Décontracté. Je lui ai dit : « Salut, Jerry, y a quelqu'un pour briquer le house-boat? » Et l'enfoiré m'a simplement regardée comme si j'étais une pute de Market Street ou quelque chose comme ça. Tu sais ? Comme s'il m'avait même pas *reconnue*. Mortifiée, que j'étais !

— Je veux bien te croire.

— Bref. Finalement je lui ai dit : « Connie Bradshaw, votre charmante hôtesse de United. » Mais de manière franchement désagréable, tu vois. Histoire de lui faire comprendre.

— Et il n'a pas compris ?

— Non ! Il est resté bêtement assis là, l'air éberlué et pas à l'aise. Finalement, il m'a proposé de m'asseoir, et m'a présentée à son ami, un mec qui s'appelait Danny. Et puis ce trou du cul s'est levé et s'est tiré, en me laissant avec ce Danny, qui venait de terminer son putain de stage d'auto-affirmation new age, et qui déblatérait des conneries sur la nécessité de réaliser son espace, et cetera.

— Et qu'est-ce que t'as fait ?

— Qu'est-ce que je pouvais faire ? Je suis rentrée avec Danny. J'allais quand même pas le laisser me faire le même coup, qu'il se tire en me laissant plantée là, toute seule en train de grignoter des bretzels. J'ai ma fierté !

— Bien sûr.

— Bref, Danny avait un très chouette appartement en bois de séquoia à Mill Valley avec vitres teintées et tout, mais il était complètement obsédé par l'écologie. Dès qu'on a fumé un joint, il s'est mis à radoter des trucs sur le sauvetage des baleines à Mendocino et les sprays d'hygiène féminine qui bousillent la couche d'ozone.

— Hein ?

— Tu sais : les bombes aérosol. La putain de couche d'ozone. Bref, il en faisait tout un plat, et j'ai répliqué que c'était un droit ilaniélable... inaliénable... comment on dit ?

— Inaliénable.

— Un droit inaliénable pour une femme d'utiliser un spray d'hygiène féminine si elle veut, couche d'ozone ou pas couche d'ozone !

— Et alors ?

— Alors, il m'a dit simplement que c'était pas parce que j'avais cette drôle d'idée en tête que mon... enfin, tu vois... sentait mauvais, que je devais me permettre d'exposer le reste de la planète à des rayons ultraviolets et au cancer de la peau.

— Eh bien ! Charmante soirée.

— Tu te rends compte ? Non seulement je dois subir toutes ces conneries écologiques, mais en plus il s'est rien passé.

— Rien du tout ?

— *Nada. Nichts*. On a traversé tout le pont en voiture, juste pour parler. Il voulait entrer en relation avec moi en tant que personne. Ha !

— Et... t'as dit quoi ?

— Je lui ai demandé de me reconduire à la maison. Et tu sais ce qu'il a dit ?

Mary Ann secoua la tête.

— Il a dit : « Désolé que t'aies dû utiliser ton spray pour rien. »

Plus tard dans la journée, Mary Ann quitta l'appartement de Connie pour emménager au 28 Barbary Lane. Le déménagement ne nécessita qu'une seule valise. Visiblement, Connie était déprimée.

— Tu viendras me voir, hein ?

— Mais oui. Et toi aussi, faudra que tu viennes me voir.

— Croix de bois, croix de fer...

— ... Si je mens, je vais en enfer.

Aucune des deux n'y croyait.

A la recherche d'un job

Dès sa première matinée à Barbary Lane, Mary Ann épluche les pages jaunes à la recherche de la clé de son avenir.

A en croire une grande publicité aux motifs fleuris, l'agence intérimaire Metropolitan offrait « un service individualisé de placement professionnel qui se soucie réellement de votre avenir ».

Cela sonnait bien. Sérieux, mais compatissant.

Le temps d'avaler une barre au muesli, d'enfiler son discret ensemble bleu foncé, et elle prit le bus 41 en direction de Montgomery Street. Son horoscope pour la journée lui promettait « des occasions en or pour qui saura prendre le Taureau par les cornes ».

L'agence se trouvait au cinquième étage d'un bâtiment en brique jaune qui sentait le cigare et l'ammoniaque industrielle. Visiblement, un expert en folklore californien avait décoré les murs de la salle d'attente avec des posters Art nouveau et une sculpture en bois et en cuivre d'une mouette en plein vol.

Mary Ann s'assit. Comme il n'y avait personne dans les parages, elle feuilleta un exemplaire du magazine *Office Management*. Elle était en train de lire un article sur les plants d'avocat au bureau lorsqu'une femme émergea de derrière un box.

— Vous avez déjà rempli un formulaire ?

— Non. Je ne savais pas...

— Sur le guichet. Je ne peux pas vous parler tant que vous n'avez pas rempli le formulaire.

Mary Ann remplit le formulaire. Les questions la tourmentèrent. Possédez-vous un véhicule ? Accepteriez-vous un emploi hors de San Francisco ? Connaissez-vous des langues étrangères ?

Elle apporta le formulaire à la femme du box.

— J'ai terminé, dit-elle avec autant d'entrain et d'efficacité que possible.

La femme marmonna. Elle prit le formulaire des mains de Mary Ann, et réajusta ses lunettes à chaîne sur son petit nez porcin. Ses cheveux poivre et sel étaient courts et coiffés en arrière.

Pendant qu'elle examinait le formulaire, ses doigts manipulaient un petit jouet de bureau : quatre billes en acier suspendues à un échafaudage en noyer.

— Aucun diplôme? finit par dire la femme.

— Vous voulez dire... de l'enseignement supérieur?

— Oui. De l'enseignement supérieur, répliqua sèchement la femme.

— J'ai suivi deux années de cours dans un institut en Ohio, si on...

— Matière?

— Oui.

— Eh bien?

— Quoi?

— Quelle *matière*?

— Ah! Histoire de l'art.

Un petit sourire narquois se dessina sur les lèvres de la femme.

— Encore une! On n'en manquera pas, en tout cas.

— C'est si important, un diplôme? Je veux dire... pour un travail de secrétaire.

— Vous voulez plaisanter? J'ai des candidats au doctorat qui font du travail de bureau.

Elle employait la première personne, comme si ces étudiants en difficulté étaient ses serfs personnels. Elle écrivit quelque chose sur une fiche qu'elle tendit à Mary Ann.

— C'est une petite entreprise de fournitures de bureau sur Market Street. Le responsable des ventes cherche une fille à tout faire. Demandez M. Creech.

L'homme, dans la cinquantaine, avait le visage rougeaud. Il portait un veston en polyester bordeaux aux motifs démesurés. Son pantalon et sa cravate étaient de la même couleur.

— Vous avez déjà fait de la vente, avant ça ?

Il sourit et s'appuya contre le dossier de sa chaise de bureau grinçante.

— C'est-à-dire... pas exactement, répondit Mary Ann. Ces quatre dernières années, j'ai travaillé comme secrétaire pour les Fertilisants Lassiter à Cleveland. Ça n'était pas vraiment de la vente, mais j'ai eu beaucoup de... contacts et tout ça.

— Bien. Un travail stable. Toujours un bon signe.

— Depuis un an et demi, j'étais aussi assistante administrative, et j'ai été assignée à plusieurs...

— Parfait, parfait... Bon, je suppose que vous savez ce qu'on attend de vous ici ?

— Si j'ai bien compris, je ferais un peu de tout ?

Elle rit nerveusement.

— Le salaire est bon. Six cent cinquante par mois. Et ici, on est assez détendus... puisqu'on est à San Francisco.

Il dévorait Mary Ann des yeux. Il se mit à mordiller l'articulation de son index.

— L'ambiance... informelle ne me dérange pas, dit Mary Ann.

— Vous aimez Las Vegas ?

— Pardon, monsieur ?

— Earl.

— Quoi ?

— Earl. C'est mon nom. Informel, souvenez-vous.

Il sourit et s'essuya le front. Il transpirait abondamment.

— Je vous demandais si vous aimiez Las Vegas. On y va souvent. Las Vegas, Sacramento, Los Angeles, Hawaï. Des tas d'avantages en nature.

— Cela me semble... très bien.

Il lui adressa un clin d'œil.

— Si vous n'êtes pas trop... comment dirais-je... collet monté.

— Ah.

— Ah, quoi ?

— Je suis assez collet monté, monsieur Creech.

Il prit un trombone sur son bureau et le tordit lentement, sans lever les yeux.

— Suivante, fit-il calmement.

— Pardon ?

— Sortez.

Elle retourna dans son nouvel appartement, et y fondit en larmes. Elle s'endormit, dans une chambre réchauffée par les rayons du soleil de l'après-midi. Elle se réveilla à dix-sept heures, et, pour se calmer, récura l'évier de la cuisine. Elle mangea un yaourt aux myrtilles et se mit à dresser une liste des choses dont elle avait besoin pour son appartement.

Elle écrivit une lettre à ses parents. Optimiste, mais vague.

De derrière sa porte lui parvint un bruit. Elle écouta un instant, puis l'ouvrit. Elle eut juste le temps de voir le peignoir en soie prune disparaître au bas de l'escalier.

Un papier était collé sur la porte de Mary Ann :

Un petit quelque chose de mon jardin, en signe de bienvenue dans ta nouvelle demeure.

Anna Madrigal.
P.-S. Si tu préviens ta mère, je t'égorge.

Scotché sur le papier, il y avait un joint soigneusement roulé.

Mona entre en scène

La femme qui se trouvait en bas, près des poubelles, avait des cheveux roux frisés, et portait une robe paysanne en coton, très chic-country.

Elle déposa son sac d'ordures avec un dédaigneux plissement du nez, et sourit à Mary Ann.

— Vous savez, c'est très révélateur, les ordures. Bougrement plus que le tarot ! Que pourrait-on conclure de... voyons ça... quatre cartons de yaourt, un sac Cost Plus, des épluchures d'avocat, et des emballages de cellophane assortis ?

La femme pressa ses doigts contre son front à la manière d'une voyante.

— Ah, oui... le sujet fait attention à elle... d'un point de vue nutritif, en tout cas. Elle suit probablement un régime et... est en train de meubler son appartement !

— Saisissant !

Mary Ann sourit. La femme continua :

— Elle aime également... faire pousser des choses. Elle n'a pas jeté le noyau d'avocat, ce qui signifie qu'elle le fait probablement germer dans la cuisine.

— Bravo !

Mary Ann lui tendit la main.

— Je m'appelle Mary Ann Singleton.

— Je sais.

— Par mes ordures ?

— Par notre logeuse. Notre Mère à Tous.

Elle serra fermement la main de Mary Ann.

— Moi, c'est Mona Ramsey... juste au-dessous de vous.

— Salut. Vous auriez dû voir ce que Mère a scotché à ma porte hier soir.

— Un joint ?

— Elle vous l'a dit?

— Non. C'est la procédure habituelle. On en reçoit tous un.

— Elle fait pousser ça dans son jardin?

— Juste là, derrière les azalées. Elle a même des noms pour chacune des plantes... comme Dante et Béatrice et... Hé, vous voulez un peu de ginseng?

— Pardon?

— Du ginseng. Je suis en train d'en infuser en haut. Allez, venez.

L'appartement de Mona, au premier étage, était orné de tapisseries indiennes, d'un assortiment de panneaux indicateurs, et de lampes Arts déco. Un touret de câble industriel faisait office de table. Et une vieille chaise percée victorienne lui servait de fauteuil.

— J'avais des rideaux, avant.

Elle sourit en offrant une tasse de thé à Mary Ann.

— Mais après un moment, reprit-elle, les couvre-lits à motifs cachemire semblaient si... sixties.

Elle haussa les épaules.

— De toute façon... à quoi bon cacher mon corps?

Mary Ann regarda furtivement par la fenêtre.

— Et cet immeuble, là, de l'autre...

— Non, je veux dire... personne n'a rien à cacher devant le Cosmos. Sous les Rayons de la Blanche Lumière Guérisseuse, nous sommes tous Nus, avec un N majuscule. Alors j'en ai rien à foutre du n minuscule.

— Ce thé est vraiment...

— Pourquoi voulez-vous être secrétaire?

— Comment vous savez?

— Mère Grande. Mme Madrigal.

Mary Ann ne parvint pas à cacher son irritation.

— Elle ne perd pas de temps à répandre les nouvelles, en tout cas.

— Elle vous aime bien.

— C'est elle qui vous l'a dit?

Mona indiqua que oui.

— Vous ne l'aimez pas?

— Euh... si. C'est-à-dire que je ne la connais pas depuis assez longtemps pour...

— Elle pense que vous la trouvez bizarre.

— Oh, super! L'intuition instantanée.

— Est-ce que vous la trouvez bizarre?

— Mona, je... ouais, un peu, avoua-t-elle en souriant. C'est peut-être de ma faute. On n'a pas de gens comme ça à Cleveland.

— C'est possible. Elle vous veut dans la famille, Mary Ann. Laissez-lui une chance, OK?

La condescendance de Mona agaça Mary Ann.

— Je ne vois pas où est le problème.

— Non, pas encore.

Mary Ann sirota en silence son thé au goût étrange.

La meilleure nouvelle de la journée tomba quelques minutes plus tard. Mona était rédactrice publicitaire pour Halcyon Communications, une agence de pub reconnue, sur Jackson Square.

Edgar Halcyon, le PDG, avait besoin de quelqu'un pour remplacer sa secrétaire personnelle qui « lui avait fait le coup de tomber enceinte ».

Mona arrangea un entretien pour Mary Ann.

— Vous n'avez pas l'intention de retourner à Cleveland, j'espère?

— Pardon?

— Vous ne bougez pas, là?

— Non, monsieur. J'aime San Francisco.

— Elles disent toutes ça.

— Dans mon cas, il se trouve que c'est la vérité.

Les énormes sourcils blancs d'Halcyon ne firent qu'un bond.

— Êtes-vous aussi impertinente avec vos parents, mademoiselle?

Pince-sans-rire, elle répondit :

— Pourquoi croyez-vous que je ne peux pas rentrer à Cleveland ?

C'était risqué, mais cela avait fonctionné. Halcyon jeta sa tête en arrière, et partit d'un grand éclat de rire.

— OK, fit-il tout en reprenant son air digne. C'était la dernière fois.

— Pardon ?

— C'est la dernière fois que vous me voyez rire comme ça. Allez vous reposer. Demain, vous vous mettez à travailler pour le plus grand fils de pute de toute la ville.

Quand Mary Ann rentra à Barbary Lane, Mme Madrigal était en train d'arracher les mauvaises herbes de son jardin.

— Alors, tu l'as eu, hein ?

Mary Ann acquiesça.

— Mona vous a appelée ?

— Non. Mais je savais que tu l'aurais. Tu obtiens toujours ce que tu veux.

Mary Ann sourit et haussa les épaules.

— Merci. Enfin, je crois.

— Tu me ressembles beaucoup, mon enfant... Que tu le saches ou non.

Mary Ann se dirigea vers la porte d'entrée, puis fit demi-tour.

— Madame Madrigal ?

— Oui ?

— Je... Merci, pour le joint.

— C'était avec plaisir. Je crois que Béatrice te plaira.

— C'était gentil de votre part de...

La logeuse l'interrompit d'un geste de la main.

— Va dire tes prières et fais de beaux rêves. Maintenant tu es une femme active.

Le jeu de la pub

Dans une incarnation précédente, Halcyon Communications avait été un entrepôt d'alimentation. A présent, ses murs en briques de couleur pastel resplendissaient de supergraphiques et d'œuvres d'art louées. Souvent, les matrones qui faisaient leurs courses à Jackson Square prenaient les secrétaires de l'entreprise pour des top-models.

Cela plaisait à Mary Ann.

Ce qui ne lui plaisait pas particulièrement, en revanche, c'était son travail.

— Le drapeau est hissé, Mary Ann?

C'était la première question d'Halcyon, le matin. Chaque matin.

— Oui, monsieur.

A chaque seconde, elle se sentait un peu moins comme Lauren Hutton. Qui aurait obligé Lauren Hutton à hisser le drapeau américain avant neuf heures du matin?

— Il n'y a plus de café?

— J'ai tout installé dans la salle de réunion.

— Pourquoi diable dans la salle de... Oh, merde... L'équipe d'Adorable est déjà là?

Mary Ann confirma.

— Réunion à neuf heures.

— Nom de Dieu. Dites à Beauchamp de se magner le cul et d'arriver en vitesse.

— J'ai déjà vérifié, monsieur. Il n'est pas encore là.

— Merde!

— Je pourrais me renseigner auprès de Mildred. Il lui arrive de prendre un café en bas, à la production.

— Oui, faites-le.

Mary Ann s'exécuta avec le sentiment scolaire d'avoir mouchardé. En fait, elle *aimait bien* Beauchamp Day, malgré son irresponsabilité. Peut-être même l'aimait-elle justement *pour* son irresponsabilité.

Beauchamp était le beau-fils d'Edgar Halcyon, le mari de DeDe Halcyon, ex-débutante dans la haute société. Diplômé de Groton et de Stanford, le beau et jeune Bostonien était un désirable célibataire quand il emménagea à San Francisco en 1971, pour un stage à la Bank of America.

A en croire les rubriques mondaines, il avait rencontré sa future femme au Bal des célibataires de 1973. Et en quelques mois, il avait pu savourer les joies des cocktails au bord des piscines d'Atherton, des brunchs au *Belvedere* et des week-ends de ski au lac Tahoe.

La période de gestation de l'union Halcyon-Day fut de courte durée. DeDe et Beauchamp se marièrent en juin 74, sur les pentes ensoleillées d'Halcyon Hill à Hillsborough, la propriété familiale des Halcyon. A sa propre demande, la mariée resta pieds nus. Elle portait une robe paysanne d'Adolfo, achetée chez Saks Fifth Avenue. Son témoin, Muffy Van Wyck, camarade de chambre à Bennington, récita des extraits de Khalil Gibran, pendant qu'un quatuor à cordes jouait la musique d'*Elvira Madigan*.

Après la cérémonie, la mère de la mariée, Frannie Halcyon, déclara aux journalistes :

— Nous sommes si fiers de notre DeDe ! Elle a toujours été *tellement* individualiste !

Beauchamp et DeDe emménagèrent dans un penthouse Arts déco très chic sur Telegraph Hill. Ils organisaient de somptueuses réceptions, et tout le monde pouvait fréquemment les apercevoir à de grands galas de charité... Tout le monde sauf, semble-t-il, Mary Ann Singleton.

Une fois, Mary Ann avait bavardé avec DeDe, lors d'un match de softball interagences (Halcyon contre Hoefer Dieterich & Brown). Mme Day ne lui parut pas trop snob, mais Mary Ann ne put s'empêcher de penser qu'une coiffure à la Dina Merrill faisait ridicule sur une femme de vingt-six ans.

Beauchamp, en revanche, était superbe cet après-midi-là, un véritable dieu sur l'Olympe miniature de la butte du lanceur.

Brun, les yeux bleus, les bras bronzés avec reflets de cuivre sous une chemise Lacoste vert délavé...

Elle ne s'était pas trompée : il prenait bien un café à la production.

— Sa Majesté requiert votre présence dans les appartements royaux.

Elle n'hésitait pas à utiliser ce type d'irrévérence avec Beauchamp. Elle était persuadée d'avoir trouvé en lui une âme sœur.

— Dites-lui que le Prince bâtard arrive incessamment.

Quelques secondes plus tard, Beauchamp se tenait debout à côté du bureau de Mary Ann, avec son sourire confiant de diplômé de Stanford.

— Laissez-moi deviner. J'ai foutu en l'air le budget Adorable, non?

— Pas encore. Il y a une présentation à neuf heures. M. Halcyon était nerveux, c'est tout.

— Il est toujours nerveux. Je n'avais pas oublié.

— Je le savais.

— Vous me trouvez pas mal, n'est-ce pas?

— Comme responsable de budgets?

— Comme homme.

— Question déloyale. Vous voulez un bonbon à la menthe?

Beauchamp fit signe que non, et s'affaissa dans un fauteuil Barcelona.

— C'est vraiment un vieux con, non?

— Beauchamp...

— Nous déjeunons demain ?

— Je crois qu'il est déjà pris.

— Je ne pensais pas à lui. Je pensais à vous. Il vous laisserait sortir de votre cage pendant une heure ?

— Ah... bien sûr. En filant à l'anglaise.

— Pour aller manger italien, ça sera parfait.

Mary Ann eut un petit rire, puis sursauta quand Halcyon l'appela à l'interphone.

— J'attends ! lança son patron.

Beauchamp se leva et fit un clin d'œil à Mary Ann :

— Eh bien, l'impatience n'est pas réciproque.

Edgar explose

Edgar lança un regard noir à son beau-fils. Il se demandait comment quelqu'un de si bien soigné, de si éloquent et, d'une manière générale, de si *présentable* pouvait être un tel emmerdeur.

— Je crois que tu es au courant de l'affaire ?...

Beauchamp se pencha en avant et enleva d'une chiquenaude une poussière de son veston Gucci.

— Ouais, la campagne pour les panties. Je crois qu'on peut faire une croix sur l'angle du Bicentenaire.

— Je parle de DeDe et tu le sais très bien !

— Ah bon ?

Edgar plissa les yeux. Son poing se resserra autour du cou d'un appeau en acajou que Frannie lui avait offert.

— Où étais-tu la nuit passée ?

Silence.

— Tout cela, reprit-il, ne m'amuse pas particulièrement. Ça ne m'enchante pas de me souvenir que ma propre fille m'a appelé cette nuit, en larmes...

— Franchement, je ne vois pas de quoi...

— Nom de Dieu ! Frannie a passé quatorze heures au téléphone avec DeDe pour essayer de la calmer. Et puis d'ailleurs, à quelle heure es-tu rentré ?

— Pourquoi est-ce que vous ne posez pas la question à DeDe ? Je suis sûr qu'elle l'a noté sur le registre !

Edgar pivota sur sa chaise pour faire face au mur. Il étudia une gravure de chasse et essaya de se calmer. Il articula lentement, calmement, conscient de la menace que suggérerait son ton :

— Pour la dernière fois, Beauchamp. Où étais-tu ?

La réponse fut adressée à l'arrière de sa tête.

— J'avais une réunion du comité au club.

— Quel club ?

— De l'université. Pas la toute grande classe, mais...

— Tu es resté là jusqu'à minuit ?

— On a bu quelques verres après.

— On ? Toi et l'une de ces putes de Ruffles ?

— Ripples. Et je n'étais pas... J'étais au club. Demandez à Peter Cipriani. Il y était.

— Je ne dirige pas une agence de détectives.

— Tiens, j'aurais pourtant juré ! Ce sera tout ?

Du bout des doigts, Edgar se massa les tempes. Il ne se retourna pas.

— Nous avons une présentation.

— C'est ça, répliqua Beauchamp en quittant la pièce.

Dès midi, Mary Ann se précipita au *Royal Exchange* avec Mona.

— Merde, grommela la rédactrice publicitaire en sirotant son Pimm's Cup. Je suis vraiment dans un état second, aujourd'hui.

Pas étonnant, pensa Mary Ann. Mona était *payée*

pour être dans un état second. Elle était la dingue de service chez Halcyon Communications. Les clients qui n'auraient pas été immédiatement frappés par sa créativité changeaient vite d'avis quand ils apercevaient son bureau : un assortiment de narguilés, une glacière en bois de chêne qui servait de bar, une ancienne chaise roulante, un collage de beaux mecs sortis de *Playgirl,* et un verre fluo à martini d'un bar du Tenderloin.

— Qu'est-ce qui ne va pas ? demanda Mary Ann.

— J'ai pris de la mescaline hier soir.

— Ah ?

— On est allés à Mission Street, et on a passé notre trip à se balader dans ces magasins de meubles monstrueux, avec des abat-jour à pompons et des lits ronds et... tu sais... ces espèces de lampes liquides à bulles multicolores. C'était si *kitsch,* mais... tu piges... comme une sorte de kitsch cosmique... et bizarrement, c'était incroyablement spirituel, quelque part, si tu vois ce que je veux dire.

Mary Ann ne voyait *pas* ce qu'elle voulait dire. Elle évita le sujet en commandant un sandwich à la dinde et une salade de pois. Mona commanda un autre Pimm's Cup.

— Devine quoi ! lança Mary Ann.

— Je ne sais pas...

— Je suis invitée à dîner chez Mme Madrigal ce soir.

— Félicitations. Elle t'aime bien.

— Tu me l'as déjà dit.

— Bon... Alors elle te fait confiance.

— Pourquoi est-ce qu'elle devrait me faire confiance ?

— Pour rien... Je voulais juste dire...

— Mona, comment est-ce que je dois m'y prendre ?

— T'y prendre pour faire quoi ?

— Avec elle. Je sais pas... J'ai l'impression qu'elle *attend* quelque chose de moi.

51

— Paranoïa bourgeoise.

— Je sais... mais tu es vraiment proche d'elle, et je pensais que tu pourrais me dire... enfin... ses excentricités.

— C'est quelqu'un de bien. Voilà son excentricité. Elle fait aussi un fabuleux gigot d'agneau.

Mona quitta son bureau à seize heures et contourna délibérément celui de Mary Ann près de l'ascenseur. Quand elle arriva à la maison, elle trouva Mme Madrigal dans le jardin.

La logeuse portait un pantalon en tissu écossais, une blouse tachée de peinture, et un chapeau de paille. L'effort lui donnait des couleurs.

— Eh bien, trésor ?... De retour des champs si tôt ?

— Oui.

— Tu as fait le tour de tout ce qu'il y avait à dire sur les panties ?

Mona sourit.

— Je voulais vous dire quelque chose. Rien d'important.

— Je t'écoute.

— Mary Ann m'a posé des questions sur vous.

— Tu lui as dit quelque chose ?

— Je me suis dit que c'était à vous de le faire.

— Tu crois qu'elle n'est pas prête, n'est-ce pas ?

Mona acquiesça.

— Non, pas encore.

— Nous dînons ensemble, ce soir.

— Elle me l'a dit. C'est pour ça... enfin, je ne voulais pas que vous soyez embarrassée, c'est tout.

— Merci, trésor.

— Je devrais me mêler de mes oignons, hein ?

— Non. J'apprécie que tu te fasses du souci pour moi. Tu as envie de venir, ce soir ?

— Non, je... non merci.

— Tu comptes énormément pour moi, trésor.
— Merci.

Angoisse au Bohemia

Après le travail, Edgar but d'un trait un double scotch au *Bohemia Club*.

Les règles d'une vie bien ordonnée ne servaient à rien quand d'autres gens refusaient d'y obéir. Beauchamp n'était qu'un cas parmi beaucoup d'autres.

Le salon Cartoon était rempli. Edgar préférait le silence, et s'assit seul dans le salon Domino. Un sentiment d'effroi s'empara de lui à nouveau.

Il se leva et se dirigea vers le téléphone. Ses mains, qui tenaient le combiné, devenaient glissantes.

La bonne répondit :

— Halcyon Hill.

— Emma... Est-ce que Mme Halcyon est là ?

— Un petit instant, monsieur Halcyon.

Frannie parla la bouche pleine :

— Mmmm... mon chéri... j'ai rapporté ces délicieux apéritifs au fromage de la soirée de Cyril ! Et Emma nous a mitonné une divine blanquette de veau ! Quand rentres-tu ?

— Je ne pourrai pas, ce soir.

— Edgar ! Pas de nouveau ces maudits panties !

— Non. Je suis au club. Il y a une... réunion du comité.

Silence.

— Frannie ?

— Quoi ?

Elle était glaciale.

— J'ai des obligations auxquelles je ne peux pas échapper. Tu le sais.

— On fait ce qu'on *veut*, Edgar.

Le sang lui monta à la tête.

— Très bien, nom de Dieu ! Je *veux* aller à cette réunion ! Tu es contente ?

Frannie raccrocha.

Il resta immobile, le téléphone en main. Puis il raccrocha à son tour et s'épongea le visage avec un mouchoir. Dans l'annuaire, il chercha le numéro de téléphone de Ruby Miller.

Il forma le numéro.

— Allô. Ici Ruby.

Sa voix faisait plus que jamais penser à celle d'une grand-mère.

— Madame Miller ? C'est Edgar Halcyon.

— Ah... quel plaisir de vous entendre ! Doux Jésus, ça faisait longtemps.

— Oui... Ce sont les affaires, vous savez bien...

— Oui ! Pas une minute à soi.

Son front était à nouveau trempé.

— Est-ce que je pourrais venir vous voir ce soir, madame Miller ? Je sais que je m'y prends tard.

— Ah... bien, un petit instant, monsieur Halcyon. Laissez-moi regarder dans mon livre.

Elle quitta le téléphone. Edgar l'entendait fouiller.

— Très bien, dit-elle enfin. Vingt heures, ça ira ?

— Merci beaucoup.

— Mais de rien, monsieur Halcyon.

Il se sentait beaucoup mieux, à présent. Ruby Miller représentait un espoir pour lui, même vague. Il décida de prendre un verre au bar du salon Cartoon.

— Edgar, vieille crapule, pourquoi est-ce que tu n'es pas chez toi en train de tailler tes rosiers ?

C'était Roger Manigault, vice-président de Pacific

Excelsior. Le court de tennis des Manigault longeait le verger des Halcyon à Hillsborough.

Edgar sourit.

— Toi aussi, tu devrais déjà être couché, Booter.

Le surnom lui était resté de son temps à Stanford, durant lequel Manigault avait été béatifié sur le terrain de football universitaire. Depuis ce temps-là, rien ne lui plaisait plus vraiment.

En ce moment, il s'insurgeait contre la disparition des « Indiens » de Stanford.

— Tout le monde est si sensible, de nos jours ! Les Indiens ne sont plus des Indiens... oh, que non ! Ce sont des « Américains natifs ». J'ai passé dix ans à apprendre à dire le mot « nègre », et voilà que maintenant il faut dire « Noir ». Je ne sais même plus comment appeler la bonne, nom de Dieu !

Edgar but une gorgée et approuva. Il avait déjà entendu le refrain.

— Tiens, enchaîna Manigault. Tu prends le mot « gai », par exemple. Dans le temps, c'était un mot parfaitement normal, qui signifiait quelque chose de sain et d'amusant. Tu as vu ce qu'ils en ont fait !

Il vida son scotch et posa le verre d'un geste violent.

— C'est à peine si un jeune couple convenable ose encore dire qu'il a passé une soirée à la *Gaîté* !

— En effet, ajouta Edgar.

— Tu parles ! Dis... justement, Roger et Suzie m'ont dit qu'ils avaient vu Beauchamp et DeDe à la *Gaîté*. D'après Suzie, Beauchamp est bigrement bon danseur... très entreprenant.

Entreprenant, c'est le mot, pensa Edgar. A plusieurs reprises, il s'était posé des questions au sujet de Beauchamp et de Suzie.

— Excuse-moi, Booter. J'ai promis à Frannie de rentrer tôt à la maison ce soir.

Étant donné tous les mensonges qu'il fallait faire

pour lui rendre visite, Ruby Miller aurait pu tout aussi bien être la maîtresse d'Edgar.

Plus haut sur la colline, au club de l'université, Beauchamp se faisait consoler par Peter Cipriani, héritier d'une légendaire fortune de San Mateo due au commerce des fleurs.

— Encore le Vieux?

— Ouais. Il fait monter la pression à propos de DeDe.

— Il est suspicieux?

— Toujours.

— Et DeDe, qu'est-ce qu'elle en pense?

— Ce qu'elle en pense? Si tant est qu'elle soit capable de penser!

— Elle est peut-être un peu idiote, mais c'est elle qui paie tes notes chez Wilkes Bashford... et puis dis donc, quel balcon!

Beauchamp fronça les sourcils.

— Je veux dire, à l'opéra, Beauchamp.

— Très drôle.

— Oui, je trouvais aussi.

— Je ne suis pas venu ici pour parler de ma femme.

— Mmm... c'est étrange. Le reste du club n'est venu que pour ça.

Silence.

— Désolé. C'était vache. Tu veux que je te raconte ce qui s'est passé au Bal des célibataires?

— Est-ce que j'ai l'air d'en avoir envie?

— Tu nous as manqué, en tout cas. En fait, ce qui nous a surtout manqué, c'étaient tes uniformes blancs de la Navy. Ils avaient toujours une petite touche de classe.

— Merci.

— Cette année, le Prince de la Prune portait la queue-de-pie d'opéra de son grand-oncle.

— John Stonecypher ?

— Le seul et l'unique. Et tiens-toi bien : il a renversé un flacon de poppers dans sa poche de devant.

— C'est pas vrai ?

— *Pendant* qu'il dansait avec Madge !

— Qu'est-ce qu'elle a fait ?

— Oh... Elle a continué à virevolter comme une débutante à son premier bal, en feignant probablement de croire que tous ses partenaires sentaient eux aussi le jus de chaussette... Tu vas à sa petite soirée tout à l'heure, non ?

— Merde !

— T'avais oublié ?

— Ça va chier avec DeDe.

Il vida son verre.

— Faut que je me tire.

— Il vaudrait mieux, ouais.

La colère de DeDe

Assise à son écritoire Louis XV, DeDe faisait des annotations dans son carnet Louis Vuitton.

— Tu avais oublié la soirée de Marge, n'est-ce pas ?

— Je me suis grouillé pour arriver ici.

— Ça commence dans une demi-heure.

— Alors on sera en retard. Rentre tes griffes. Ton vieux me bouffe le nez depuis ce matin.

— Tu as fait la présentation Adorable ?

— Non. C'est lui qui s'en est chargé.

— Pourquoi ça ?

— *Tu* pourrais peut-être me l'expliquer.

— Je ne vois pas de quoi tu parles.

— Il était furax, DeDe. Royalement.

Silence.

— Et bien sûr, tu sais pourquoi.

DeDe regarda son carnet.

Beauchamp persista.

— Il était furax parce que sa fille chérie lui avait téléphoné la nuit pour dire que j'étais un fils de pute.

— Je n'ai jamais fait...

— Mon cul, ouais !

— Beauchamp, j'étais inquiète. Il était minuit passé. J'avais essayé au club, chez Sam, chez Jack. J'ai... paniqué. Je pensais que papa saurait peut-être où tu étais.

— Bien sûr. Petit Beauchamp ne bouge pas un doigt sans en aviser le Vénérable Patriarche.

— Je t'interdis de parler de papa comme ça.

— Oh... qu'il aille se faire foutre ! Je n'ai pas besoin de sa permission pour respirer. Je n'ai besoin de lui pour rien du tout.

— Ah ? Je crois que papa adorerait entendre ça.

Silence.

— Et si on lui téléphonait pour le lui dire ?

— DeDe...

— Toi ou moi ?

— DeDe... Je m'excuse. Je suis fatigué. La journée a été rude.

— Je veux bien le croire.

Elle s'approcha du miroir du hall d'entrée et effectua les ajustements de dernière minute sur son maquillage.

— Comment va Mlle Machin ?

— Qui ça ?

— La secrétaire de papa. Ta petite... distraction après le travail.

— Tu veux rire ?

— Non. Je ne crois pas.

— Mary Ann Singleton.

— C'est comme ça qu'elle s'appelle ? Comme c'est pittoresque !

— Bon sang, mais je la connais à peine !

— Ça ne t'a jamais arrêté les autres fois, que je sache.

— C'est la secrétaire de ton père !

— Et on ne peut pas dire que c'est un laideron.

— Qu'est-ce que je peux y faire, moi ?

DeDe pinça les lèvres pour répartir son rouge à lèvres. Elle regarda son mari.

— Écoute... J'en ai plus qu'assez. La nuit dernière, tu as disparu de la surface de la terre.

— Je te l'ai dit. J'étais au club.

— Tiens, quelle coïncidence ! Tu étais déjà au club quand tu m'as laissée tomber mercredi pour la réception au *De Young,* et vendredi dernier quand nous avons raté la fête des Telfair à *Beach Blanket Babylon.*

— On a déjà vu ce spectacle cinq fois.

— Là n'est pas la question.

Beauchamp partit d'un éclat de rire amer.

— Tu es incroyable. Tu es vraiment... Où diable as-tu été chercher celle-là ?

— J'ai des yeux, Beauchamp.

— Où ? Quand ?

— La semaine dernière. Je faisais du shopping avec Binky à La Remise du Soleil.

— Quelle classe !

— Tu traversais la rue en sa compagnie.

— Avec Mary Ann ?

— Oui.

— Effectivement, c'est compromettant.

— Il était midi, et vous aviez l'air *très* copains.

— Tu as raté le meilleur. Quelques minutes plus tôt, je me jetais sur elle dans le bosquet derrière la Transamerica Pyramid.

— Cette fois-ci, Beauchamp, tu ne t'en tireras pas en jouant au plus malin.

— Je n'essaie même pas.

Il s'empara des clés de la Porsche sur la table du vestibule.

— Avec toi, reprit-il, ça fait longtemps que j'ai arrêté.

— J'ai remarqué, lâcha DeDe en lui emboîtant le pas vers la sortie.

Le dîner chez la logeuse

Mary Ann passa chez Mona avant de se rendre au dîner de Mme Madrigal.

— Tu veux te détendre un peu? demanda Mona.

— Ça dépend.

— Coke.

— Je fais un régime. Tu n'as rien de moins sucré?

— Mary Ann, tu me sidères.

Mona déposa un miroir de poche sur son touret.

— Même toi, tu dois avoir vu *Porgy and Bess*.

— Et?

La voix de Mary Ann se brisa. Mona était en train d'extraire une pelletée de poudre blanche d'une fiole à l'aide d'une minuscule cuiller en argent. Un emblème écologique était gravé sur le manche de la cuiller.

— *Happy dust*, fit Mona. Ce truc, c'est une institution américaine.

Elle forma une ligne de poudre sur la surface du miroir.

— Toutes les stars du cinéma muet en sniffaient. Pourquoi crois-tu qu'ils étaient tous comme ça?

Elle remua la tête et les bras de manière spasmodique, comme Charlie Chaplin.

— Et maintenant, continua-t-elle, tout ce qu'il nous faut, c'est un vulgaire chèque-repas.

Elle fit apparaître un chèque-repas d'une valeur de dix dollars à la manière d'un magicien, en présentant les deux faces à Mary Ann.

— Tu reçois des chèques-repas ? s'enquit Mary Ann.

« Elle gagne quatre fois plus que moi », pensa la secrétaire.

Absorbée par l'opération, Mona ne répondit pas. Elle roula le chèque-repas en un mince tube et l'enfonça dans sa narine gauche.

— Saisissant, hein ? Et très sexy !

Elle se jeta sur la poudre comme un fourmilier déchaîné. Mary Ann était horrifiée.

— Mona, est-ce que c'est de la... ?

— C'est ton tour.

— Non, merci.

— Allez... vas-y, quoi. Ça te fera du bien avant de sortir.

— Je suis déjà assez nerveuse comme ça.

— Chérie, ça ne rend pas nerveux, ça...

Mary Ann se leva.

— Mona, faut que j'y aille. Je suis en retard.

— Merde !

— Quoi ?

— Avec toi, je me fais l'impression d'être une telle... camée.

Mme Madrigal avait presque l'air élégante dans un pyjama en satin noir.

— Ah, Mary Ann. J'étais en train de passer le gaspacho à la moulinette. J'ai fini les hors-d'œuvre. Sers-toi. J'arrive dans un instant.

Les hors-d'œuvre étaient arrangés symétriquement sur deux plats. Sur le premier, plusieurs douzaines de champignons farcis. Sur l'autre, une demi-douzaine de joints.

Mary Ann choisit un champignon et jeta un coup d'œil à la pièce.

La cheminée était flanquée de deux statues assez grossières : un garçon avec une épine dans le pied, et une femme portant une cruche. Des franges de soie pendaient partout, aux abat-jour, aux dessus-de-lit, aux rideaux et lambrequins, et même à la voûte d'entrée du hall. La seule photo de la pièce représentait l'exposition Panama-Pacific de 1915.

— Alors, que penses-tu de mon petit bordel ?

Mme Madrigal adopta une pose théâtrale sous la voûte d'entrée.

— C'est... très joli.

— Ne sois pas ridicule. C'est dépravé !

Mary Ann rigola.

— Vous l'avez délibérément arrangé comme ça ?

— Bien sûr. Prends un joint, trésor, et surtout ne te fatigue pas à le faire passer. J'ai horreur de ces baveux chipotages en commun ! Quitte à être dégénérée, autant le faire comme une lady, tu ne crois pas ?

Il y avait deux autres invités. Le premier, proche de la cinquantaine, une barbe rousse, était un poète de North Beach dénommé Joaquin Schwartz. (« Un brave homme, confia Mme Madrigal à Mary Ann, mais j'aimerais tellement qu'il apprenne à utiliser les majuscules ! ») L'autre était une femme prénommée Laurel qui travaillait au dispensaire Haight-Ashbury. Elle ne se rasait pas sous les aisselles.

Pendant tout le repas, Joaquin et Laurel débattirent de leur année favorite. Joaquin croyait en 1957. Laurel estimait que 1967 était le summum... ou plutôt *avait été* le summum.

— On aurait pu la faire durer, dit-elle. Je veux dire,

elle avait une existence propre, non ? *Nous* partagions tout : l'acide, la musique, la baise, l'*Avalon,* le *Family Dog,* le *Human Be-In.* Il y avait quatorze hippies dans l'appartement à Oak Street, quatorze hippies et six sacs de couchage. Bordel, c'était magnifique, car après tout, c'était... l'Histoire. *Nous* faisions l'Histoire. Et on était la putain de couverture de *Time Magazine,* mec !

Mme Madrigal resta polie.

— Et que s'est-il passé, mon enfant ?

— Ils l'ont tuée. Les médias.

— Tué qui ?

— Tué 1967.

— Je vois.

— Nixon, le Watergate, cette connasse de Patty Hearst, le Bicentenaire. Les médias en ont eu marre, de 67, alors ils l'ont zappée. Elle aurait pu survivre pendant quelque temps. Une partie s'est enfuie à Mendocino... mais les médias l'ont découverte et l'ont tuée à nouveau. Et merde quoi... Qu'est-ce qu'il nous reste ? Il n'y a plus un seul endroit où on vit encore en 67 !

Mme Madrigal fit un clin d'œil à Mary Ann.

— Je te trouve bien calme.

— Je ne suis pas certaine de...

— Quelle est ton année favorite ?

— Je ne crois pas que j'en aie une.

— Moi, c'est 1987, dit Mme Madrigal. J'aurai soixante-cinq ans ou quelque chose comme ça... Je toucherai ma retraite et j'aurai économisé assez d'argent pour m'acheter une petite île grecque.

Elle enroula une mèche de cheveux autour de son index et sourit légèrement.

— En fait, ajouta-t-elle, je me contenterais déjà d'un petit Grec.

Après le dîner, en allant aux toilettes, Mary Ann s'attarda dans la chambre à coucher de la logeuse. Sur le buffet reposait une photo dans un cadre d'argent.

Un jeune homme, en uniforme de soldat, debout à côté d'une voiture des années 40. Il était assez beau, même s'il portait son uniforme avec gaucherie.

— Comme tu le vois, la vieille dame a un passé.

Mme Madrigal se tenait dans l'embrasure de la porte.

— Oh... je fouine, n'est-ce pas? s'excusa Mary Ann.

Mme Madrigal sourit.

— J'espère que ça veut dire qu'on est amies.

— Je...

Mary Ann, gênée, se tourna vers la photo.

— Il est très séduisant. C'est M. Madrigal? s'enquit-elle.

La logeuse secoua la tête.

— Il n'y a jamais eu de *M.* Madrigal.

— Ah bon. Je vois.

— Non, tu ne vois pas. Tu ne pourrais pas. Madrigal est... un nom d'emprunt, comme on dit dans les polars. J'ai commencé une nouvelle vie il y a environ douze ans, et l'ancien nom est la première chose dont je me suis débarrassée.

— Et c'était quoi?

— Je t'en prie. Si j'avais voulu que tu le connaisses, je ne l'aurais pas changé.

— Mais...

— Pourquoi « madame », c'est ça?

— Oui.

— Les veuves et les divorcées sont moins... comment dit Mona, encore?... importunées. On nous importune moins que les célibataires. Je crois que tu as dû le découvrir par toi-même.

— Importunée, moi? Je n'ai même pas reçu le moindre petit coup de téléphone obscène depuis que je suis à San Francisco. Franchement, cela me plairait d'être importunée un peu plus souvent.

— La ville regorge de jeunes hommes charmants.

— Charmants les uns envers les autres.

Mme Madrigal pouffa de rire.

— C'est vrai qu'il y a beaucoup de ça.

— Vous en parlez comme de la grippe. Moi, je trouve ça terriblement déprimant.

— Mais non. Prends ça comme un défi. Quand une femme triomphe dans cette ville, elle triomphe réellement. Tout s'arrangera, trésor. Patience.

— Vous croyez ?

— J'en suis certaine.

La logeuse lui adressa un clin d'œil et plaça son bras sur les épaules de Mary Ann.

— Viens, retournons auprès de ces gens assommants.

Rendez-vous avec Ruby

La maison de Ruby Miller se trouvait sur Ortega Street, dans le Sunset District, un bungalow en stuc vert avec une pelouse manucurée et un bac de roses en plastique à la fenêtre. La voiture garée dans l'allée du garage arborait un autocollant qui disait : « KLAXONNEZ SI VOUS AIMEZ JÉSUS. »

Edgar gara la Mercedes de l'autre côté de la rue. Il verrouilla les portes, et aperçut Mme Miller qui le saluait d'un geste à la fenêtre.

Il lui renvoya le geste. Bon Dieu ! Il se sentait comme un vendeur de chaussures qui rentrait à la maison retrouver sa femme.

Mme Miller alluma la lumière sous le porche, ôta son tablier et remit en place une mèche de ses cheveux gris.

— Quel plaisir de vous revoir, vraiment! Je suis dans un état... Je n'avais pas prévu...

— Désolé. J'espère que ça ne vous pose pas trop de problèmes.

— Ne soyez pas ridicule. Je suis tout excitée.

Elle lui tapota la main et l'emmena dans la maison.

— Ernie! Regarde qui est là!

Son mari regardait la télévision dans une chaise moderne danoise. Ses bras avaient la forme et la couleur du fromage provolone.

— Bonsoir, monsieur Halcyon.

Il ne se leva pas, trop absorbé par la petite lucarne.

— Comment ça va, Ernie?

— Bob Barker vient de permettre à un Marine de revoir sa bien-aimée.

— Je regrette de...

— C'est *Vérité ou Conséquences*. Ils ont rapatrié ce Marine d'Okinawa et lui ont fait retrouver sa fiancée. Elle était déguisée en grenouille. Ils l'ont obligé à l'embrasser... les yeux bandés.

Mme Miller prit Edgar par le bras.

— Comme c'est touchant! Je suppose que vous ne regardez pas beaucoup la télé.

— Non, hélas.

— Bien. Assez bavardé. Au travail. D'abord, quelque chose à manger. De la vitamine C, peut-être? Des chips?

— Non merci, ça ira.

A la dernière minute au club, sa nervosité l'avait poussé à s'empiffrer de foies de volaille.

— Je suis prêt dès que vous l'êtes.

— Alors, allons dans le garage. Ernie, ne mets pas la télé trop fort, tu entends?

Son mari grommela sa réponse.

Mme Miller fit passer Edgar par la cuisine.

— Ernie et sa télé! Je suppose que ça le détend. Et

de nos jours c'est tellement plus chrétien que le cinéma, avec toutes, n'est-ce pas, toutes ces cochonneries...

— Mmm, fit-il vaguement, essayant de paraître poli mais indifférent.

Mme Miller était capable de se lancer dans un monologue avec toute la précision d'un chauffeur de taxi new-yorkais ou d'un coiffeur italien. Edgar n'avait pas envie de passer cette session sur les Saletés au cinéma.

Dans la pénombre du garage, elle avait entamé les préparatifs. Elle débarrassa la table de ping-pong de ses instruments de jardinage boueux, et sortit deux bougies d'une vieille boîte. Tout en fredonnant doucement, elle revêtit l'habituelle robe de cérémonie en velours.

— Vous avez constaté des changements ?

— Dans le garage ?

Mme Miller rit gentiment.

— En *vous*. C'est votre cinquième visite. Vous devriez sentir... des changements.

— Je ne suis pas sûr. Il se peut...

— Ne forcez rien, cela viendra.

— J'aimerais partager votre confiance.

— *Foi,* monsieur Halcyon.

— Oui.

— Avoir la foi n'est pas la même chose qu'avoir confiance.

Elle commençait à l'irriter.

— Madame Miller, ma femme m'attend. Pourrions-nous...

— Oui, bien sûr.

D'un seul coup, elle se concentra sur son ouvrage. Elle frotta l'avant de sa robe pour se débarrasser de quelques peluches imaginaires et se massa les doigts pendant un moment.

— Prenez la pose, s'il vous plaît.

Edgar desserra sa cravate et grimpa sur la table de ping-pong. Il se coucha sur le dos. Mme Miller alluma une bougie et la déposa sur la table, près de la tête d'Edgar.

— Monsieur Halcyon...

— Oui.

— Pardonnez-moi, mais... Eh bien, je me demandais si... Vous parliez justement de Mme Halcyon. Je me demandais si vous lui aviez dit.

— Non.

— Je sais que vous n'aimez pas en parler, mais parfois la présence d'un être cher peut être bénéfique et...

— Madame Miller, ma famille est catholique.

Elle était visiblement ébranlée.

— Ah... Je suis désolée.

— Ce n'est rien.

Il écarta le sujet d'un geste de la main.

— Je ne voulais pas dire que j'étais désolée parce que vous êtes catholique. Je voulais dire...

— Je sais, madame Miller.

— Jésus aime aussi les catholiques.

— Oui.

Elle pressa la pointe de ses doigts contre les tempes d'Edgar et fit de petits massages circulaires.

— Jésus va vous aider à guérir, monsieur Halcyon, mais vous devez croire en Lui. Il vous faut redevenir un petit enfant et chercher refuge en Son sein.

Le long d'Ortega Street, une moto vrombit dans un torrent mécanique blasphématoire. Ruby Miller commença les incantations qu'Edgar Halcyon connaissait désormais par cœur.

— Guéris-le, Jésus! Guéris Edgar, Ton serviteur. Guéris ses reins défaillants et rends-lui sa plénitude. Guéris-le, Jésus! Guéris Edgar...

Le garçon d'à côté

Mary Ann quitta Mme Madrigal peu après vingt-deux heures. De retour dans son appartement, elle s'allongea, sirota une limonade et parcourut son courrier.

Il y avait dedans une brève et sinistre missive de sa mère, une carte de Connie la soupçonnant de désertion, et une boîte de l'Hibernia Bank contenant ses chéquiers, lesquels offraient une vue de San Francisco.

Les chèques arboraient un message personnalisé : « Bonne journée ! »

Malgré ses revenus pitoyables, choisir une banque, étrangement, lui avait semblé essentiel à la constitution de son identité dans la ville.

Au début, elle avait hésité entre la Chartered Bank of London et Wells Fargo. La première avait un nom très classe et une cheminée dans le hall, mais une seule agence dans toute la ville. La seconde sonnait très western et possédait de nombreuses agences.

En définitive, elle avait opté pour Hibernia.

Leur publicité promettait qu'ils se souviendraient de votre nom.

Quelqu'un frappa à la porte.

C'était Brian Hawkins, son voisin de palier. Il travaillait comme serveur chez *Perry*. Jusqu'à présent, ils ne s'étaient parlé qu'une ou deux fois, brièvement. Il avait des horaires extrêmement irréguliers.

— Bonsoir, dit-il. Mme Madrigal vient de m'appeler.

— Oui ?

— De quoi s'agit-il ? Un meuble ?

— Euh... Pardon, Brian, mais je n'ai...

— Elle m'a dit que vous aviez besoin d'un coup de main.

— Je ne vois vraiment pas de quoi elle...

Et soudain elle comprit. Mary Ann éclata de rire, hocha la tête, tout en jaugeant une fois de plus les boucles châtaines et les yeux verts de Brian. Mme Madrigal poussait un peu fort, mais elle n'avait pas mauvais goût.

Brian semblait vaguement contrarié.

— Il y a quelque chose que je devrais savoir?

— Je crois que Mme Madrigal joue les marieuses.

— Alors il n'y a pas de meuble à déplacer?

— C'est une situation un peu gênante. Je... Enfin, je venais juste de lui dire qu'il n'y avait pas assez d'hommes hétéros à San Francisco.

Il s'égaya.

— Ouais. Ce n'est pas formidable?

— Oh, Brian... Je m'excuse. Je pensais que vous...

— Hé ho, détendez-vous. On ne fait pas plus hétéro que moi. C'est juste que j'ai horreur de la concurrence.

Il l'invita chez lui pour boire un verre. Sa minuscule cuisine était décorée avec des bouteilles de chianti vides et des posters Sierra Club. La carcasse d'une plante grimpante délaissée pendait tristement hors d'un pot sur l'appui de la fenêtre.

— J'aime beaucoup votre poêle, dit Mary Ann.

— Il a de la gueule, hein? Ailleurs, on appellerait ça des conditions sordides. Ici, on fait passer ça pour du charme Vieux Monde.

— Il était déjà dans l'appartement au début?

— Vous voulez rire? Ici, il n'y a que la chaîne hi-fi et la planche inclinée qui sont à moi. Tout le reste appartient à la Dragon Lady.

— Mme Madrigal?

Il acquiesça, tout en la regardant de haut en bas.

— Et donc elle essaie de nous faire sortir ensemble?

Son regard virait au concupiscent. Mary Ann choisit de l'ignorer.

— Elle est un peu étrange, mais ses intentions sont bonnes.

— Bien sûr.

— Cette maison lui a toujours appartenu ?

Il secoua la tête.

— Non. Je crois qu'avant elle tenait une librairie à North Beach.

— Elle est d'ici ?

— Personne n'est d'ici.

Il remplit à nouveau son verre de pinot noir.

— Vous êtes de Cleveland, non ?

— Oui. Comment l'avez-vous su ?

— Mona me l'a dit.

Ses yeux verts la transperçaient. Elle baissa son regard en direction de son verre.

— Nous n'avons plus de secrets, alors, fit Mary Ann.

— Pas sûr.

— Pardon ?

— Dans cette ville, on a tous nos petits secrets. Il suffit de creuser un peu.

« Il joue la carte du mystère, pensa Mary Ann, car il croit que c'est sexy. » Elle décida qu'il était temps de partir.

— Bien, fit-elle en se levant. Je travaille demain. Merci pour le vin et... le petit tour du propriétaire.

— Revenez quand vous voulez.

Elle comprit très bien ce qu'il entendait par là.

La matriarche

Quand Edgar rentra chez lui à vingt-trois heures quinze, il remarqua immédiatement que Frannie avait bu.

— Eh bien, mon chéri, comment était-ce au club ? Tu t'es bien amusé ?

Elle était perchée sur le sofa de la véranda, les genoux repliés sous sa robe thaï en soie. Sa perruque était de travers. Elle sentait le rhum et le concentré de fruits qui servait à préparer les cocktails Mai Tai de chez *Trader Vic's*.

— Bonsoir, Frannie.

— Terriblement longue, cette réunion de comité.

— Nous devions organiser la pièce du Grove.

Il essayait d'adopter un ton nonchalant, mais Frannie était trop ivre pour apprécier l'effort.

— Beaucoup de travail, c'est ça ?

— On a bu quelques verres, après. Tu sais comment ça se passe.

Frannie hocha la tête, en réprimant un hoquet. Elle savait très bien comment ça se passait.

Il changea de sujet.

— Et toi ? Tu as passé une bonne journée ?

Son ton était celui d'un père bienveillant à l'égard d'un jeune enfant. Qu'était devenue la fille du monde qui jadis avait ressemblé à Veronica Lake ?

— J'ai déjeuné avec Helen et Gladys dans cet *adorable* restaurant à Polk Street... *The Pavilion*. Puis j'ai acheté un canard en céramique. *Ravissant*. C'est peut-être une oie. Je crois que c'est supposé servir pour du potage, mais j'ai pensé que ça aurait l'air original dans le bureau avec du lierre ou quelque chose comme ça.

— Bien.

— Et puiiis... Cet après-midi, je suis allée à ma

réunion de l'Association de l'Opéra, et j'y ai fait une découverte absolument sensationnelle. Devine.

— Je ne sais pas.

Bon sang, comme il détestait ce petit jeu !

— Allez. Juste un tout petit effort.

— Frannie, j'ai eu une longue journée...

— Tu ne m'aimes plus, alors ? fit-elle d'une voix enfantine.

— Bon sang !

— Oh, très bien ! Si tu insistes pour jouer les grincheux... Devine qui est en ville !

— Qui ?

Frannie maintint le suspense aussi longtemps que possible, décalant son torse sur le sofa et réajustant sa perruque. « Elle a besoin d'attention, pensa Edgar. Tu la négliges. »

— Les Huxtable, dit-elle enfin.

— Les qui ?

— Franchement, Edgar ! Nigel Huxtable. Le chef d'orchestre. Il est marié à Nora Cunningham.

— Ça me revient.

— Tu as dormi pendant leur *Aïda.*

— Oui. Merveilleuse soirée.

— Ils sont ici pour le gala de bienfaisance de Kurt Adler. Quasiment *personne* ne sait qu'ils sont là... Et nous allons organiser une soirée en leur honneur !

— Ah bon ?

— Tu n'es pas excité ?

— On a déjà organisé une soirée le mois dernier, Frannie.

— Mais celle-ci est un *coup,* Edgar ! Les Farnsworth vont en mourir. Ça fait deux mois que Viola se vante d'avoir organisé ce petit barbecue absurde pour Barychnikov.

— Je ne m'en souviens même pas.

— Oh, que si ! Elle avait engagé ces minables serveurs russes d'un quelconque restaurant sur Clement Street, et ils nous ont servi une sauce russe et du thé russe, et l'organiste a joué *La Chanson de Lara* quand Barychnikov a fait son apparition. Je ne parviens même pas à décrire à quel point c'était abominable !

— Si, si, tu ne t'en tires pas mal du tout.

— Edgar... A côté des Huxtable, Barychnikov a l'air ridicule. Je *sais* que je peux les avoir, chéri.

— Frannie, je ne pense pas...

— S'il te plaît... Je ne me suis pas plainte quand tu ne m'as pas laissée avoir Truman Capote ou Giancarlo Giannini.

Edgar fit volte-face. Il ne supportait plus cet air suppliant.

— Très bien. Essaie d'éviter les grands frais, tu veux.

Emma lui réchauffa un reste de quiche. Il la mangea dans son bureau, en survolant le nouveau livre qu'il avait commandé : *La Mort inévitable — Une chose de la vie.*

— Qu'est-ce que tu lis, mon chéri ?

Frannie était adossée contre l'embrasure de la porte. Il referma le livre :

— Une étude de marché. Ennuyeux.

— Tu viens te coucher ?

— Dans une minute.

Quand il arriva dans la chambre, Frannie ronflait déjà.

Une inconnue dans le parc

Edgar prévint Mary Ann par interphone.

— J'ai besoin du script d'Adorable aussi vite que possible. Je crois que Beauchamp doit avoir une copie.

— Il n'est pas là pour l'instant, monsieur Halcyon.

— Vérifiez avec Mona, alors.

— Je ne crois pas qu'...

— Demandez-lui, nom de Dieu ! Quelqu'un en a une !

Dès que Mary Ann s'en fut allée, Edgar forma le numéro de Jack Kincaid.

— Le cabinet du docteur Kincaid.

— Est-ce qu'il est là ?

— Puis-je vous demander votre nom ?

— Non, vous ne pouvez pas !

— Un instant, monsieur Halcyon.

Le ton de Kincaid était bien trop jovial.

— Bonjour, Edgar. Tout va bien ?

— Quand est-ce que tu peux me recevoir ?

— A quel propos ?

— Les analyses. J'en veux de nouvelles.

— Edgar, ça ne changera strictement rien...

— Je les paierai, merde !

— Edgar...

— Tu t'es bien trompé avec Addison Branch. Tu me l'as dit toi-même.

— C'était différent. Ses symptômes n'étaient pas si prononcés.

— Les symptômes peuvent changer. Ça fait trois mois.

— Edgar... Écoute... Je te parle en ami. Achète-toi un yacht et emmène Frannie en croisière autour du monde. Ou alors va louer un château en France ou tire-toi avec une pute ou continue à péter des flammes au

75

boulot... Mais fais face! Pour l'amour de Dieu — non, pour l'amour de toi-même — profites-en, de ces six derniers mois!

Quand Mary Ann revint, il l'attendait à son bureau.
— Je sors. Si quelqu'un me demande, dites que je déjeune avec un client.
— Chez *Doro*?
— L'endroit n'a pas d'importance. Dites juste que je me suis absenté.

Il sortit de l'immeuble à grands pas, furieux qu'un contrat qu'il n'avait jamais signé dût être exécuté malgré tout.

Le dire à Frannie? Bon Dieu! Que pourrait-elle en tirer pour les chroniques mondaines?

Frances Halcyon, l'hôte par excellence de Hillsborough, a réussi un nouveau triomphe vendredi soir, avec un petit dîner intime pour deux géants de l'opéra, Nora Cunningham et Nigel Huxtable. Frannie, qui vient de voir A Chorus Line *à New York (« J'ai adoré! »), a enchanté les palais distingués de ses invités avec des roulades de bœuf et de petits soufflés de pommes de terre. Son mari, Edgar Halcyon (le magnat de la publicité), a surpris l'assemblée avec l'annonce de son décès imminent...*

Il s'éloigna de Jackson Square, remonta Columbus jusqu'au cœur du bouillonnant quartier de North Beach. Les tétons lumineux de Carol Doda clignaient cruellement en sa direction, faisant étalage d'une libération à laquelle il n'avait jamais participé.

En face du *Garden of Eden,* un clochard qui louchait poussait des cris : « Tout est fini. L'heure est venue d'être en paix avec le Seigneur. L'heure est venue de se réconcilier avec Jésus! »

Edgar avait besoin d'un endroit où il pourrait faire le vide dans sa tête. Et de temps pour le faire. Du temps précieux.

Il s'assit sur un banc à Washington Square. A côté de lui se trouvait une femme qui devait avoir le même âge que lui. Elle portait un pantalon en laine et une blouse à motifs cachemire. Elle lisait le *Bhagavad-gītā*.

Elle sourit.

— C'est ça, la réponse ? demanda Edgar en désignant le livre d'un signe de la tête.

— Quelle est la question ? renvoya la femme.

Edgar sourit à son tour :

— Le fameux mot de Gertrude Stein, fit-il.

— Moi, je doute qu'elle ait vraiment prononcé cette phrase. Personne ne peut être aussi malin que ça sur son lit de mort.

C'était reparti.

Puis il sentit une sorte d'insouciance l'envahir.

— Et vous, s'enquit-il, vous diriez quoi ?

— A propos de quoi ?

— De la fin. Vos derniers mots ? Si vous pouviez choisir.

La femme étudia son visage pendant un moment. Puis elle dit :

— Que diriez-vous de... « Et merde ! »

Il partit d'un grand éclat de rire cathartique, un glapissement animal qui lui fit monter les larmes aux yeux. La femme l'observa avec bienveillance, d'un air détaché mais tendre.

Presque comme si elle savait.

— Vous voulez un sandwich ? demanda-t-elle lorsqu'il eut fini de rire. Je l'ai préparé avec du pain *focaccia*.

Edgar accepta, touché par son attention. Quel plaisir d'avoir à ses côtés quelqu'un qui prenait soin de *lui*, pour une fois !

— Je m'appelle Edgar Halcyon.

— Bien, fit-elle. Moi, c'est Anna Madrigal.

Déjeuner d'affaires

A l'agence, Mary Ann était en train de se remettre du rouge à lèvres lorsque Beauchamp s'approcha à pas de loup.

— Le grand méchant patron est déjà parti déjeuner ?

— Oh... Beauchamp !

Elle lâcha le rouge à lèvres dans son sac à main en osier.

— Il est... il est parti depuis plus d'une heure. Je crois que quelque chose le tracassait.

— Pour changer.

— Cette fois, c'était différent.

— Ils lui ont peut-être demandé de jouer le rôle d'une nymphe des bois dans la pièce du Grove.

— Quoi ?

— Rien. Je vous ai invitée à déjeuner, vous vous en souvenez ?

— Ah... oui.

Elle n'avait pensé à rien d'autre de toute la matinée.

Au MacArthur Park, ils commandèrent tous les deux une salade. Mary Ann picorait la sienne sans enthousiasme, légèrement déphasée par le restaurant, ses oiseaux en cage et son ambiance végétaro-bourgeoise. Beauchamp perçut son malaise.

— Vous êtes troublée, n'est-ce pas ?

— Je... Comment ça ?

— Par tout ceci. Nous deux.

— Pourquoi dites-vous ça ?

— Non, non. Répondez d'abord à ma question.

Elle gagna quelques secondes en s'acharnant sur un morceau d'avocat.

— C'est assez nouveau... pour moi.

— De déjeuner avec un homme marié?

Elle confirma, évitant son regard bleu perçant.

— Je pourrais avoir encore un peu d'eau?

Il fit un signe au serveur sans détacher son regard d'elle.

— Vous savez, vous n'avez aucune raison d'être nerveuse. Vous êtes libre, vous, au moins. Ça présente des avantages.

— Libre?

— Célibataire.

— Ah... oui.

— Les célibataires font ce qu'ils veulent.

Le serveur apparut.

— Un autre verre d'eau pour la demoiselle, dit Beauchamp.

Il sourit à Mary Ann.

— Ça ne vous dérange pas que je vous appelle une demoiselle, au moins?

Elle secoua la tête. Le serveur esquissa un sourire narquois avant de s'éclipser.

— Vous savez quoi? fit Mary Ann.

— Quoi?

Il avait les yeux rivés sur elle.

— Avant, je prononçais votre nom « BO-CHAMP » au lieu de « BI-TCHEUM ».

— Tout le monde le fait.

— Je me sentais si ridicule. Mildred m'a finalement corrigée. C'est un nom anglais, non?

— Oui. Mes parents étaient maniérés et fiers de l'être.

— Je trouve ça très joli. Vous auriez dû me corriger quand je me trompais.

Il haussa les épaules.

— Ça n'a pas d'importance.

— Je me trompais même dans la prononciation de Greenwich Street, quand je suis arrivée ici.

— Moi, j'appelais Kearny « Kɪʀɴɪ » au lieu de « Kᴇᴜʀɴɪ ».

— C'est vrai ?

— Et je disais « Dᴊɪ-ʀᴀʀᴅᴇʟʟɪ » au lieu de « Gᴜɪ-ʀᴀʀᴅᴇʟʟɪ », et, comble de blasphème à San Francisco, j'appelais les fameux *cable-cars* des « tramways » !

Mary Ann rit gentiment.

— Ça, je le fais encore maintenant.

— Eh bien, tant pis ! Qu'ils aillent se faire foutre, s'ils n'ont pas le sens de l'humour !

Elle rigola, en espérant que son rire cacherait sa gêne.

— Nous sommes tous des petits nouveaux, dit Beauchamp. A un moment ou à un autre. Faites-en un atout. L'innocence est quelque chose de très érotique.

Il sélectionna un crouton dans sa salade et le porta à ses lèvres.

— Pour moi, en tout cas, ajouta-t-il.

Le serveur était de retour avec le verre d'eau. Mary Ann le remercia et but quelques gorgées, en réfléchissant à un moyen de détourner la conversation. Beauchamp s'en chargea pour elle.

— Avez-vous déjà rencontré ma femme ?

— Euh... une fois. Au match de softball.

— Ah oui. Et qu'en pensez-vous ?

— Elle a l'air charmante.

— Oui, tout à fait charmante, lâcha-t-il avec un sourire forcé.

— Je lis beaucoup de choses sur vous deux.

— Oui. C'est fou ce qu'ils écrivent.

Elle commençait à s'impatienter.

— Beauchamp... Je crois que M. Halcyon sera de retour dans...

— Vous voulez un scoop introuvable dans les feuilles de chou mondaines ?

— Je n'ai pas envie de parler de votre femme.

— Ça, je vous comprends.

Elle s'essuya la bouche avec le coin de la serviette.

— C'était vraiment...

— Nous n'avons plus couché ensemble depuis des lustres.

— Je crois qu'il vaudrait mieux que nous partions.

— Mary Ann, DeDe et moi ne sommes même plus amis ! Nous ne parlons pas comme vous et moi. Il n'y a plus aucun lien...

— Beauchamp...

— Bon sang ! J'essaie de vous dire quelque chose. Pourriez-vous cesser d'être aussi américaine moyenne pendant dix secondes ?

Il baissa la tête et se massa les tempes.

— Pardonnez-moi, reprit-il. Mon Dieu... Je vous en supplie, aidez-moi.

Elle se pencha au-dessus de la table et prit la main de Beauchamp dans la sienne. Il pleurait.

— Que puis-je faire, Beauchamp ?

— Je ne sais pas. Ne partez pas... s'il vous plaît. Parlez-moi.

— Beauchamp, ce n'est pas l'endroit idéal pour...

— Je sais. Il faudra du temps.

— On pourrait peut-être se revoir après le travail, boire un verre...

— Et si on se retrouvait ce week-end ?

— Je ne suis pas certaine que ce soit...

— Je connais un endroit à Mendocino.

Un fragment du passé d'Anna

Dans le parc, le soleil s'était réchauffé, et le chant des oiseaux était devenu plus joyeux. En tout cas pour Edgar.

— Madrigal. C'est très joli. N'y a-t-il pas des Madrigal à Philadelphie ?

Anna haussa les épaules.

— Moi, je viens de Winnemucca.

— Ah... Je ne connais pas bien le Nevada.

— Vous devez avoir été à Winnemucca au moins une fois. Probablement à l'âge de dix-huit ans.

Il pouffa :

— Non, à vingt. On mûrit lentement, dans notre famille.

— Quel bordel avez-vous visité ?

— Mon Dieu ! Vous me demandez de remonter au paléolithique : impossible de me souvenir d'un truc pareil !

— C'était votre première fois, non ?

— Oui.

— Alors vous pouvez vous en souvenir. Tout le monde se souvient de sa première fois.

Elle cligna des yeux d'un air enjôleur, à la façon d'un professeur qui tenterait d'extorquer ses tables de multiplication à un élève timide.

— C'était quand ? En 1935 ? Aux alentours ?

— Ce devait être... En 37. Mon avant-dernière année à Stanford.

— Vous y êtes allé comment ?

— Oh, là là !... Dans une Oldsmobile toute cabossée. On a roulé toute la nuit, jusqu'à cette chose en parpaings, au beau milieu du désert.

Il en riait tout seul, doucement.

— Nous nous attendions à je ne sais pas bien quel

décor sorti des *Mille et Une Nuits,* reprit-il, au moins à quelques coussins de velours rouge.

— Les habitants de San Francisco sont trop gâtés.

Il rit.

— Eh bien, oui, je trouvais que nous méritions mieux. La maison avait l'air tellement ordinaire ! Il y avait même une photo de Roosevelt et de sa femme dans le petit salon !

— Il faut bien sauver les apparences ! Le nom de l'endroit ne vous est toujours pas revenu ?

Les sourcils d'Edgar s'écartèrent.

— Attendez ! Si : le *Blue Moon Lodge* ! Ça faisait des années que je n'y avais plus pensé !

— Et le nom de la fille ?

— Oh, ce n'était plus une fille ! Elle devait avoir quarante-cinq ans.

— Alors c'en était encore une, croyez-moi !

— Excusez-moi.

— Quel était son nom ?

— Bigre... Non, je ne sais pas, c'est trop loin.

— Margaret ?

— Mais oui ! Comment avez-vous...

— Elle m'a lu tous les livres de *Winnie l'ourson.*

— Pardon ?

— Vous êtes sûr que vous voulez entendre ça ?

— Écoutez, si j'ai...

— Ma mère tenait le *Blue Moon Lodge.* C'était ma maison. J'y ai grandi.

— Vous n'êtes pas en train de tout inventer ?

— Non.

— Ça alors !

— Et surtout n'essayez pas de vous excuser. Si vous me faites encore des excuses, je reprends mon sandwich et je m'en vais.

— Pourquoi m'avoir laissé parler ainsi ?

— Je voulais que vous vous rappeliez ce que vous

étiez jadis. Vous ne semblez pas très heureux de ce que vous êtes maintenant.

Edgar la considéra.

— Ah bon?

— Eh non.

Il avala une bouchée de son sandwich. Son propre présent le rendait bien plus mal à l'aise que le passé douteux de cette femme. Il reprit la conversation.

— Est-ce que vous avez... Enfin, je veux dire...

Elle sourit.

— Selon vous?

— Comment voulez-vous que je sache? Ce n'est pas juste.

— Très bien. Je me suis enfuie de chez moi quand j'avais seize ans, plusieurs années avant votre visite au *Blue Moon*. Je n'ai jamais travaillé pour ma mère.

— Ah bon.

— Pour l'instant, je tiens ma propre maison.

— Ici?

— Au 28 Barbary Lane, San Francisco, 94109.

— Sur Russian Hill?

Elle cessa son petit jeu :

— Monsieur Halcyon, je suis une bonne vieille logeuse domestique.

— Oh!

— Vous êtes déçu?

— Pas le moins du monde.

— Tant mieux. Demain, ce sera votre tour de m'offrir le déjeuner.

Le nouveau colocataire de Mona

La très anticosmique sonnerie du téléphone interrompit abruptement le mantra de Mona.

— Allô ?

— Salut, Mona, c'est Michael.

— Mouse !

C'était son surnom.

— Putain ! Je me disais que la CIA avait dû te kidnapper !

— Ça fait longtemps, hein ?

— Trois mois.

— Ouais. Je reste dans ma moyenne.

— Ah. Tu t'es fait larguer ?

— Ben... on s'est plutôt quittés à l'amiable. Lui l'a pris très bien, moi j'ai pleuré à chaudes larmes, assis dans Lafayette Park pendant toute la matinée... Bon, d'accord : je me suis fait larguer.

— Je suis désolée, Mouse. Je pensais que cette fois tu tenais le bon. Je l'aimais assez bien, ce... Robert, c'est ça ?

— Ouais. Moi aussi je l'aimais assez bien.

Il rit jaune avant de reprendre :

— C'était un ancien recruteur chez les Marines. Je ne t'ai jamais raconté ? Il m'avait offert un porte-clés avec un petit médaillon militaire qui disait : « Les Marines recherchent quelques hommes de valeur. »

— C'est mignon.

— Tous les matins on faisait notre jogging dans Golden Gate Park, jusqu'à l'océan. Robert portait son débardeur rouge de Marine, et tous les petits vieux nous arrêtaient pour nous dire que cela faisait plaisir de nos jours de voir qu'il y avait toujours des jeunes gens braves et comme il faut. Qu'est-ce que ça nous faisait marrer ! Au lit, en général.

— Et qu'est-ce qui s'est passé ?

— Est-ce que je sais ? Je suppose qu'il a paniqué. On achetait des meubles ensemble, des choses comme ça. Enfin... pas vraiment *ensemble*. Il achetait un sofa, et moi deux chaises assorties. C'est plus facile en cas de divorce, faut se montrer prévoyant... Mais ce qui est sûr, c'est qu'on avait franchi un cap important. Avant, je n'avais jamais atteint le stade de l'achat de meubles.

— C'est une consolation.

— Ouais... Et personne d'autre ne m'avait jamais lu de poésie allemande au lit. En allemand, qui plus est !

— Dis donc !

— Il jouait de l'harmonica, Mona. Parfois pendant que nous marchions dans la rue. Bordel, ce que j'étais fier d'être avec lui !

— Il causait ?

— Qu'est-ce que tu veux dire ?

— Il avait de la conversation, ou bien il était trop occupé à jouer de l'harmonica ?

— C'était un mec bien, Mona.

— Ce qui explique pourquoi il t'a laissé tomber.

— Il ne m'a pas laissé tomber.

— Tu viens de me dire le contraire.

— On n'était... pas faits l'un pour l'autre, c'est tout.

— N'importe quoi ! Tu es vraiment une midinette indécrottable !

— Merci pour ces quelques mots de réconfort.

— Tout ce que je sais, c'est que je ne t'ai pas vu depuis trois mois. Il existe d'autres individus dans le monde que l'Homme de Ta Vie... qui t'aiment, eux aussi !

— Je sais, Mona. Je m'excuse.

— Mouse...

— Je suis vraiment désolé. Je ne voulais pas...

— Michael Mouse, si tu te mets à pleurer au téléphone je n'irai plus jamais faire la fête avec toi en boîte.

— Je pleure pas, je suis songeur.

— Je te laisse dix secondes pour sortir de ton songe. Merde, Mouse, les rues sont pleines de recruteurs de Marines qui font du jogging. Putain ! Toi et ton fantasme de l'innocent rustique ! Je parie que ce connard avait une armoire pleine de chemises de bûcheron, pas vrai ?

— Écrase.

— Je suis sûre qu'en ce moment même il est au *Toad Hall* en train de frimer avec sa veste d'aviateur, un pouce dans la poche de son Levi's et une bouteille de bière à la main.

— T'es vraiment une chieuse.

— Comme tu les aimes. Écoute... si j'apprenais un peu de poésie allemande, est-ce que tu viendrais habiter ici jusqu'à ce que tu aies retrouvé un appartement ? Il y a largement assez de place. Ça ne dérangera pas Mme Madrigal.

— Je ne sais pas.

— T'es à la rue, non ?... T'as du fric ?

— Deux mille. Sur un compte épargne.

— Bon, ne joue pas au difficile. C'est l'idéal. Tu viens habiter ici jusqu'à ce que tu trouves un autre studio... ou un autre joueur d'harmonica. On verra ce qui te tombera dessus en premier.

— Ça ne marchera jamais.

— Et pourquoi ça ?

— Tu fais de la méditation transcendantale et moi de l'auto-affirmation new age. Ça ne marchera jamais.

Le soir même, il emménagea dans l'appartement de Mona avec tout ce qu'il possédait. Les œuvres littéraires de Mary Renault et de la regrettée Adelle Davis. Un assortiment de bottes de travail, de salopettes et de jeans de chez Kaplan's Army Surplus à Market Street. Une lampe Arts déco en forme de nymphe perchée sur un seul pied. Quelques coquillages ramassés au hasard. Un T-shirt qui disait : Danse 10, Gueule 3. Un flacon de mercurochrome. Des haltères. Une photo dédicacée de La Belle.

— Les meubles sont restés chez Robert, expliqua-t-il.

— Qu'il aille se faire foutre, décocha Mona. Maintenant tu vis avec quelqu'un d'autre.

Michael la serra dans ses bras.

— Tu me sauves la vie, une fois de plus.

— Eh, c'est normal, Mouse. Il ne nous reste plus qu'à fixer les règles de base, OK ?

— J'appuie sur le tube de dentifrice par le bas.

— Non... Tu sais très bien de quoi je parle.

— Ouais. De toute façon, on a chacun notre chambre.

— Et le salon est une zone tabou.

— Évidemment.

— Et si je ramène un bi à la maison, bas les pattes, OK ?

— Est-ce que j'ai franchement l'air d'un tel goujat ?

— Que fais-tu du jardinier basque de l'été dernier ?

— Ah oui ! fit-il, le sourire aux lèvres. Il n'était pas mal, celui-là.

Mona lui tira la langue.

Leur premier rendez-vous

Anna suggéra un déjeuner au *Washington Square Bar & Grill*.

— C'est hilarant, dit-elle en riant au téléphone. Tout le monde se donne des airs terriblement littéraires. Pour le prix d'un hamburger, tu peux te faire passer pour quelqu'un qui vient de terminer un petit volume de poésie.

Edgar resta circonspect.

— Je crois que je préférerais quelque chose de moins tapageur.

— Tu veux dire de plus privé?

— Ben... oui.

— Oh, là là! Ce n'est pas une chambre d'hôtel! Si un de tes copains nous repère, tu peux toujours dire que je suis une cliente ou quelque chose comme ça.

— Mes clients ne sont pas aussi ravissants que toi.

— Vieux satyre!

Ils étaient assis à deux tables à peine de Richard Brautigan. Ou de quelqu'un qui tentait de *ressembler* à Richard Brautigan.

— Tu as vu, au bar? C'est Mimi Fariña.

Edgar ne semblait pas la connaître.

— La sœur de Joan Baez, espèce de béotien. Mais où étais-tu, toutes ces dernières années? Sur une île déserte?

Il rit nonchalamment.

— Tu me sembles bien snob, pour un marchand de sommeil.

— Une marchande de sommeil.

— Désolé. Tu sais, moi et les célébrités...

Anna lui sourit.

— Ta femme n'en reçoit pas sans arrêt? s'enquit-elle sans méchanceté aucune.

— Tu lis les journaux?

— Ça m'arrive.

— Ma femme *collectionne,* Anna. Elle collectionne les canards en porcelaine, les meubles en osier, les cages d'oiseaux françaises du XIXe qui ressemblent au château de Blois... Elle collectionne aussi les gens. L'année dernière elle a fait l'acquisition de Rudolf

Noureïev, Luciano Pavarotti, plusieurs Auchincloss et, en exclusivité, un authentique prince espagnol nommé Umberto de quelque chose.

— Ils sont devenus si rares, de nos jours.

— Elle collectionne aussi les bouteilles. De rhum.

— Ah!

— On arrête de parler d'elle?

— Si tu veux. De quoi as-tu envie, d'ailleurs?

— J'ai envie d'une belle... Quel âge as-tu?

— Cinquante-six ans.

— J'ai envie de me balader sur la plage avec une belle femme de cinquante-six ans et de déconner avec elle.

— Tout de suite?

— Sur-le-champ.

— Sors la manivelle et fais démarrer la Mercedes!

La plage de Point Bonita était presque déserte. A son extrémité nord, un groupe d'adolescents faisait voler un énorme cerf-volant pourvu d'une queue argentée.

— Bon sang! lança Edgar. Tu te rappelles à quel point c'était amusant, de faire ça?

— *C'était?* Je fais tout le temps du cerf-volant. C'est *follement* drôle quand on est défoncé.

— A la marijuana?

Anna haussa malicieusement un sourcil. Elle fouilla dans son sac et en sortit un joint soigneusement roulé.

— Remarque le papier de cigarette! J'ai pensé qu'il séduirait ton cœur d'homme d'affaires austère.

Il s'agissait d'un faux billet d'un dollar.

— Anna... Je ne veux pas jouer les rabat-joie...

Elle laissa tomber le joint dans son sac.

— Ça ne risque pas. Bon! On la fait, cette promenade?

Il fut blessé par sa gaieté artificielle. Il se sentait

plus vieux que jamais. Il voulait faire un geste vers elle, établir entre eux un lien durable.

— Anna?

— Oui?

— Je te trouve extraordinaire pour une femme de cinquante-six ans.

— N'importe quoi!

— Je suis sincère.

— Je suis exactement comme n'importe quelle femme de cinquante-six ans se doit d'être.

Il rit faiblement.

— J'aimerais que tu approuves qui je suis.

— Edgar, fit-elle en prenant son bras pour la première fois, j'approuve qui tu es. Je voudrais juste que tu révèles ce qui se cache derrière cette vieille façade bourrue. Je voudrais que tu voies à quel point tu peux être formidable...

Elle relâcha son bras, et courut vers les adolescents. En moins d'une minute, elle était de retour, traînant derrière elle le grand cerf-volant argenté.

Elle tendit la corde à Edgar.

— Il est à toi pour dix minutes, dit-elle, essoufflée. Profites-en.

— Tu es folle, lui renvoya-t-il, hilare.

— Peut-être bien.

— Comment est-ce que tu les as convaincus?

— Ne me pose pas de questions.

Au bout de la plage, les adolescents s'étaient accroupis en un cercle, et regardaient le pot-de-vin d'Anna s'évanouir en fumée.

En route pour Mendocino

La Porsche gris métallisé de Beauchamp dévalait la pente de la colline comme une boule de flipper en route pour un beau score.

Mary Ann faisait tourner nerveusement sa bague autour de son doigt.

— Beauchamp ?

— Oui ?

— Qu'est-ce que tu as dit à ta femme ?

Il sourit comme un gentil boy-scout.

— Elle croit que je suis en train d'accompagner un gosse au camp.

— Quoi ?

— Je lui ai raconté que les Gardes organisaient un week-end au mont Tam pour des gosses défavorisés. Ça n'a pas d'importance. Elle n'écoutait pas. Elle était en train d'arranger une réception avec sa mère pour Nora Cunningham.

— La diva ?

— Oui.

— Ta famille connaît une foule de gens célèbres, non ?

— Faut croire.

— Tu n'as rien dit à M. Halcyon, hein ?

— A propos de quoi ?

— A propos de... notre escapade.

— Tu es folle ou quoi ?

Elle se tourna vers lui :

— Je ne sais pas. Est-ce que je suis folle ?

L'endroit se trouvait sur un promontoire en bois qui domine la côte de Mendocino. Il y avait là une demi-douzaine de chalets plus ou moins bien entretenus. Cela s'appelait le *Fools Rush Inn*.

La dame qui tenait l'établissement n'arrêtait pas de faire des clins d'œil à Mary Ann.

Quand elle les eut laissés seuls, Mary Ann dit :

— Il n'y a qu'un seul lit ?

— Oui. Je lui demanderai d'apporter un lit pliant.

— Elle pensera que nous sommes bizarres.

— Ouais, c'est possible.

— Beauchamp, tu avais dit que nous ne...

— Je sais. J'étais sincère. Ne t'en fais pas. Je lui dirai que tu es ma sœur.

Il alluma un feu dans la cheminée, pendant que Mary Ann déballait son sac. Par habitude, elle avait emporté l'exemplaire déchiré de *Nicolas et Alexandra* qu'elle lisait depuis trois étés.

— Scotch ? fit-il.

— Non, merci.

— Pour me détendre.

— Je t'en prie, vas-y.

— Ça me fait vraiment plaisir, tu sais. J'avais besoin d'espace.

— Je sais. J'espère que ça t'aidera.

Il s'assit près de la cheminée et but son scotch à petites gorgées. Elle s'assit à côté de lui.

— Tu n'as pas énormément d'amis, n'est-ce pas ? s'enquit-elle.

Il hocha la tête.

— Ce sont tous des amis de DeDe. Je ne fais confiance à aucun d'eux.

— Je voudrais que tu puisses avoir confiance en moi.

— Moi aussi.

— Tu peux avoir confiance en moi, Beauchamp.

— J'espère.

Elle posa sa main sur ses genoux.

— Tu *peux*.

A la tombée de la nuit, ils roulèrent jusqu'au village et dînèrent au *Mendocino Hotel*.

— C'était merveilleux, dans le temps, dit Beauchamp en examinant la salle. Sympa et pas cher, le parquet irrégulier... bref, un truc authentique.

Mary Ann regarda autour d'elle.

— Ça m'a l'air très bien.

— C'est trop précieux. Ils se prennent au sérieux, maintenant. Le charme s'est envolé.

— Mais ils ont quand même installé des extincteurs au plafond.

Il sourit.

— Parfait. C'était exactement la chose à dire.

— Qu'est-ce que j'ai dit?

— Toi aussi, Mary Ann, tu es comme ça. Comme ce bâtiment. Ne te prends jamais au sérieux... ou la magie disparaîtra.

— Tu me trouves naïve, n'est-ce pas?

— Un peu.

— Je manque de raffinement?

— Exactement!

— Beauchamp... Je ne trouve pas que ce soit...

— Et ça, Mary Ann, j'adore. J'adore ton innocence.

Lorsqu'ils retournèrent dans le chalet, quelques braises luisaient encore dans la cheminée. Beauchamp s'accroupit, et jeta une bûche de sapin dans le feu.

Il resta immobile, doré comme un faune de Maxfield Parish.

— Ils n'ont pas apporté le lit pliant. Je vais vérifier à la réception.

Mary Ann s'assit sur le sol à côté de lui. Doucement, elle caressa la toison d'ébène de ses avant-bras.

— Oublie le lit pliant.

Brian en chasse

Brian sonna à la porte de Mary Ann trois fois, grommela un « merde » adressé à nul autre que lui-même et furtivement retraversa le couloir vers son propre appartement.

Logique. Une fille comme ça n'allait pas passer ses samedis soir au lit devant la télé. Une fille comme ça mordait la vie à pleines dents. Elle allait boire, danser et mordiller l'oreille d'un jeune cadre parfumé au *Brut,* un mec pourvu d'une 240 Z, d'un trimaran à Tiburon, et d'un appartement en copropriété à Sea Ranch.

Il ôta sa chemise en jean de chez *Perry,* et exécuta deux fiévreuses douzaines de pompes sur le sol de la chambre à coucher. A quoi bon bander mentalement pour Mary Ann Singleton ?

C'était de toute façon probablement une pauvre conne. Elle lisait sûrement les livres condensés du *Reader's Digest,* participait à des chaînes postales, et dessinait des petits ronds sur ses *i,* au lieu d'y mettre des points.

C'était probablement une *bombe sexuelle* au plumard.

Il entra sous la douche, et sublima sa libido avec une chanson de Donna Summer.

Où irait-il ce soir ? Chez *Henry Africa's* ? C'était assez éloigné de *Perry* et d'Union Street pour représenter, au moins symboliquement, une forme d'évasion. Là-bas, certaines des filles étaient connues pour leur maîtrise d'expressions plus variées que « sans blague ! » et « génial ! ». Enfin, au moins deux d'entre elles.

Il ne parvint pourtant pas à s'y résoudre.

Les fougères le rendaient malade, il faisait une overdose de lampes Tiffany, et il était dégoûté de tous ces décors plastiques. Mais où alors... ?

Eurêka ! Le Come Clean Center, la laverie.

Le mois passé, il y avait levé quelques super gonzesses. Les belles nanas affluaient au Come Clean Center à la recherche du bonheur conjugal. Mais pas besoin de les épouser pour se les faire !

Parfait ! Il s'essuya avec hâte, enfila une paire de Levi's en velours côtelé et un maillot de rugby gris et marron. Pourquoi diable n'y avait-il pas pensé avant ?

Face au miroir du placard, il se tapa sur le ventre. Le son produit était solide, comme une balle dans un gant de base-ball : pour un mec de trente-deux ans, c'était pas mal du tout !

Il se dirigea vers la porte, puis s'arrêta net, réalisant soudain où il allait : il empoigna une taie d'oreiller, retourna vers le placard et bourra la taie de caleçons, de chemises et de draps sales...

Il descendit Barbary Lane pratiquement en courant.

Le Come Clean Center trônait de manière ingrate à l'intersection de Lombard et de Fillmore, en face du centre de fitness de Marina. La laverie était bleue, dans un style sixties fonctionnel, assez passe-partout pour voir le jour n'importe où aux États-Unis. Une pancarte sur la porte annonçait : « Pas de lessive après 20 heures, S.V.P. »

La pancarte fit sourire Brian. Il appréciait le dépit de la direction. Certaines personnes s'incrustaient tristement jusqu'à la fin. Il jeta un œil à sa montre : 19 h 27. Il allait devoir travailler vite.

A l'intérieur, le long d'un mur de machines à laver en marche, une douzaine de jeunes femmes faisaient semblant d'être absorbées par leur lessive. Les regards dévièrent furtivement vers Brian, avant de se fixer à nouveau sur les machines. Le sang de Brian ne fit qu'un tour.

Il jaugea la présence masculine dans la laverie : pas vraiment de concurrence. Deux costumes décontractés, une mauvaise moumoute, et une mauviette avec un faux diamant dans l'oreille.

Enfonçant son maillot dans son pantalon, le ventre bien rentré, il se dirigea avec la grâce d'une panthère vers le distributeur de détergent. Maintenant chaque détail comptait, chaque frémissement de tendon et chaque battement de cils.

— Psitt, Hawkins !

Brian se retourna, pour être confronté à Chip Hardesty et son plus mauvais sourire d'animateur télé. Chip, célibataire, vivait à Larkspur, et pratiquait la dentisterie dans un hangar réaménagé de Northpoint. Son bureau était rempli de vitraux et de bannières Renaissance en soie.

Brian laissa échapper un soupir maussade.

— J'ai compris, fit-il, chasse gardée.

— Je m'en vais. Déconstipe-toi.

Du Chip Hardesty tout craché, ça : « Déconstipe-toi. » Il avait beau avoir la gueule d'un commentateur sportif, pensa Brian, son humour volait au ras des pâquerettes.

— Ça ne mord pas ? s'enquit Brian, pour l'aiguillonner.

— Je ne cherchais personne.

— Ah tiens ?

Chip souleva son panier à linge.

— Eh, non, comme tu peux voir.

— Je suppose qu'il n'y a pas de laverie à Larkspur.

— Écoute, mon pote, j'ai un rendez-vous ce soir. Sans ça je serais déjà sur un coup garanti.

— Ici ?

— A cet instant précis, mon vieux.

— Où ça ?

— Hé, vieux, fais tes propres recherches.

— Merci beaucoup, enculé.

Chip ricana et détourna son regard vers le coin de la pièce.

— Elle est à toi, mon pote. Celle en orange.

Il tapa Brian sur l'épaule et se dirigea vers la sortie.

— Et ne dis pas que je ne t'ai jamais rendu aucun service.

— C'est ça, marmonna Brian, qui se concentrait déjà avant de lancer son attaque.

Post-mortem

— Beauchamp ?

— Oui ?

— Ça te va, ce côté ?

— Oui. C'est bon.

— Tu es sûr ? Ça ne me dérange pas de changer.

— Je suis sûr.

Mary Ann s'adossa contre le lit et se mordilla l'index pendant un moment.

— Tu sais ce qui serait bien ?

Silence.

— Sur l'autoroute, j'ai vu une pancarte pour un de ces endroits où on peut louer des canoës. On pourrait emporter un pique-nique, louer un canoë et passer une matinée à l'aise en remontant la... Comment elle s'appelle, cette rivière ?

— Big.

— La rivière Big ?

— Oui.

— Ah bon, d'accord : le nom n'est pas génial, mais je suis une pagayeuse chevronnée, et je pourrais te réciter tous les poèmes que j'ai écrits dans ma dernière année de...

— Je dois rentrer de bonne heure.

— Mais tu avais dit que...

— Mary Ann, ça te dérange qu'on dorme un peu?

S'éloignant jusqu'à quelques centimètres du bord du lit, il lui tourna le dos. Mary Ann resta assise et silencieuse pendant une demi-minute.

Finalement :

— Beauchamp?

— Quoi?

— Est-ce que tu es...

— Quoi?

— Ce n'est rien. Je m'égare.

— Mais quoi, putain!

— Est-ce que tu es... vexé pour tout à l'heure?

— Qu'est-ce que tu crois?

— Beauchamp, ça n'a pas d'importance. Enfin, je sais que ça en a pour toi, mais pour moi ça ne change rien du tout. Tu étais probablement trop tendu. C'était un coup de malchance.

— Super. Merci beaucoup, docteur.

— J'essaie seulement de...

— Laisse tomber, tu veux?

— Il se peut que tu aies bu un peu trop, tu sais.

— J'ai bu trois minables scotches!

— Ça suffit pour...

— Laisse tomber, putain!

— Écoute, Beauchamp, je m'insurge contre l'idée que ce... que ceci... était le but de notre voyage. Je suis venue ici parce que tu me plais. Tu m'avais demandé de t'aider.

— Tu parles d'une aide!

— Tu es trop concentré. Je crois que tes problèmes avec DeDe sont probablement...

— Mais merde! Est-ce que t'es obligée de parler d'*elle*?

— Je pensais juste que...

— J'ai pas du tout envie de parler de DeDe !

— Et si moi j'avais envie d'en parler, hein ? C'est moi qui prends des risques dans cette histoire ! C'est moi qui joue gros. Toi, tu peux retourner dans ton penthouse avec ta femme et tes soirées mondaines. Moi, je me retrouve avec... les agences de rencontre informatisées... et les soirées de merde pour célibataires au *Jack Tar Hotel* !

Elle bondit hors du lit et se dirigea vers la salle de bains.

— Qu'est-ce que tu fais ? demanda Beauchamp.

— Je me brosse les dents. Tu permets ?

— Écoute, Mary Ann... je...

— Je ne t'entends pas. L'eau coule.

— Excuse-moi, Mary Ann, s'écria-t-il.

— Blmrrpltlrp.

Il la rejoignit dans la salle de bains. Debout derrière elle, il lui caressa doucement son ventre.

— J'ai dit : *excuse-moi.*

— Ça te dérangerait de sortir de la salle de bains ?

— Je t'aime.

Silence.

— Tu entends ?

— Beauchamp, tu m'as fait renverser mon gobelet d'eau !

— Je t'aime, bordel.

— Mais enfin, pas *ici* !

— Si, ici !

— Mais enfin, Beauchamp. Beauchamp !

Elle s'appuya sur son coude, et étudia ses traits assoupis. Il ronflait si faiblement qu'on aurait dit un ronron. Il avait posé son bras droit, bronzé et velu, pardessus la taille de Mary Ann.

Il parlait dans son sommeil.

Au début, c'était du charabia. Puis elle crut entendre un nom. Elle ne parvenait pourtant pas à l'identifier. Ce n'était pas DeDe... ni d'ailleurs Mary Ann.

Elle se glissa près de lui. Les sons devinrent plus indistincts. Il se tourna sur le ventre, retirant son bras de sa taille. Il se mit de nouveau à ronfler.

Elle se faufila hors du lit et alla jusqu'à la fenêtre sur la pointe des pieds. La lune traçait un sillage argenté sur la surface de l'océan. « Ça, c'est une rivière de lune », lui avait expliqué son frère Sonny quand elle avait dix ans. Elle l'avait cru. Elle avait également cru qu'un jour elle serait Audrey Hepburn, et que son George Peppard viendrait.

Pendant les quatorze heures qui suivirent, elle s'assit près du feu et lut *Nicolas et Alexandra*.

Déballage de linge sale

La proie de Brian était assise sur une chaise en plastique, dans la zone d'attente à moquette touffue du Come Clean Center. Elle portait un pantalon orange qu'aurait pu lui envier une équipe de cantonniers travaillant de nuit.

Son T-shirt Mao Tsé-toung étreignait si fortement sa poitrine que le président affichait un large sourire.

Elle était en train de lire *People*.

Brian hésita un moment en face du distributeur de détergent, feignant l'indécision. Puis il se retourna.

— Euh... pardon. Pourriez-vous me dire la différence entre ces deux lessives ?

Elle interrompit sa lecture d'un article sur Cher, et, à travers ses lentilles de contact bleu cobalt, le considéra d'un air interrogateur. Mâchouillant son chewing-gum sans sucre, elle renifla le nouveau taureau qui venait de s'introduire dans son pré.

— Downy est un adoucissant, fit-elle en souriant. Ça adoucit vos vêtements et leur donne une odeur fraîche. Tenez... vous voulez essayer le mien?

Brian sourit à son tour.

— Vous êtes sûre d'en avoir assez?

— Absolument certaine.

Elle pêcha un flacon de Downy dans son panier à linge en plastique rouge.

— Regardez. Il y a écrit...

Brian se plaça à côté d'elle.

— Où ça?

— Ici... sur l'étiquette, au-dessous du...

— Ah oui.

La joue de Brian était à quelques centimètres. Il pouvait sentir son parfum.

— Je vois, fit-il. Fraîcheur d'avril.

Elle pouffa de rire, et continua à lire l'étiquette :

— ... et aide à éliminer l'électricité statique.

— Je *déteste* l'électricité statique, pas vous?

Elle le regarda, perplexe, puis elle reprit la lecture.

— Les blancs sont blancs et les couleurs lumineuses.

— Bien sûr.

— Adoucit en profondeur.

— Mmm. En profondeur.

Elle se recula brusquement, et lui fit face avec un sourire de sainte nitouche.

— Vous êtes gonflé, dites donc!

— Gonflé d'une fraîche brise d'avril, j'espère.

— Oh ben vous, alors!

— Et voilà, elles disent toutes ça.

— Je vous conseille de...

— Vous n'êtes pas d'ici, n'est-ce pas?

— Pourquoi?

— Je sais pas. Vous dégagez un certain... non, c'est idiot.

— Quoi ?

— Ça ressemble à une phrase préparée.

— Je peux très bien en juger par moi-même.

— Vous dégagez une sorte de... charme cosmopolite.

Après l'avoir fixé pendant un instant, elle baissa les yeux en direction de son T-shirt. Puis elle fixa à nouveau Brian.

— Pourquoi vous avez fait ça ? demanda-t-il.

— Je ne savais plus si je portais mon T-shirt *Paris Match*.

Il partit d'un rire suave.

— Ce ne sont pas vos vêtements. C'est juste... quelque chose... que vous dégagez. Oh, n'y pensez plus.

— Et vous, vous êtes de la région ?

— Bien sûr. Troisième séchoir à droite.

— Allez !

— Je sais que ça n'a l'air de rien, mais à l'intérieur, c'est très joli. Des chandeliers en cristal, du papier peint fibreux, du linoléum... Et vous, vous habitez où ?

— La Marina.

— Tout près d'ici, alors ?

— Ouais.

— A pied, on y serait en combien de temps ?

— Je ne crois pas... cinq minutes.

— Vous ne croyez pas quoi ?

— Oh, rien.

— Parfait. On y va ?

— Écoutez, je ne connais même pas votre nom.

— Bien sûr. Où avais-je la tête ? Brian Hawkins.

Elle empoigna sa main et la secoua de manière assez formelle.

— Moi, c'est Connie Bradshaw. Hôtesse à United Airlines.

Mes vœux les plus sincères

Autour du lit de Connie gisaient les corps de ses occupants de la journée : un Snoopy en peluche d'un mètre cinquante, un coussin verdâtre en forme de grenouille, un python en éponge avec des yeux mobiles (« Pardonnez-lui, Sigmund », pensa Brian), et un oreiller marron qui portait la mention : FÊTE DU LYCÉE, CENTRAL HIGH, 1967.

Brian s'était appuyé contre le dosseret.

— Ça te dérange, si je fume ?

— Non, vas-y.

Il gloussa :

— Très *New Wave*, tout ça...

— Quoi ?

— Eh bien... Le couple au pieu, après... Ça n'a pas d'importance.

— Très bien.

— Tu veux que je m'en aille ?

— Est-ce que j'ai dit ça, Byron ?

— Brian.

— Tu peux t'en aller, si tu veux.

— T'es fâchée ou quoi ?

Silence.

— Ah, la gente dame est contrariée.

— Oh, t'es tellement intello !

— Mon *cerveau* te choque ?

Silence.

— Écoute, Bonnie...

— Connie.

— Un partout. Écoute... Si tu veux, je serai le coupable. Je suis le libéral type. Fais retentir une sonnette, je me flagellerai et je me sentirai coupable pendant des semaines. Dis-moi juste ce que j'ai *fait,* d'accord ?

Elle fit volte-face et s'arrondit en une position fœtale.

— Si tu ne sais pas, ça ne vaut même pas la peine d'en parler.

— Bonnie ! Non, Connie !

— Est-ce que tu traites toutes tes partenaires de cette façon ?

— De *quelle* façon ?

— Comme ça : vas-y que j'te baise et merci pour le service !

— Ah. Au moins, c'est clair.

— C'est toi qui m'as demandé.

— Effectivement.

— Je ne crois pas que ce soit anormal d'avoir besoin d'un peu de tendresse.

— « J'attendrai, la nuit et le jour... »

— Va te faire foutre !

— « J'attendrai toujours... »

— T'es vraiment un pauv' mec. Un type pitoyable, franchement ! Tu dégages autant de chaleur humaine qu'un... je ne sais pas quoi !

— Jolie comparaison.

— Va te faire enculer !

A présent, elle était levée. Assise devant son miroir, elle se brossait les cheveux à grands coups vengeurs.

— Je m'excuse, dit-il. OK ?

— Pourquoi s'excuser ? On ne se connaît même pas.

— On a partagé un adoucissant. Cela ne signifie donc rien pour toi ?

— Si. La fin d'une journée de merde.

— Mince. Qu'est-ce qui t'est arrivé d'*autre* aujourd'hui ?

— Rien. Rien du tout.

— Et alors ?

— Et alors il se trouve que c'est mon anniversaire !

Il la serra dans ses bras jusqu'à ce qu'elle cesse de pleurer et qu'elle sèche ses larmes.

— J'ai faim, dit-il. Pas toi ?

Elle ne répondit pas. Elle resta assise au bord du lit comme une poupée Barbie cassée. Brian disparut à la cuisine.

Il réapparut quelques minutes plus tard avec un air faussement solennel, un moule à tarte à la main.

— Ces pâtisseries de North Beach font du bon boulot, tu ne trouves pas ? lança-t-il.

Plantées dans un triple sandwich au beurre de cacahuètes et à la confiture, quatre allumettes brillaient allégrement.

— Fais un vœu, dit-il, et pas de sarcasmes !

Mme Day à la maison

DeDe était agacée. Le dimanche s'enfonçait déjà dans l'après-midi, et Beauchamp n'était toujours pas rentré de son week-end avec les Gardes au mont Tam.

Elle errait nerveusement dans le penthouse à la recherche d'une distraction. Elle avait déjà lu le *Town and Country*, arrosé les plantes, promené son corgi, et discuté avec Michael Vincent à propos des meubles en bois pour le salon.

Il ne restait plus rien, sauf les factures.

Elle s'assit à son écritoire et se mit à déchirer des enveloppes. Le compte de Wilkes Bashford s'élevait à 1 748 dollars. Papa allait être livide. Ce mois-ci, elle avait déjà reçu trois avances sur sa rente.

Et merde ! Beauchamp n'avait qu'à faire les factures lui-même, pour une fois. Elle en était dégoûtée.

Elle se leva avec rage et se posta à la fenêtre, où elle

fut confrontée à un panorama d'un exotisme quasi risible : la pente boisée de Telegraph Hill, la magnificence brute d'un cargo norvégien, la vaste courbe bleutée de la baie...

Et puis une soudaine entaille de vert électrique, quand une nuée — non, *la* nuée — de perroquets sauvages s'envola vers le nord, jusqu'aux eucalyptus de Julius Castle.

Sur la colline, les oiseaux étaient devenus légendaires. La légende voulait qu'ils aient jadis appartenu à des hommes. Ensuite, on ne sait trop comment, ils s'étaient échappés de leurs cages respectives pour former ce bataillon rauque de combattants de la liberté. Selon la plupart des témoins, ils partageaient leur temps entre Telegraph Hill et Potrero Hill. Leurs cris stridents, en plein vol, étaient considérés par de nombreux habitants comme un hymne à l'âme libérée.

Mais pas par DeDe.

Pour elle, ces perroquets affichaient une arrogance désobligeante. On aurait beau acheter le plus joli de toute la ville, se disait-elle, impossible de se faire aimer de lui. On peut le nourrir, le soigner et le complimenter sur sa splendeur, rien ne garantit qu'il restera à la maison. Il y avait du reste une leçon à tirer de ça.

Elle s'enferma dans la salle de bains et versa un capuchon de bain moussant dans la baignoire. Elle reposa dans l'eau pendant une heure, essayant de calmer ses nerfs. Cela aidait de penser au bon vieux temps, aux jours heureux à Hillsborough, quand Binky, Muffy et elle allaient chiper les clés de la Mercedes de papa, pour descendre jusqu'à Fillmore et aguicher les étalons noirs qui rôdaient au coin des rues.

De bons moments. Avant l'entrée dans le monde. Avant le mariage. Avant Beauchamp.

Et que restait-il à présent ?

Muffy avait épousé un prince castillan.

Binky continuait à mener sa grande vie de Princesse Américaine Juive.

DeDe était coincée avec un Bostonien désargenté mais digne, qui se prenait pour un perroquet.

Allongée dans l'eau chaude et parfumée, elle réalisa soudainement que la plupart de ses idées sur l'amour, sur le mariage et le sexe avaient cristallisé quand elle avait quatorze ans.

Mère Immaculata, son professeur de sciences humaines, lui avait tout expliqué :

— Des garçons essaieront de t'embrasser, DeDe. Tu dois t'y attendre, et t'y préparer.

— Mais comment ?

— La solution est contre ton cœur, DeDe. Le scapulaire que tu portes autour du cou.

— Je ne vois pas comment...

— Quand un garçon essaiera de t'embrasser, tu devras sortir ton scapulaire et lui dire : « Tiens, embrasse ceci, puisque tu as besoin d'embrasser quelque chose. »

Le scapulaire de DeDe contenait une photo de Jésus, ou de saint Antoine ou de quelqu'un de ce genre.

Personne n'essaya jamais d'embrasser le scapulaire.

Mère Immaculata savait de quoi elle parlait !

DeDe sortit du bain et resta devant le miroir un long moment, appliquant de l'Oil of Olaz sur son visage. La chair, sous son menton, devenait molle et spongieuse. Mais rien de trop grave : cela pouvait encore passer pour les rondeurs pleines de charme de l'adolescence.

Le reste de son corps dégageait toujours une certaine... sensualité, estima-t-elle, même si l'opinion de quelqu'un d'autre aurait certainement été la bienvenue pour confirmation. Si Beauchamp ne la désirait plus, il existait encore des gens qui, eux, la désiraient. Après tout, elle n'avait absolument aucune raison de jouer à Miss Virginité 69.

Elle prit son carnet d'adresses, et chercha le numéro de Splinter Riley.

Splinter, ses larges épaules et ses yeux brûlants ! Splinter qui, par une douce nuit au *Belvedere* (1970 ? 1971 ?), l'avait suppliée de le suivre jusqu'au hangar à bateaux des Mallard, où il avait violenté sa robe Oscar de la Renta et pris son plaisir viril avec une minutie flatteuse.

Bon Dieu ! Elle n'en avait rien oublié. Le mélange d'odeurs de sueur et de *Chanel pour Homme*. Le frottement des planches humides contre ses fesses. Les notes distantes de *Close to You* jouées par le *combo* de Walt Tolleson plus haut sur la colline.

Sa main trembla en formant le numéro.

« S'il vous plaît, pria-t-elle, faites qu'Oona ne soit pas à la maison. »

La Chinese connection

Dieu merci, ce fut Splinter qui décrocha le téléphone :

— Allô ?

— Bonjour ! Splint ?

— A qui ai-je l'honneur ?

— Un indice d'abord : « *Sittin' on the dock of the bay, wastin' tiiiime...* »

— DeDe ?

— Je me disais bien que ça te rappellerait quelque chose.

Son ton se voulait aguichant mais distingué.

— Ça me fait plaisir de t'entendre. Alors, qu'est-ce que vous devenez, toi et Beauchamp ?

— Oh, pas grand-chose. Beauchamp est parti avec les Gardes.

— Merde ! J'ai raté une réunion ?

— Pardon ?

— On est dans le même comité, Beauchamp et moi. Ils vont m'incendier si j'ai...

— Il se peut que ce soit autre chose que les Gardes, Splint... Maintenant que j'y pense.

Eh bien voilà, au moins elle était fixée.

— J'espère... Est-ce que je peux faire quelque chose pour toi ?

— Je me souviens d'un temps où c'était l'inverse.

Silence à l'autre bout du fil.

— Beauchamp ne rentre pas avant ce soir, Splint.

— DeDe...

— Sans engagement.

— Tu sais, je ne crois pas que...

— Oona est là ? C'est ça ?

— Non. Écoute, DeDe... Je suis extrêmement flatté, sincèrement...

— J'ai beaucoup changé, Splint.

— Moi aussi.

— En quoi aurais-tu tellement changé ?

— J'aime Oona.

Elle lui raccrocha au nez.

Presque immédiatement, elle décrocha le téléphone et appela Jiffy's Market. Elle commanda deux litres de lait, une boîte de céréales et des bananes. Les céréales avaient quelque chose de réconfortant. Cela lui faisait penser à son enfance à Halcyon Hill.

Le garçon livreur arriva en quinze minutes.

DeDe le connaissait. Lionel Wong, dix-huit ans,

musclé, et faisant visiblement une fixation sur Bruce Lee.

— Dois-je déposer ça dans la cuisine, madame Day?

— Oui, Lionel, merci. Je vais chercher mon porte-monnaie dans la chambre à coucher.

— Inutile, madame Day. Nous mettrons ça sur votre compte.

— Non... Je voudrais te donner un petit quelque chose pour ta peine.

Elle entra dans la chambre à coucher, et en ressortit avec un billet d'un dollar.

— Merci beaucoup.

DeDe sourit.

— Est-ce que tu as vu l'exposition au *De Young*?

— Quoi?

— L'exposition sur la République populaire. C'est renversant, Lionel. Tu as de quoi être fier de ton peuple.

— Oui, madame.

— Vraiment renversant. La culture est extraordinaire.

— Ouais.

— Tu veux quelque chose à boire? Je n'ai pas de Coca dans la maison. Que dirais-tu d'un Schweppes?

— J'ai encore quelques livraisons à faire.

— Juste un petit moment?

— Merci beaucoup, mais...

— Lionel, je t'en supplie...

Une demi-heure plus tard, Beauchamp arriva à la maison et croisa Lionel dans l'ascenseur.

— Lionel! Tu bosses les dimanches? Pas de veine.

— Oh, ce n'est pas un problème.

— Quelque chose pour les Day?

— Oui... Mme Day avait besoin de quelques trucs.

— Et le kung-fu, ça avance ?

— Ça avance.

— Continue. Ton physique se développe bien.

— Merci. A bientôt.

— Salut. Conduis-toi bien : prends exemple sur moi !

A l'étage, DeDe savourait son deuxième bain moussant de la journée.

Confessions à la plage

Le parking de Devil's Slide était rempli de véhicules : camionnettes à fleurs des hippies, vieilles bagnoles cabossées, pick-up avec roulottes à bardeaux, et concentration poussiéreuse de Harley-Davidson.

Mona fut obligée de garer sa Volvo 64 à plus de quatre cents mètres de la plage.

— Merde, grommela-t-elle. Doit y avoir un entassement de chair fraîche, là, en bas.

— J'espère bien, lança Michael avec une œillade coquine.

— Ça, c'est du sexisme, même si tu parles de mecs.

— OK, je suis sexiste, et alors ?

En même temps que des douzaines d'autres voyageurs, ils se traînèrent le long du chemin de terre, en direction de la plage.

— Ça me rappelle l'expédition Donner[1], dit Mona.

Michael sourit.

— Ouais. Tu tombes sur le bas-côté et tu te fais bouffer.

1. Une expédition dans la Sierra Nevada qui a mal tourné, et où les membres, pris dans les neiges, ont dû recourir au cannibalisme pour survivre. (N.d.T.)

Lorsqu'ils atteignirent la grand-route, Mona donna un dollar pour eux deux au distributeur de tickets.

— Je te l'offre, dit-elle. Toi, tu es en deuil.

Michael bondit jusqu'aux escaliers de la falaise.

— Je sens que je vais m'en remettre rapidement, Babycakes !

Deux minutes plus tard, ils se trouvaient sur une vaste étendue de sable blanc, où Michael lança un galet en l'air.

— De quel côté on va ? Côté homo ou côté hétéro ?

— Laisse-moi deviner.

Michael sourit.

— C'est nettement moins venteux du côté homo.

— L'idée de devoir escalader ces rochers ne m'emballe pas vraiment.

— Je te porterai, ma dulcinée !

— Quel gentleman, putain !

Bras dessus, bras dessous, ils se dirigèrent vers la crique sablonneuse nichée entre les roches à l'extrémité nord de la plage. En chemin, ils passèrent devant cinq ou six baigneurs batifolant dans l'eau, tout nus et tout bronzés comme des barres bio aux dattes.

— Regarde ça ! soupira Mona. Je me sens blanche comme un linge.

Michael secoua la tête :

— Ils sont nuls. Ils n'ont pas de marque de bronzage.

— Pas de quoi ?

— Pas de marque de bronzage. Le contraste entre le brun et le blanc quand tu enlèves ton slip de bain.

— A quoi ça sert ? Ça fait une éternité que je n'ai pas enlevé mon slip de bain en public. Je préférerais être brune partout.

— Comme tu veux. Moi, je veux une marque de bronzage.

— Tu es prude, c'est tout.

— Il y a cinq minutes, j'étais sexiste.

Elle saisit un morceau d'algue dans le sable et l'enroula autour de l'oreille de Michael.

— Tu es un pédé sexiste et prude, Michael Mouse.

Il y avait trente ou quarante hommes nus sur la minuscule parcelle de sable. Mona et Michael étalèrent une serviette de bain sur laquelle étaient imprimées l'inscription *Chez Moi ou Chez Toi ?* et la photo grandeur nature d'un homme nu.

Mona regarda autour d'elle, puis examina la serviette à ses pieds.

— C'est redondant. T'as pas peur que les gens se mettent à faire des comparaisons ?

Michael ricana, avant d'ôter son sweat-shirt, son débardeur et son Levi's. Il ne garda qu'un boxer jaune et vert en satin et s'allongea sur la serviette.

Mona ôta ses propres Levi's et débardeur.

— Que penses-tu de mon imitation de la Grande Baleine Blanche ?

— Arrête de déconner. T'es vachement bien. T'as un look... automnal.

— C'est fou ce que ça va me servir ici.

— J'en serais pas si sûr. Il y a une vilaine épidémie d'hétérosexualité qui court. Je connais beaucoup de gays qui filent en douce aux Bains Sutros pour s'envoyer en l'air avec des femmes.

— Quelle horreur !

— Eh oui, on se lasse de tout, que veux-tu ! Personnellement, j'en ai marre de me détraquer le foie au *Lion* pour goûter au privilège de baiser avec les mecs dont l'amant est à Los Angeles pour le week-end.

— Ça veut dire que tu deviens hétéro ?

— Attention, je n'ai pas dit *ça* !

Mona se tourna sur le ventre et tendit à Michael un flacon de crème solaire.

— Tu veux bien m'en mettre dans le dos ?

Michael obéit, appliquant la lotion par de vigoureux gestes circulaires.

— Tu as vraiment un beau corps, tu sais.

— Merci.

— De rien.

— Mouse ?

— Ouais ?

— Tu trouves que je suis une fille à pédés ?

— Quoi ?

— Je sais que j'en suis une. C'est une évidence.

— Tu t'es remise à manger de drôles de champignons ?

— En fait, ça me dérange pas d'être une fille à pédés. Y a pire.

— Mona, tu n'es *pas* une fille à pédés.

— Regarde les symptômes. Je passe mes journées avec toi, non ? On sort ensemble dans les boîtes gay, au *Buzzby* et au *Endup*, et j'ai pratiquement une carte de fidélité au *Palms*.

Elle rit.

— Merde, quoi ! s'écria-t-elle. J'ai bu tellement de blue moon que je pourrais bientôt me prendre pour Dorothy Lamour.

— Mona...

— Tu te rends compte, Mouse ! C'est à peine si je connais encore le moindre mec hétéro.

— Tu vis à San Francisco.

— C'est pas ça. En réalité, j'aime pas les hétéros. Brian Hawkins me répugne. Les mecs hétéros sont grossiers et chiants et...

— Peut-être que tu as été exposée aux mauvais ?

— Eh bien alors, où se cachent les bons, putain !

— Qu'est-ce que j'en sais, moi ? Il doit bien y avoir...

— Et surtout ne t'avise pas de me suggérer un de ces types mollassons que tu rencontres à Marin. Sous la masse de cheveux et le patchouli se cache l'âme d'un porc authentique. J'ai déjà donné, merci.

— Qu'est-ce que je peux te dire ?

— Rien. Rien du tout.

— Je t'aime beaucoup, Mona.

— Je sais, je sais.

— Ça ne vaut pas grand-chose... mais parfois je souhaiterais que ce soit suffisant.

Deux heures plus tard, ils quittèrent la plage main dans la main, écartant devant eux une mer Rouge de corps nus et virils.

Ils dînèrent au *Pier 54,* dansèrent brièvement au *Buzzby,* et rentrèrent à Barbary Lane à vingt-deux heures trente.

Mary Ann les croisa dans l'escalier.

— Comment s'est passé ton week-end ? s'enquit Mona.

— Bien, répondit Mary Ann.

— T'as été quelque part ?

— Dans le nord. Avec un ami de l'école.

— Est-ce que t'as déjà rencontré Michael Tolliver, qui partage mon appartement depuis pas longtemps ?

— Non, je...

— Si, si, sourit Michael. Je crois qu'on s'est déjà rencontrés.

— Je suis désolée, je ne vois pas... dit Mary Ann.

— Le supermarché Safeway de Marina.

— Ah... oui. Comment allez-vous ?

— Oh, ça va.

Dans l'appartement, Mona posa une question à Michael :

— Tu l'as rencontrée au supermarché ?

Il sourit tristement.

— Elle essayait de draguer Robert.

— Tu vois ? fit Mona. Tu vois ?

Mlle Singleton dîne seule

Après avoir défait sa valise, Mary Ann, dans son peignoir rose matelassé acheté par sa mère au centre commercial de Ridgemont, fit des allées et venues agitées aux quatre coins de l'appartement.

Elle *détestait* les dimanches soir.

Lorsqu'elle était petite, les dimanches soir ne signifiaient qu'une seule chose : les devoirs à terminer.

C'était l'impression qu'elle ressentait à présent. Anxiété, culpabilité, crainte d'inévitables récriminations. Beauchamp Day était un devoir qu'elle aurait dû terminer. Elle paierait pour ça. Tôt ou tard.

Elle décida de se faire plaisir.

Elle décongela une côte de porc sous le robinet, et se demanda si c'était un sacrilège de faire subir ce traitement à de la viande qui provenait de la boucherie la plus célèbre de San Francisco, Marcel & Henri.

Dans le salon, elle alluma une bougie aromatisée sur la table Parsons, sortit ses plus belles serviettes en coton, ses couverts en inox à manches en bois, sa fausse porcelaine Dansk et son pot à crème de céramique en forme de vache.

La solitude n'était pas une excuse pour se laisser aller.

Elle fouilla la cuisine à la recherche d'un légume. Elle ne trouva rien d'autre qu'un sachet de laitue défraîchie et un paquet à moitié entamé de soufflé aux épinards. Elle opta pour du fromage frais à la ciboulette.

Elle dîna à la lueur des chandelles, absorbée par la lecture d'un article de magazine télé titré : A LA RECHERCHE DE L'ORGASME MULTIPLE. Le programme musical était assuré par KCBS-FM, une station de radio de musique douce, qui passait *It Never Rains in Southern California*. Elle aussi, Mary Ann, trouvait que s'il ne pleut jamais en Californie, les larmes, en revanche, peuvent y couler à flots.

Après le dîner, elle décida d'essayer le masque de beauté conseillé par son livre sur les cosmétiques naturels. Elle prépara une petite casserole du liquide gluant, y incorpora des flocons d'avoine, des pruneaux et une figue trop mûre. Implacablement, elle étala la mixture sur son visage.

Pendant vingt minutes, elle resta allongée, immobile, dans un bain mousseux.

Elle pouvait sentir le masque sécher, et peler en d'infâmes flocons lépreux qui sombraient dans l'eau au-dessus de sa poitrine. Encore dix minutes d'attente. Et puis quoi ?

Elle pourrait écrire à ses parents.

Elle pourrait remplir le formulaire d'inscription au Sierra Club.

Elle pourrait marcher jusqu'au Cost Plus et s'acheter une autre tasse à café.

Elle pourrait appeler Beauchamp.

Titubant hors de la baignoire telle une créature de film d'horreur japonais, elle examina son visage dans le miroir.

Elle ressemblait à une côte de porc surgelée.

Et tout ça pour quoi ?

Pour *Dance Your Ass Off* ? Pour M. Halcyon ? Pour Michael je-ne-sais-plus-quoi en bas ? Pour un homme marié qui marmonne des noms étranges dans son sommeil ?

Non, elle ne l'appellerait *pas*. L'amour qu'il lui offrait était trompeur, destructeur et sans issue.

Il n'avait qu'à appeler. Lui, pas elle.

Elle s'endormit juste avant minuit, son exemplaire de *Nicolas et Alexandra* à la main.

A Telegraph Hill, DeDe gratifiait Beauchamp d'un regard malveillant, pendant qu'il remontait l'horloge de la bibliothèque.

— J'ai parlé à Splinter aujourd'hui.

Il ne leva pas les yeux.

— Mmm.

— Apparemment, il avait oublié cette petite escapade des Gardes au mont Tam.

— Ah bon... Il a appelé ici ?

— Non.

— Je ne comprends pas.

— Je... j'ai appelé Oona. C'est lui qui a décroché le téléphone.

— Tu *détestes* Oona.

— On travaille ensemble sur un projet de la Ligue. Le Programme du ghetto modèle à Hunters Point. A ton avis, Beauchamp, pourquoi Splinter a-t-il oublié une réunion aussi importante ? Il a dit que vous étiez tous les deux dans le même comité.

— Aucune idée.

Elle grogna de manière audible. Beauchamp fit volte-face et siffla le corgi, à moitié endormi sur le sofa. Le chien jappa frénétiquement quand son maître ouvrit un tiroir et en tira sa laisse.

— J'emmène César faire sa promenade.

DeDe fronça les sourcils.

— Je l'ai déjà promené deux fois aujourd'hui.

— OK. Mais moi aussi, j'ai besoin d'air.

— Que se passe-t-il ? Pas assez d'air au mont Tam ?

Il s'en alla sans répondre, et descendit l'escalier, non sans avoir fait un détour en bas par la chambre à coucher. Il ferma doucement la porte et exhuma de son tiroir un objet qu'il avait ramené de Mendocino.

L'objet en poche, il s'enfonça dans l'obscurité du garage, et le glissa dans la boîte à gants de la Porsche.

Une jolie petite touche, se dit-il, tandis que César le menait en haut des Filbert Steps jusqu'à la Coit Tower.

Une très jolie petite touche.

Mona contre le porc

Le lundi matin, Mona, en route pour une conférence avec M. Siegel, le président des panties Adorable, s'arrêta net devant le bureau de Mary Ann.

— Ouh, là là, mais qu'est-ce qui ne va pas, Baby-cakes?

— Rien... rien ne va.

— Ouais. C'est l'horreur. A propos d'horreurs, je vais devoir faire mon humiliant petit cinéma ce matin devant cette face de rat de Siegel. T'as vu Beauchamp?

— Non.

— Si tu le vois, dis-lui qu'il a dix minutes pour descendre. Eh?... Tu te sens OK?

— Oui, oui.

— J'ai un Valium, si tu veux.

— Non merci. Ça ira.

— J'aurais probablement dû en prendre un moi-même.

Mona se tenait debout à côté de Beauchamp, sa main fermement agrippée à la maquette.

— Notre approche devra être détendue, expliqua-t-elle. Nous ne faisons pas un pas en arrière... Nous *améliorons*. L'entrejambe 100 % nylon n'était pas

mauvais. C'est le nouveau qui est tout simplement...
meilleur.

L'expression du client ne changea pas.

— Une image jeune est essentielle, bien sûr.
L'entrejambe en coton est jeune, vibrant, branché.
L'entrejambe en coton est pour les femmes dans le
vent qui savent ce qu'elles veulent.

Que Bouddha ait pitié de son âme !

Elle dévoila le premier panneau de la maquette. Il
montrait une jeune femme, coiffée à la Dorothy
Hamill, se tenant à un tramway de San Francisco. Le
texte disait : « Sous mes vêtements, j'aime me sentir
Adorable. »

Mona maniait un bâton en bois.

— Remarquez que nous ne mentionnons pas
l'entrejambe dans le slogan principal.

— Mmm, fit le client.

— Bien sûr, l'idée est bien présente. Hygiénique.
Sûr. Pratique. Tout ça sans le dire ouvertement. L'effet
est subtil, discret, subliminal.

— Ce n'est pas assez clair, lança le client.

— L'entrejambe vient plus tard... ici en bas, au quatrième paragraphe. Nous ne voulons pas assommer les
gens avec l'entrejambe.

« Assommer les gens avec l'entrejambe ? Dites-moi
que je rêve. »

Le client grommela :

— Nous ne vendons pas de la subtilité, mon chou.

— Ah ? Et je peux savoir ce que nous vendons...
mon chou ?

Beauchamp serra le bras de Mona.

— Mona... Nous pourrions peut-être déplacer
l'entrejambe au premier paragraphe, monsieur Siegel...

— Cela n'a pas l'air de plaire à la jeune fille.

— *Femme,* monsieur Siegel. Jeune *femme.* Veuillez
ne pas m'appeler *fille.* A moi, il ne me viendrait certainement pas à l'esprit de vous appeler un gentleman.

Beauchamp devint écarlate.

— Mona, ça suffit... Monsieur Siegel, je pense pouvoir me charger de ces modifications moi-même. Mona, j'ai à te parler.

— Épargne-moi tes petits airs condescendants, pauvre con ! Moi au moins, je ne suis pas mariée à mon boulot.

— Tu dépasses les bornes, Mona.

— Dieu merci ! Qui pourrait rester dans les bornes avec ce gros sexiste, ce capitaliste, ce sac à...

— Mona !

— Vous voulez de l'entrejambe, monsieur Siegel. C'est ça ? Je vais vous en donner de l'entrejambe. Entrejambe, entrejambe, entrejambe, entrejambe, entrejambe, entrejambe...

Elle se précipita vers la porte, s'arrêta, et fit demi-tour pour confronter Beauchamp.

— Ton karma est vraiment merdique !

Le soir même, elle annonça la nouvelle à Michael.

— Qu'est-ce que tu vas faire ?

Elle haussa les épaules.

— J'en sais rien. M'inscrire au chômage. Devenir membre d'une communauté de femmes. Faire mes courses au discount. Arrêter la coke. Je m'en sortirai.

— Peut-être qu'Halcyon serait prêt à te reprendre si tu...

— Arrête, tu veux ? C'était mon heure de gloire. Pour rien au monde je ne voudrais me rétracter.

— Peut-être que je pourrais reprendre mon ancien boulot.

— On y arrivera, Mouse. Je peux bosser en free-lance. Mme Madrigal comprendra.

Michael s'assit par terre, ôta ses chaussures à Mona, et se mit à lui masser les pieds.

— Elle est folle de toi, hein ?

— Qui ? Mme Madrigal ?

— Oui.

— Ouais... Je crois bien.

— Ça se voit. Tu lui as déjà dit que tu t'es fait renvoyer ?

— Non... Je suppose qu'il va falloir que je le fasse.

Où est l'amour ?

Malgré son attitude toute de défi, Mona était visiblement déprimée d'avoir perdu son travail. Michael tenta son stratagème habituel pour la mettre de bonne humeur : lui lire les petites annonces « rencontres » du magazine *The Advocate*.

— Oh, mon Dieu ! Écoute celle-ci : « Journaliste judiciaire, cheveux courts, aspect hétéro, 32 ans, dégoûté des bars, saunas et des vacheries, cherche une liaison durable avec *vrai homme* aimant le rafting, la musique classique et le jardinage. Gros, efféminés ou drogués s'abstenir. Suis sincère. Ron. »

Mona gloussa.

— Et toi, t'es sincère ? lança-t-elle.

— Qui ne l'est pas ?

— Tu me quitterais dans la seconde, pas vrai ?

Michael réfléchit un moment.

— Uniquement s'il possède une petite maison sur Potrero Hill avec une cuisine en bois, une cheminée en état de marche et... un labrador dans son petit jardin entretenu avec goût.

— Ne rêve pas trop.

— Tu sais... quand je me suis installé ici il y trois ans, je n'avais jamais vu autant de pédés de toute ma vie ! Je ne savais même pas qu'il pouvait y avoir autant de pédés dans le *monde*! Je croyais que tout ce que j'avais à faire, c'était d'aller à une soirée et choisir quelqu'un. Tout le monde cherche l'âme sœur, pas vrai?

— Faux.

— D'accord... Presque tout le monde. Bref, je pensais qu'on allait me mettre le grappin dessus en moins de six mois. Grand maximum!

— Mais on *t'a* mis le grappin dessus! Des centaines de fois.

— Très drôle.

— Et Robert?

— Les brèves liaisons ne comptent pas.

— Et si je me laissais pousser une moustache?

Michael sourit et lui lança un coussin à motifs cachemire.

— Allez. Si on allait au cinéma? proposa-t-il.

— Je sais pas...

— Il y a une soirée Fellini au Surf.

— Déprimant.

— Au contraire! Des tas de gros nénés, de beaux garçons et de nains. Quoi de plus excitant?

— Vas-y. Tu peux prendre la voiture, si tu veux.

— Et toi, qu'est-ce que tu vas faire?

Mona haussa les épaules:

— Me recroqueviller avec Anaïs Nin, prendre un Quaalude. J' sais pas.

— Mes MDA sont toujours dans ta cachette?

— Ouais. Mais, bordel, t'as pas besoin de ça pour aller voir un film!

— Il se peut que je n'aille *pas* voir un film, mère!

— Ah!

— Je déteste aller au cinéma tout seul.

— Michael, je n'en ai pas très envie, c'est tout...

— Je comprends.

— Où tu vas?

124

— A gauche, à droite.

— Une nuit de débauche, hein ?

— Possible.

— Sois prudent, OK ?

— Comment ?

— Ne fais rien de risqué.

— Tu lis trop les journaux.

— Fais juste attention... et ne perds pas espoir. Un jour ton prince viendra.

Michael lui envoya un baiser sur le pas de la porte.

— Le tien aussi.

Elle s'affaira dans l'appartement pendant une demi-heure, faisant la conversation avec son cactus et tripotant ses pièces de monnaie Ching.

Elle décida de ne pas avaler de Quaalude. Les Quaalude la rendaient lubrique, et quel intérêt pouvait-il y avoir à être lubrique quand on n'a personne avec qui lubriquer ?

« Ça se conjugue, ça ? Je lubrique. Tu lubriques. Nous avons lubriqué. »

Les mots l'agaçaient sans cesse, et lui rappelaient l'existence du gouffre entre l'Art et « en faire son métier ». « Mona jongle si bien avec les mots, avait dit sa mère jadis, ajoutant d'un ton neutre : ... pourvu qu'elle apprenne à en faire un métier. »

Sa mère avait fait de l'immobilier son métier.

Mona ne lui avait plus parlé depuis huit mois, depuis que sa mère avait rejoint les rangs de la campagne Reagan à Minneapolis, et que Mona lui avait jovialement annoncé dans une lettre son stage de « réveil sexuel » à l'Association de la Lumière cosmique.

Ça n'avait pas d'importance.

De plus en plus, la *vraie* mère de Mona, c'était cette femme si unie avec le cosmos que même ses plants de marijuana portaient des noms.

C'est ainsi que Mona descendit péniblement les escaliers pour annoncer la nouvelle à Mme Madrigal.

Chaussure à son pied

Michael décida de ne pas prendre de MDA. Une rumeur disait que quelqu'un, sous l'effet du MDA, était tombé raide mort au club *The Barracks* la semaine dernière. Ce n'était probablement pas vrai, mais pourquoi prendre le risque ?

En fait, à San Francisco, beaucoup d'obscures légendes de ce type circulaient parmi les homos. Dieu sait d'où elles venaient !

Il y avait le Gribouilleur, un Black sinistre qui, assis au bar, esquissait votre portrait... avant de vous emmener chez lui pour vous assassiner.

Sans parler de l'Homme à la camionnette blanche, un monstre sans visage, dont les passagers involontaires ne retrouvaient plus jamais le chemin de la maison !

Et l'Obsédé à la benne à ordures, dont les fantasmes sado-maso ne connaissaient pas de limites...

Presque de quoi rester assis devant la télé !

Une fois de plus, il se retrouva au Castro. Il critiquait ce ghetto gay au moins deux fois par jour, d'accord, mais quand on cherche de la compagnie, l'abondance a ses avantages.

Au *Toad Hall* et au *Midnight Sun,* rien que des chemises en flanelle, comme d'habitude. Il leur préféra le *Twin Peaks,* où son pull-over et son pantalon en velours côtelé paraîtraient moins hors contexte.

La drague, avait-il conclu depuis longtemps, ressemblait beaucoup à l'auto-stop : il valait mieux s'habiller comme les gens par qui on voulait être pris.

— Y a du monde, hein ?

L'homme, au bar, portait un Levi's, un maillot de rugby et des chaussures Tiger rouge, blanc et bleu. Il avait un visage agréable, avec une mâchoire carrée qui rappelait à Michael certaines personnes qu'il avait connues jadis dans la Croisade du campus pour le Christ.

— Qu'est-ce qui se passe ? fit Michael. C'est la pleine lune ou quoi ?

— Aucune idée. Je ne suis pas ces conneries.

Un premier point en sa faveur. Malgré le prosélytisme de Mona, Michael n'appréciait pas trop les fêlés d'astrologie. Il sourit.

« Bon, je fonce ! se dit Michael. Pas de scrupules, j' vais te l'embobiner avec des vannes de mon cru. »

— Ne le dites à personne, mais la lune vient d'Uranus.

L'homme le regarda, muet, puis comprit :

— Ah ! *Dur anus !* Ha, ha !... Génial !

Visiblement, l'homme l'appréciait.

— Qu'est-ce que tu bois ?

— Une eau minérale, répondit Michael.

— Je m'en doutais.

— Pourquoi ?

— Je ne sais pas. Tu as l'air... en bonne santé.

— Merci.

L'homme lui tendit la main.

— Je m'appelle Chuck.

— Michael.

— Salut, Mike.

— Michael.

— Ah... Tu sais quoi, mon vieux ? Je dois t'avouer que je t'ai tout de suite repéré quand tu es entré ici. Je me suis dit : « Chuck, celui-là, c'est le bon ! »

Où voulait donc en venir ce rouleur de mécaniques ?

— Continue, dit Michael en souriant. J'ai besoin qu'on me complimente.

— Et tu sais ce que c'était ?

— Non.

L'homme sourit avec assurance, et pointa un doigt en direction des chaussures de Michael.

— Elles.

— Mes chaussures ?

Il acquiesça :

— Des Weejuns.

— Ouais ?

— Et les chaussettes blanches ! ajouta-t-il.

— Humm, je vois.

— Elles sont nouvelles ?

— Les Weejuns ? Non, mais elles sortent de chez le cordonnier.

L'homme hocha la tête avec révérence, en continuant de fixer les mocassins.

— Du cordonnier ? Super !

— Excuse-moi, tu serais pas...

— Combien t'en as de paires ?

— Juste celles-là.

— Moi, j'en ai six. Noir, brun, à motifs...

— T'es un vrai amateur !

— T'as vu mon annonce dans *The Advocate* ?

— Non.

— Ça commence par : « WEEJUNS. » En grandes lettres.

Il gesticula des mains pour souligner l'importance donnée à ce titre.

— Au moins, c'est clair.

— Je reçois beaucoup d'appels. Des étudiants, surtout. Tu sais, dans cette ville, beaucoup de mecs en ont marre des tantouzes à paillettes.

— Ça, j'imagine !

L'homme s'approcha, et baissa la voix :

— Tu l'as déjà fait avec ?...

— Pas que je sache, non. Dis... comme t'en as six paires, comment ça se fait que tu n'en portes pas ce soir ?

L'homme parut atterré par un tel faux pas.

— Je porte toujours mes Tigers avec mon maillot de rugby !

— Ah.

Il leva les pieds pour permettre un examen rapproché.

— Ce sont exactement les mêmes que celles de Billy Sive dans *The Front Runner*.

Sherry et sympathie

Mme Madrigal parut étrangement détendue quand elle ouvrit la porte.

— Mona, ma petite fille...

— Bonjour. Je me disais que vous aviez peut-être envie de compagnie.

— Mais certainement.

— En fait, c'est un mensonge. Je me disais que, *moi*, j'avais envie de compagnie.

— Ça marche dans les deux sens, non ? Entre.

La logeuse offrit un verre de sherry à sa locataire.

— Michael est sorti ?

Mona acquiesça.

— En train de transpirer dans un décor de planches de sapin, je crois.

— Ah bon.

— Dieu sait quand il sera de retour.

— C'est un gentil garçon, Mona. Je l'approuve de tout mon cœur.

Mona renifla.

— Vous en parlez comme si on était mariés.

— Il y a toutes sortes de mariages, trésor.

— Je ne crois pas que vous compreniez ce qu'il y a entre moi et Michael.

— Mona... il y a de meilleurs moyens que le sexe pour créer des liens profonds. Et durables. Quand j'étais... petite, ma mère m'a dit un jour que si un couple marié mettait un centime dans un pot chaque fois qu'ils faisaient l'amour la première année, et puis retirait un centime pour chaque fois après ça, ils ne parviendraient jamais à épuiser tous les centimes amassés... Ah tiens, mince ! Ça faisait des années que je n'avais plus pensé à ça.

— Ce n'est pas mauvais du tout.

Mme Madrigal sourit.

— Et c'est aussi un réconfort pour ceux d'entre nous qui de toute façon n'ont jamais mis beaucoup de centimes.

Gênée, Mona sirota son sherry.

— Vous avez parlé, Michael et toi ? demanda Mme Madrigal.

— Parlé de quoi ? Parlé de *vous* ?

La logeuse opina.

— Je... non, je n'ai parlé de rien, dit Mona. Je crois que c'est à vous de le faire.

— Vous êtes très proches. Il doit bien avoir posé des questions.

— Non. Aucune.

— Ça ne me dérange pas, tu sais... avec lui.

— Je comprends... mais je crois que c'est à vous de le faire.

— Merci, trésor.

— J'ai perdu mon boulot, dit enfin Mona.

— Quoi ?

— Le vieux fils de pute m'a renvoyée.

— Qui ça ?

— Edgar Halcyon. Son beau-fils lui a soufflé quelques gentillesses à mon propos, et le vieux m'a jetée à la rue.

— Mais Mona... Pourquoi ferait-il une chose aussi...

Mona grogna :

— Vous ne connaissez pas Edgar Halcyon. C'est le plus grand enfoiré de toute la Côte Ouest.

— Mona !

— Ben quoi, c'est vrai ! En fait, c'est un soulagement. Je détestais ce job... toutes ces conneries démographiques et ces profils de consommateurs, et...

— Mona, est-ce que tu as... fait une bêtise ?

— J'ai été franche avec un client, voilà ! Le Grand Tabou.

— Qu'est-ce que tu as dit ?

— Ça n'a pas d'importance.

— Mona ! Ça en a pour moi !

— Ouh, là là ! Mais qu'est-ce qu'il y a ?

— Je... je m'excuse. Je ne voulais pas... Tu vas t'en sortir ? Financièrement, je veux dire.

— Oui, bien sûr. Je peux payer le loyer.

— Ce n'est pas ce que je voulais insinuer.

— Je sais. Pardon. Ça ira, madame Madrigal. Vraiment.

En réalité, ça n'allait pas du tout.

Elle retourna dans son appartement dix minutes plus tard, et prit un Quaalude qui la fit s'endormir. Michael rentra à une heure et demie.

Il la réveilla sur le sofa.

— Babycakes, ça va ? Tu veux pas aller au lit ?

— Non, ça me convient, ici.

— Mona, je te présente Chuck.

— Salut, Chuck.

— Salut, Mona.

— Dors bien, Babycakes.

— Toi aussi.

Les deux hommes entrèrent dans la chambre à coucher de Michael et fermèrent la porte.

Viol avoué...

DeDe trouva sa mère sur la terrasse de Halcyon Hill, frappée d'horreur devant le *Who's Who* de San Francisco, édition 76.

— Je n'arrive pas à le croire ! Je n'arrive *pas* à le croire !

— Maman, est-ce que tu pourrais déposer ça un instant...

— Ils sont sur la liste. Ils sont *vraiment* sur la liste.

— Qui ?

— Ces gens abominables qui ont racheté la propriété des Feeney sur Broadway. Viola m'avait dit qu'ils figuraient dans le *Who's Who,* mais je n'arrivais pas à...

— Maman, il parle sept langues.

— Il pourrait faire des claquettes : je m'en moque. DeDe, ils habitaient dans le Castro, tu te rends compte ? Et maintenant, ils vivent avec son amant à lui... à moins que ce soit son petit ami à elle.

— Binky dit que c'est les deux.

— Non ? Tu crois ? Évidemment, ils ne l'emmènent jamais nulle part... et il a même une entrée séparée, avec une adresse différente...

— Maman, j'ai à te parler.

— Viola affirme qu'ils ont même des codes postaux différents !

— Maman !

— Quoi, ma chérie ?

— Je crois que Beauchamp a une maîtresse.

Silence.

— En fait, j'en suis sûre.

— Ma chérie, tu es... ? Oh, pauvre bébé ! Comment l'as-tu... ? Tu es... ? Ma chérie, tu veux bien me passer la carafe ?

DeDe fouilla dans son sac et en sortit le foulard incriminé. Frannie l'examina à bout de bras, tout en sirotant son Mai Tai.

— Tu l'as trouvé dans sa voiture ?

DeDe fit signe que oui.

— Lundi, il est allé au bureau à pied. J'ai pris la Porsche avec Binky pour aller chez M. Lee, et c'est là que je l'ai trouvé. J'ai essayé de faire croire que rien...

Sa voix se brisa. Elle fondit en larmes.

— Maman... cette fois-ci, j'en suis certaine !

— Et tu es sûre que ça lui appartient ?

— Je l'ai vue le porter.

— Il se peut qu'il l'ait simplement raccompagnée à la maison. Et puis... tu ne crois pas que ton père aurait remarqué quelque chose, si elle...

— Maman ! Je le sais !

Frannie commença à renifler.

— La soirée allait être si réussie.

DeDe se rendit au déjeuner de Prue Giroux, dans son hôtel particulier sur Nob Hill.

Vu les circonstances, elle aurait pu annuler, mais ceci n'était pas n'importe quel déjeuner.

C'était le Forum, un rassemblement raffiné de matrones soucieuses, qui se réunissaient tous les mois pour discuter de sujets à grande portée sociale.

Au menu des mois précédents : l'alcoolisme, le lesbianisme et les difficultés des récolteuses de raisin. Aujourd'hui, les dames allaient discuter du viol.

Le cuisinier de Prue avait confectionné une quiche au crabe tout à fait divine.

DeDe était nerveuse. C'était son premier déjeuner au Forum, et elle n'était pas certaine du protocole. Elle s'assit à côté de Binky Gruen, afin de se laisser guider.

— Ne quitte pas Prue des yeux, chuchota Binky. Quand elle sonne cette clochette en argent, ça signifie qu'elle en a assez entendu et que tu es censée t'arrêter de parler.

— Mais qu'est-ce que je suis censée *dire* ?

Binky lui tapota la main.

— Prue te l'indiquera.

DRING !... DRING !...

Les dames déposèrent leurs fourchettes et se penchèrent en avant : une douzaine de visages concentrés suspendus au-dessus des asperges.

— Bonjour, lança Prue, radieuse, en scrutant ses invitées. Je suis ravie que vous ayez pu vous déplacer aujourd'hui pour partager vos expériences personnelles sur un sujet très grave.

Ses traits s'affaissèrent brusquement, comme un soufflé raté.

— Aujourd'hui notre invitée spéciale est Velma Eau-qui-coule, une Indienne qui a réussi à repousser un viol collectif par seize Hell's Angels à Petaluma.

Binky étouffa un sifflement admiratif.

— C'est bien meilleur que la fois où elle a ramené une lesbienne macho !

— Passe-moi les petits gâteaux, murmura DeDe.

— Mais avant d'écouter le récit extraordinaire de Mlle Eau-qui-coule, je voudrais tenter une petite expérience avec vous toutes, réunies ici au Forum...

134

— C'est parti, fit Binky, donnant un petit coup de pied à DeDe sous la nappe. Et ça vaut toujours la peine.

— Aujourd'hui, déclara Prue, marquant une pause pour entretenir le suspense, nous allons confesser nos viols.

Binky pinça DeDe.

— Tu te rends compte ?

DeDe rongeait nerveusement son petit gâteau. Des auréoles sombres avaient déjà fait leur apparition sous les aisselles de son chemisier Geoffrey Beane. Elle *détestait* prendre la parole en public. Même à l'école du Sacré-Cœur, ça l'avait terrifiée.

— Je sais que ce ne sera pas facile, continua Prue, mais je voudrais que chacune d'entre vous partage une expérience. Une épreuve que vous avez probablement tenté d'effacer de votre mémoire... Un moment où votre... personne... a été violée sans que vous y soyez pour quelque chose. Le temps est venu de s'épancher, de partager avec vos sœurs.

— Shugie Sussman n'est pas ma sœur, marmonna Binky. Elle a gerbé dans mon Alfa après la soirée Cotillon.

— Chut, siffla DeDe.

Elle comptait les secondes jusqu'à l'instant de vérité. Mais qu'allait-elle bien pouvoir raconter ? Elle n'avait jamais été violée, pour l'amour du ciel ! Elle n'avait même pas été *agressée*.

— Ça pourrait peut-être vous aider, si je commençais par partager ma propre histoire avec vous, ronronna Prue qui sentait la réticence de ses invitées.

Binky pouffa de rire.

DeDe lui donna un coup de pied.

— C'est la première fois, continua Prue, que je raconte cette histoire à quelqu'un. Sans compter Reg, bien sûr. Cela ne s'est pas passé dans les dangereux quartiers du Tenderloin, de Fillmore, ou de Mission, comme vous pourriez le croire, mais... à Atherton !

En chœur, les dames étouffèrent un cri d'effroi.

— Et, ajouta l'hôtesse après un silence lourd de sous-entendus, c'était quelqu'un que vous connaissez toutes *très bien*...

Prue baissa la tête.

— Cela ne sert à rien de s'appesantir sur les détails scabreux... Peut-être que maintenant quelqu'un d'autre voudrait partager avec nous ? DeDe, par exemple.

Merde. Ça ne ratait jamais.

— Je... Je ne suis... pas sûre.

Binky gloussa.

Prue fit doucement retentir la sonnette.

— S'il vous plaît... DeDe va partager avec nous. Nous sommes toutes sœurs, DeDe. Tu peux être franche avec nous.

— C'était... horrible, lâcha DeDe enfin.

— Bien sûr, fit Prue avec compréhension. Peux-tu nous raconter où ça s'est déroulé, DeDe ?

DeDe déglutit.

— A la maison, reprit-elle faiblement.

Prue serra l'avant de son sari.

— Pas... un intrus ?

— Non, avoua DeDe. Un garçon livreur.

Quand elle rentra à la maison, elle décrocha le téléphone et appela l'épicerie Jiffy pour commander un paquet de beignets et une boîte de Drano.

Lionel arriva en moins de dix minutes.

Idylle sur la patinoire

Mona célébra son premier jour de liberté avec un cappuccino matinal chez Malvina. Quand elle rentra à Barbary Lane, Michael était sous la douche.

— Dis donc ! T'as pas eu assez de vapeur aux bains la nuit dernière ?

La tête de Michael émergea de derrière le rideau.

— Oh... pardon. Ouvre une fenêtre, si tu veux. Non, attends... Je vais le faire.

Il émergea de la douche dégoulinant, et entrouvrit la fenêtre.

— Euh... Michael, mon chou ?

— Oui ?

— Tu peux me dire ce que tu es en train de faire ?

— Comment ça ?

— Pourquoi est-ce que tu portes ton Levi's sous la douche ?

— Oh...

Il rit, et bondit sous le jet d'eau.

— Je me frotte le paquet avec une brosse métallique. Regarde.

Il ramassa la brosse métallique sur le sol de la douche.

— C'est exactement ce qu'il faut pour obtenir cet aspect usé aux bons endroits.

Frottant vigoureusement la brosse autour de l'entre-jambe, il grimaça d'une douleur feinte.

— Arrrggh !

— De l'autosadomasochisme ? s'enquit Mona d'un air narquois.

Michael l'aspergea d'eau.

— Ce sera irrésistible quand ce sera sec.

— Et où est-ce que tu as trouvé ça ? *Les Bons Conseils d'Héloïse* ?

— Tais-toi, femelle. Ceci n'est pas un sujet frivole. Ce bébé doit être parfait pour ce soir.

— Rendez-vous avec Chuck ?

— Qui ?... Ah, non. Je vais à la Grande Arène.

— Un nouveau bar ?

— Non. Une patinoire.

— Quoi ? Tu vas faire du patin à glace, toi ?

— Du roller-skate. Le mardi, c'est la soirée gay.

Mona leva les yeux au ciel.

— Ça y est, maintenant c'est décidé, je me suicide.

— C'est super. Tu adorerais.

Michael sortit de la douche, ôta le jean trempé, et quitta la pièce en s'essuyant.

— Et ça se prend pour une fille à pédés !

— Je fais comme si je n'avais rien entendu, lui renvoya Mona du couloir.

Comme il n'arriva pas à la Grande Arène avant vingt heures, il s'attendait au pire.

Évidemment le pire advint.

Tous les patins pour hommes avaient déjà été pris.

Pas étonnant. La gigantesque patinoire du sud de San Francisco débordait d'hommes en chemise de flanelle, tournant autour de la piste avec une délectation prédatrice.

Michael retint sa respiration.

Il ôta son parka bleu marine en coton, subit l'affront de devoir chausser des patins pour dames (blancs, avec des petites franges complètement tapette) et progressa d'un pas bruyant et maladroit jusqu'au bord de la patinoire.

Il sourit en entendant la musique : *I Enjoy Being a Girl*.

Il y avait une demi-douzaine de filles sur la piste. Quatre d'entre elles avaient moins de douze ans. Les deux autres étaient des sosies de Loretta Lynn, avec des coiffures en casque de Minerve, chacune soudée à un partenaire du sexe opposé, qui, en se prenant pour Barychnikov, la propulsait à travers la piste.

Les cent autres mâles étaient moins gracieux.

Sourire Pepsodent et bras battant l'air, ils déferlaient autour de la piste telle une marée montante de jeans. Certains restaient seuls ; d'autres sillonnaient la piste en de joyeuses files de quatre ou cinq personnes. Pour Michael, le spectacle était magique.

Il attendit un moment, prenant son courage à deux mains.

A *quand* remontait la dernière fois ? La patinoire Murphy... Orlando, 1963.

Il murmura une brève prière baptiste traditionnelle.

En fait, il ne s'en tirait pas trop mal.

Un rien tremblant dans les virages, mais pas de quoi ricaner.

Après cinq minutes, il avait assez confiance en lui pour se concentrer sur la drague.

Pour le moment, son préféré était un blond en chemise outremer et en pantalon kaki. Il ressemblait au délégué de classe de tous les lycées de Floride du Nord. Sans doute conduisait-il toujours une Mustang.

Et il patinait seul.

Michael s'approcha de sa proie, dépassant deux gosses blacks en T-shirt Dyn-O-Mite. Le seul obstacle, à présent, était un couple d'hétéros à moins de trois mètres, en train de se donner en spectacle avec des pas de danse à la Arthur Murray.

Le couple dériva vers la gauche, comme emporté par une bourrasque, et laissa la voie libre à Michael...

Le moment était venu de donner l'estocade.

Le regard fixé sur sa cible, il accéléra dans la courbe... et se rendit compte trop tard de ce qui allait arriver. L'homme blond ne tournait pas.

Il stoppait.

Et Michael avait oublié comment stopper. Cherchant désespérément une prise, ses bras virevoltants s'agrippèrent à la chemise outremer de sa victime. La jambe droite de Michael se déroba, il dérapa et s'écrasa contre le rail métallique, traînant derrière lui son noble chevalier.

Les deux petits Blacks freinèrent brièvement, contemplèrent le spectacle avec une jubilation non voilée, et s'éloignèrent à nouveau d'un grand coup de patin.

Le visage de Michael était recouvert de sang. L'homme blond l'aida à se relever.

— Oh, mon Dieu... Ça va ?

Michael tâta prudemment son visage du bout des doigts.

— C'est mon nez. Il saigne quand on lui parle méchamment. Ça ira.

— Tu es sûr ? Je peux aller te chercher un Kleenex ?

— Merci. Je crois que je vais boitiller jusqu'aux toilettes.

Quand il revint, l'homme blond l'attendait.

— Ils viennent d'annoncer un « réservé aux couples », dit-il en souriant. Tu as ce qu'il faut pour te jeter à l'eau ?

Michael sourit à son tour.

— Bien sûr. Préviens-moi juste quand tu as l'intention de stopper.

Cette fois, donc, ils se déplacèrent en couple, main dans la main, sous les scintillements de la boule lumineuse.

— Je m'appelle Jon, dit l'homme blond.

— Moi, c'est Michael, répondit Michael, à l'instant précis où son nez se remit à saigner.

Aux bains mixtes

Valencia Street, avec ses locaux pour associations, ses restaurants mexicains et ses garages à motos, constituait un décor singulièrement sordide pour les portes du Paradis.

Pour Brian, cependant, cela faisait partie de l'excitation.

Il se délectait des conditions sordides, et de cette sensation d'adolescent néophyte, chaque fois qu'il apercevait cette enseigne au néon miteuse : GARDEZ LA SANTÉ — BAINS TURCS.

Derrière la façade, dans une minuscule entrée en forme d'alcôve, il exhiba sa carte d'identité déchirée, et aligna cinq dollars au type de la caisse.

Quatre dollars pour l'entrée.

Un dollar pour la Soirée.

La Soirée rendait les Bains Sutros spéciaux le lundi.

Les femmes pouvaient entrer gratuitement, et cette nuit-ci, il pouvait en dénombrer au moins une douzaine.

Il y avait deux fois plus de messieurs, se mêlant aux dames dans un espace qui rappelait étrangement la salle de jeux de Walnut Creek : des abat-jour roses, des meubles au style dissonant, et un train électrique miniature qui circulait bruyamment sur une étagère tout autour de la pièce.

Sur un écran de télévision accroché au mur, les clients pouvaient regarder *Phyllis*.

L'écran d'en face, un écran de cinéma, diffusait des classiques du porno.

Les invités étaient tous nus, même si certains choisissaient la protection d'une serviette de bain.

Et la plupart d'entre eux regardaient *Phyllis*.

Brian se déshabilla dans le vestiaire. Au-dessus de sa tête, dans une tonnelle en plastique, un canari mécanique piaillait sans interruption. Il sourit au volatile, puis mit une serviette autour de sa taille et retourna dans le salon télé.

Dans le couloir, il croisa une des hôtesses.

— Salut, Frieda.

— Brian! Ça boume?

— Je viens d'arriver. Des problèmes, ce soir?

Le travail de Frieda consistait à s'assurer que les femmes, aux bains, ne soient pas harcelées par les hommes... à moins qu'elles ne le désirent.

Elle fit signe que non.

— Ambiance détendue, comme toujours!

— Détendue? Dommage!

Frieda sourit, et lui pinça les fesses.

— Va te tripoter dans un coin, cochon.

Puis elle s'éloigna, continuant ses rondes dans un T-shirt qui affichait : Nous vous mettons au défi.

Brian trouva qu'il était encore un peu tôt pour la salle à orgie. La Soirée battait son plein. La plupart des gens grignotaient des assiettes anglaises et du fromage avant de monter les escaliers. Et *Phyllis* n'était pas encore terminé.

Ajustant sa serviette, il s'approcha nonchalamment d'une blonde au bronzage intégral.

— Puis-je vous offrir un peu de salami?

— Alors ça, c'est la première fois!

Il sourit.

— Je vous jure que ce n'est pas ce que je voulais dire.

— Je suis végétarienne.

Elle sourit à son tour.

— Moi aussi, mentit Brian.

Il tendit la main :

— Alors, serrons-nous la pince.

Elle le considéra pendant un moment, puis lui demanda sèchement :

— Quel genre de végétarien ?

— Euh... rigoureux.

— Avec quelques rechutes occasionnelles dans le lacto ou l'ovo, hein ?

— Ouais. Sauf les week-ends, ou les nuits où je suis défoncé. Alors, je deviens un steako-lacto-ovo... ou bien un côte-de-porco-lacto-ovo...

Elle accueillit son imposture avec un sourire narquois :

— Vous êtes un zozo... Oui, ça doit plutôt être ça !

— Je savais bien que nous finirions par trouver.

— En réalité, je ne le fais quasi *jamais* avec des végétariens.

— Cette femme a du goût.

— Nous nous sommes déjà rencontrés, non ?

— Je préférais mon entrée.

— Non... Je suis sérieuse. On n'a pas joué au *Earth Ball* ensemble pendant les *New Games* cette année ?

— Non, mais je...

— Vous êtes branché baleines ?

— Quoi ?

— Les baleines. Sauver les baleines.

Brian secoua la tête en signe d'excuse, regrettant à mort de ne pas avoir sauvé de baleines.

— Des bébés phoques ?

— Non. Mais j'avais des tas de causes, avant. Maintenant, ma cause, c'est ça.

— Au moins, vous êtes franc.

— A vot' service, madame.

— Hé... Est-ce que vous vous moquez de moi ?

— Certainement pas. J'ai juste l'impression de... poser ma candidature à un poste, c'est tout.

Elle sourit à nouveau.

— Exactement.

Ils rirent tous les deux. Brian décida que le moment était venu de prendre l'initiative.

— Écoutez... je n'ai pas de chambre ici, mais nous pourrions peut-être... enfin... aller en haut.

— Je ne supporte pas ce trip exhibitionniste.

— Alors on pourrait peut-être...

— Pas de problème, fit-elle en souriant, moi j'ai une chambre.

La chambre d'Hillary

Brian en était tout retourné. C'était une *déesse*. Une sœur cadette de Liv Ullmann, à la rigueur... et par un putain de bol, elle avait une chambre !

Cette fille ne plaisantait pas.

— Je m'appelle Hillary, dit-elle en refermant la porte.

La chambre n'était pas plus grande qu'un petit bureau.

— Pas étonnant.

— Hein ?

— Ce nom vous va très bien. Et vous allez très bien avec le nom.

— Vous n'êtes pas obligé de me faire des compliments. Je suis décidée.

— J'étais sincère.

— Et quel est votre nom ?

— Brian.

Elle tapota l'emplacement vide sur le lit à côté d'elle.

— Assieds-toi, Brian.

Elle semblait étrangement clinique, malgré sa nudité.

— Tu as déjà fait cela souvent ?

— Venir aux bains ?

Elle ne pouvait pas vouloir dire *baiser*.

— Non, je veux dire, faire l'amour avec une fille... une femme ?

Il lui adressa son plus beau sourire à la Steve McQueen.

— Je me défends pas trop mal.

— Depuis quand es-tu gay ?

— Quoi ?

— Si tu ne veux pas en parler, ce n'est pas grave.

— Euh... Je crois que tu fais erreur.

— Bien... Comme tu voudras.

Son regard se voulait professionnellement compatissant. Cela l'irritait au plus haut point.

— Non, Hillary... pas « bien ». Je ne suis pas gay, c'est clair ?

— Tu n'es pas gay ?

— Non.

— Mais qu'est-ce que tu fais ici alors ?

— Je deviens dingue ! Elle me demande ce que je fais ici ! Mais bordel de merde, qu'est-ce que tu crois que je suis en train de *foutre* ici ?

— Beaucoup de mecs qui viennent ici sont gays... ou bi, au moins.

— Ouais, ben pas moi, OK ? J'ai un répertoire limité mais bien huilé.

Doucement, il déposa sa main sur la jambe d'Hillary.

Doucement, elle la repoussa.

— Nous sommes tous un peu homosexuels, Brian. Cela veut dire que tu n'es pas en relation avec ton corps.

— Ce n'est pas avec *mon* corps que j'ai envie d'être en relation !

— Tu n'es pas obligé de jouer au macho en permanence, tu sais.

— Je ne joue pas au macho. J'essaie de m'envoyer en l'air.

— Ah. Une exploitation froide et mécanique de...

— Écoute...

La voix de Brian s'était faite plus douce :

— Je ne pense pas que tu sois tout à fait juste en insinuant que je suis un phallocrate. Je veux dire, euh, nous sommes égaux, non ? Regarde, nous deux. Tu m'as invité dans ta chambre... et moi j'ai accepté. Non ?

Elle fixa le mur et dit :

— Je pensais que tu avais besoin d'aide.

— Mais j'en *ai* besoin. J'en ai terriblement besoin !

— Ce n'est pas la même chose.

— Qu'est-ce que j'y peux si je suis différent ? J'ai eu ces envies perverses depuis toujours.

— Ne sois pas si impertinent ! Tu ne vaux pas plus qu'un gay, tu sais.

— Hillary, est-ce que j'ai dit ça ? Hein ? J'aime bien les gays. J'accepte les gays. Bon sang, ne me fais pas dire que certains de mes meilleurs amis sont gays !

— Même si tu le disais, je ne te croirais pas.

— Écoute, Hillary...

— Il vaut mieux que tu partes, Brian.

— S'il te plaît, tout ce que je...

— Je vais appeler Frieda.

Il se leva, et ramassa sa serviette à terre. Il l'enroula autour de sa taille. Hillary lui tenait déjà la porte ouverte.

— Une fois, lâcha-t-il, quand j'avais douze ans, moi et un type de ma compagnie de scout, on a enlevé notre...

— Ça ne compte pas.

Il resta dans l'embrasure de la porte, et la regarda avec une tristesse rêveuse refermer la porte sur elle.

Vénus se réfugiait dans son coquillage.

Petit déjeuner au lit

Michael se réveilla avec la bouche pâteuse.

Il se glissa hors du lit aussi furtivement que possible, et pénétra dans la salle de bains. La porte refermée, il se brossa les dents.

Lorsqu'il retourna dans la chambre à coucher sur la pointe des pieds, la forme qu'on devinait sous les draps lui adressa la parole :

— Tu as triché.

Michael se glissa à nouveau dans le lit.

— Je pensais que tu dormais.

— Maintenant, il va falloir que moi aussi j'aille me brosser les dents.

— Pas la peine... *Mon* haleine me rend parano, pas la tienne.

Jon écarta les couvertures et se dirigea vers la salle de bains.

— Quelque chose d'autre qu'on a en commun.

Mona frappa à la porte au mauvais moment.

— Euh... Oui... Attends une seconde, Mona.

Mona s'écria à travers la porte :

— C'est la femme de chambre, messieurs. Relevez les couvertures.

Michael sourit à Jon.

— Ma colocataire. Accroche-toi.

Quelques secondes après, Mona jaillit dans la chambre avec un plateau de croissants et de café.

— Salut, les petits durs ! On fait la grasse matinée ?

— Je l'aime bien, dit Jon après que Mona se fut éclipsée majestueusement. Elle fait ça tous les matins ?

— Non. Je crois qu'elle est curieuse.

— De quoi ?

— De toi.

— Ah... Vous êtes ensemble, tous les deux... ?

— Non. On est amis.

— Vous n'avez jamais... ?

Michael secoua la tête.

— Jamais.

— Et pourquoi ?

— Pourquoi ?... Voyons : que dirais-tu de... je suis pédé comme un phoque ?

— Et alors ?

— Et alors, je suis puceau pour les femmes, dit Michael. Un parfait 6 sur 6 pour Kinsey.

— Ah.

— Ça t'ennuie ?

— Non, c'est juste que... T'as quel âge ?

— J'espère que tu ne fais pas partie de ces pédales qui ne flashent que sur les petits jeunes. J'ai vingt-six ans.

— Moi j'en ai vingt-huit... Et non, je ne fais pas partie de ces gens-là.

— Quel soulagement !

— Et au lycée ?

— Assez bon élève.

Jon sourit.

— Je te parle de *filles*. Tu n'as jamais rien fait avec elles ?

— Tout ce que je faisais au lycée, c'était de déconner avec mes potes en buvant de la bière et en cherchant des hétérosexuels à tabasser.

— Ah bon ?

Michael fit signe que oui.

— Tu ne peux pas les rater. Ils marchent bizarrement et gardent leurs livres bien serrés contre eux. C'est ça que tu faisais, non... quand tu étais hétérosexuel ?

Jon le considéra pendant un instant.

148

— Tu ne dois pas être aussi défensif. Je ne te critiquais pas.

— Si ça peut t'aider, je n'ai pas révélé mon homosexualité jusqu'à il y a trois ans. Au lycée, j'étais un eunuque.

— J'aurais aimé te connaître à ce moment-là.

— Plutôt que maintenant ?

— En *plus* de maintenant, lança Jon en lui ébouriffant les cheveux. Je t'aime *bien*, idiot !

Après le départ de Jon, Michael contenait à peine son émoi.

— Il est *formidable,* Mona. Il est sûr de lui et équilibré... et il est *docteur,* putain ! Tu t'imagines ? Mon propre docteur personnel !

— Quoi, il t'a demandé en mariage ?

— Ne sois pas si à cheval sur les détails.

— Quel type de docteur ?

— Gynécologue.

— Oh, comme ça te sera utile !

Michael lui donna une claque sur le derrière.

— Non mais. Je peux fantasmer, oui ou merde ?

— Tu vas déménager, hein ?

— Mona !

— Eh bien ?

— Mona, t'es mon *amie.* On restera toujours ensemble, d'une manière ou d'une autre.

— Ah ouais ? Et qu'est-ce que vous allez faire, m'adopter ?

Elle alla jusqu'à la porte et l'ouvrit, s'adressant à une invitée imaginaire :

— « Oh, bonjour, madame Duchmol ! Je vous présente mon père, Michael Tolliver, célèbre conteur et bon vivant, et ma mère, le gynéco ! »

Michael, hilare, secoua la tête.

— Je t'épouserais dans la journée, Mona !

— Si tu étais le seul garçon au monde, et moi la seule fille ? Ce n'est pas neuf !

Il l'embrassa sur le front.

— Ne t'en fais pas. Je vais la gâcher comme il faut, cette idylle !

— A t'entendre, on jurerait que c'est ce que tu cherches.

— Épargne-moi l'analyse jungienne.

— OK, alors sors les poubelles et advienne que pourra.

Le maestro disparaît

La dame des relations publiques était presque aussi bouleversée que Frannie.

— Madame Halcyon... Croyez-moi... Nous avons tenté l'impossible...

— La réception commence dans quatorze heures. J'ai averti *Women's Wear Daily,* le *Chronicle* et l'*Examiner,* Carson Callas... Comment diable est-il possible de *perdre* un chef d'orchestre ?

Le ton de l'attachée de presse de l'opéra devint emprunté :

— Le maestro n'est pas... perdu, madame Halcyon. Nous ne parvenons tout simplement pas à le localiser. Nous avons laissé un message à son hôtel, et il y a de bonnes chances qu'il...

— Et Cunningham ? Elle viendra sans lui, n'est-ce pas ?

— Nous cherchons un cavalier de rechange, au cas où... Nous faisons le maximum, madame Halcyon. Mlle Cunningham n'est en général pas compatible avec les ténors.

— Vous voulez me dire qu'elle ne... ? Oh, mon Dieu... C'est l'excuse la plus lamentable... Et qu'est-ce que je vais dire à mes invités ?

Beauchamp et DeDe arrivèrent à Halcyon Hill plus tard que prévu. DeDe avait coincé la fermeture Éclair de son ensemble. Beauchamp, afin de survivre à l'épreuve, avait vidé quatre mesures de J&B.

— Maman doit être plus morte que vivante, lança DeDe.

— Arrête d'essayer de me remonter le moral.

— Mon Dieu... Carson Callas est déjà là. Il adore écrire des articles sur les réceptions ratées où les célébrités ne viennent pas. Il a complètement humilié les Stonecypher avec cet article sur... Dis donc, Beauchamp, ça te dérangerait d'avoir l'air un peu moins accablé par l'ennui ?

— Voilà Splinter.

— Je veux un drink, Beauchamp.

— Sers-toi. Je vais parler à Splinter.

— Si tu crois que je vais aller seule au bar...

— Prue Giroux y arrive bien toute seule.

— Beauchamp ! Non ! Je ne veux pas... parler à Oona.

Trop tard. Les Riley étaient déjà à côté d'eux, rayonnant de bonheur conjugal. DeDe affichait un sourire forcé. Sa robe lui faisait l'effet d'une peau de saucisse.

— Alors, où est la diva ? demanda joyeusement Splinter. C'est le terme exact, n'est-ce pas ?

Oona sourit et serra le bras de son mari.

— Quel mufle ! Comment as-tu fait, DeDe, pour épouser un intellectuel ?

DeDe reçut le message cinq sur cinq. Un intellectuel *impuissant*.

Splinter avait parlé à Oona de son coup de téléphone, DeDe en était sûre.

Beauchamp brisa le silence :

— Eh bien, l'intellectuel a besoin de se bousiller quelques cellules grises. Tu te joins à moi au bar, Splinter ?

Les hommes s'éloignèrent.

Oona resta. Elle souriait à DeDe, mais uniquement avec la bouche.

— Je suis désolée, DeDe.

— A propos de quoi ?

— L'épreuve que tu traverses.

— Quelle épreuve ?

— Ah... je vois. Je suppose que nous ferions mieux de parler d'opéra ou de quelque chose comme ça.

— Je n'ai pas la moindre idée de ce dont tu parles.

— Oublie. Tu dois me prendre pour quelqu'un de *terriblement* insensible.

— Oona, aurais-tu l'obligeance de m'...

— Le garçon livreur, ma chérie. Le garçon livreur *chinois*.

Silence.

— Shugie m'a tout raconté sur le Forum, et nous sommes *toutes* de tout cœur avec toi. Ç'a dû être atroce.

Oona souriait perfidement.

— C'était bien atroce, n'est-ce pas ?

— Il faut que j'y aille.

— Je n'en soufflerai pas un mot, ma chérie. Il faut que nous serrions les rangs, les anciennes du Sacré-Cœur. Et puis, ajouta Oona en replaçant la bretelle du soutien-gorge de DeDe sous sa robe, chaque fille se débrouille comme elle peut.

Frannie dans tous ses états

Frannie titubait légèrement.

— Edgar, qu'est-ce que je vais faire ?

— Je dirais qu'il ne te reste plus qu'à t'en remettre au ciel.

— Ne sois pas ridicule ! On ne va pas bêtement attendre ici et tout laisser... dégénérer.

— Ils ont l'air de s'amuser.

— Bien sûr qu'ils s'amusent ! Ils sont en train de me *crucifier*, Edgar ! Regarde Viola. Elle n'a pas arrêté de pouffer avec Carson toute la soirée !

— Écoute... Frannie... Si tu as besoin d'un spectacle musical, je peux appeler l'accordéoniste qui joue au club. Le délai est un peu court, mais peut-être qu'il...

Frannie gémit.

— On ne peut pas simplement *remplacer* la plus grande soprano du monde par un accordéoniste, Edgar !

— Je ne savais pas qu'elle allait chanter.

— Elle n'a pas besoin de chanter. Mon Dieu, Edgar, mais tu le fais exprès ?

— Quoi ?

— D'agir en complet philistin.

— Je suis un philistin.

— Tu n'es pas un...

— Mon père dirigeait un grand magasin, Frannie.

— Il avait sa loge à l'opéra !

— Il dirigeait un grand magasin.

Beauchamp bavardait avec Peter Cipriani dans un coin calme de la terrasse.

— Alors, quelle est *ta* théorie sur la Grande Nora ? Peter haussa les épaules :

— Je m'en fous. Je ne suis pas venu pour ça.

— Tes pupilles sont dilatées.

— J'espère bien. Psilocybine.

— Merde.

— Nom de Dieu, je sors avec Shugie Sussman.

— Et c'est ça ton excuse pour ton état second ?

— T'en vois une autre ?

— Je passe.

— J'espère que la petite chérie sait conduire. J'ai bu deux verres au *Mill* avant de l'embarquer.

— Qu'est-ce que je m'emmerde ! laissa échapper Margaret Van Wyck Montoya-Corona.

DeDe la dévisagea.

— Maman va être ravie d'entendre ça.

— Oh, non, DeDe... Pas *ici*... Je veux dire, en général. Jorge est à Madrid depuis trois semaines. Ce n'est vraiment pas drôle d'être mariée au roi du préservatif, crois-moi.

— Je veux bien croire.

— Ce qui me manque le plus, c'est la compagnie.

— Achète un chien.

Muffy sourit d'un air narquois.

— J'ai pensé à un Samoan.

— Un samoyède, tu veux dire.

— Non. Un Samoan de Polynésie, tu sais. Penny et Trinka ont toutes les deux des Samoans. Des Samoans *assortis*. Ils sont mécaniciens... et des *balèzes*, ma chérie !

DeDe grimaça :

— Je n'aime pas les hommes trop forts.

— Qui te parle de forts ? lui renvoya Muffy en esquissant un geste non équivoque. *Balèzes,* je te dis.

— Oh, je vois !

— C'est tellement mieux qu'un de ces godemichés en plastique !

Edgar prit sa fille à part.

— J'ai besoin de ton aide, murmura-t-il.

— Qu'est-ce qu'il y a ?

— Ta mère s'est enfermée dans les toilettes.

— Encore ?

— Je t'en prie, DeDe ! Elle est bouleversée... à cause de cette chanteuse.

Au premier étage, DeDe hurlait à sa mère à travers la porte de la salle de bains :

— Maman !

Silence.

— Maman, je t'en supplie. Tu n'es *pas* Zelda Fitzgerald. Ton petit cinéma commence à fatiguer tout le monde.

— Va-t'en !

— Si tu es énervée à cause de Nora Cunningham... J'ai parlé à Carson Callas. Il affirme qu'elle fait ça tout le temps.

— Ça n'a pas d'importance.

— Il te donne deux colonnes, maman. Deux colonnes.

— Quoi ?

— Dans *Western Gentry*. Il consacre l'essentiel de sa rubrique à...

La porte des toilettes s'ouvrit brusquement. Frannie se tenait immobile, les yeux rougis, un Mai Tai à la main.

— Tu l'as invité à rester pour le petit déjeuner ? fit-elle.

L'affaire des six matraques

Les traiteurs préparaient des œufs brouillés pour les derniers invités de la soirée à Halcyon Hill. Pendant que Frannie tentait de coincer Carson Callas dans un coin, Edgar s'éclipsa dans son bureau et appela Barbary Lane.

— Madrigal.

— Allô, Anna ? C'est moi.

— Bonjour, Edgar.

— Je suis désolé pour Mona.

— Tu n'as pas à t'excuser.

— Si, si. Je n'aurais pas dû m'énerver après toi ce matin.

— Je... Tu as un travail à faire, Edgar.

— Si j'avais su à quel point Mona comptait pour toi...

— Je n'aurais pas dû t'appeler. Je me mêle toujours de ce qui ne me regarde pas.

— J'ai un jour libre la semaine prochaine. On pourrait retourner sur la plage.

— Volontiers.

— Dieu merci !

— Allez, va-t'en. Retourne auprès de tes invités.

Pendant ce temps à Barbary Lane, Mona était affalée sur le sofa avec un exemplaire de *New West,* quand Michael entra en traînant des pieds.

— Eh bien ? s'enquit-elle. Comment va le monde merveilleux de la gynécologie ?

— J'étais pas avec Jon.

— Mon Dieu ! Comme la flamme de l'amour peut être éphémère !

— Il avait une réunion, ce soir.

— Ne me dis pas que tu as été au sauna ?

Elle fronça les sourcils, d'un air seulement à moitié moqueur.

— Mieux vaut ne pas mettre tous ses œufs dans le même panier.

— Si on peut dire.

Il sourit.

— Ouais.

— Je sais garder un secret.

Il se glissa à côté d'elle sur le sofa.

— Devine qui était là?

— Le Chœur mormon du Tabernacle?

— Très bien, si tu ne veux pas commérer, on ne commère pas.

— Non. Continue. J'ai envie.

— Non. D'abord, il faut que je te raconte ce que j'ai vu au *Hamburger Mary*.

— Je déteste quand tu me punis comme ça.

— Je plante le décor, Mona. Détends-toi. Fais comme si j'étais ton gourou. Maharishi Mahesh Mouse. Je t'apporte les Clés du Royaume de Folsom Street. Le Saint Bandana rouge qui dépasse de la poche gauche du Levi's. Le...

— Michael, tu me fais chier!

— Bon, bon. Donc j'étais au *Hamburger Mary,* en train de manger ma salade de pois, et de me demander si mes nouvelles bottes de chez Sears n'avaient pas l'air *trop* neuves, quand est arrivé ce couple, qui s'est assis en plein milieu d'un contingent de motards.

— Un couple de mecs?

— Justement, non. Un type avec sa femme. Pour s'encanailler. D'un chic radical, très 76. Elle portait un T-shirt David Bowie pour prouver ses sympathies, et lui avait l'air extrêmement mal à l'aise dans un costard Grodins. Tu vois, il y a cinq ans, des ringards de ce genre, on pouvait en trouver à Fillmore, en train de bouffer des tripes et des haricots noirs avec leurs

Frères et Sœurs. Aujourd'hui, ils sont branchés pédés. Ils tentent désespérément de fréquenter les pervers.

— Ça n'apporte que des soucis, qu'ils en croient mon expérience !

— Bref. Autour d'eux, la clientèle devenait de plus en plus hard et craignos. A ce moment-là, un mec s'assied à côté d'eux, avec un anneau dans le nez et une veste des Futurs Fermiers d'Amérique. Le mec en costard était tellement crispé qu'il avait l'air à deux doigts de se carapater à El Cerrito.

— Et sa femme ?

— Oh... Elle pique un sacré fard que son petit mari n'apprécie pas l'ambiance décadente ! Finalement, elle lui lance un regard bien appuyé, et lui demande sur un ton lourd de sous-entendus : « Rich, qu'est-ce que tu crois que tu préférerais, S ou M ? »

— Et ?...

— Il croyait que c'était un truc à mettre dans les hamburgers.

— Alors, Mouse, qui as-tu rencontré au sauna ?

— Eh bien... Je l'ai rencontré après quelques heures. Je marchais dans le couloir, en train de jeter des coups d'œil dans les cabines, et un mec aux cheveux gris m'a fait signe d'entrer. Il avait l'air plutôt vieux, mais avec un beau corps. Donc je suis entré, je me suis assis sur le bord de sa banquette, et il m'a dit : « Tu as eu une nuit chargée ? » A l'accent, j'ai tout de suite su qui c'était. Et je l'ai aussi reconnu pour l'avoir vu sur la couverture de ses disques.

— Qui ?

— Nigel Huxtable.

— Le chef d'orchestre ?

— Oui. Le mari de Nora Cunningham, ni plus ni moins.

— Et vous avez...

— Tu veux rire ?

— Ben...

— Je me suis tiré dès que j'ai vu ce qu'il avait dans son sac.

— La suite, la suite.

— Un magnétophone... Une cassette de sa charmante femme en train de chanter *Casta Diva*... Un morceau doré de corde de brocart, qui, selon lui, venait du rideau de la Scala... Et six matraques en caoutchouc !

— Merde alors !

— Je n'ai rien fait, Mona. Avec personne.

— Va raconter ça à ton gynéco.

Retour à Cleveland ?

Les journées à Halcyon Communications se traînaient comme des semaines.

Beauchamp souriait en passant à côté du bureau de Mary Ann, et parfois même il lui adressait un clin d'œil dans l'ascenseur, mais il n'y eut plus jamais d'invitations, plus d'appels au secours angoissés au nom de l'amitié.

Comme si Mendocino ne s'était jamais passé.

« Très bien, pensa Mary Ann, si c'est ce qu'il veut. » Il existait toutes sortes d'autres moyens de canaliser son énergie... et des heures à meubler avant de dormir.

Elle nettoya la machine à café d'Edgar Halcyon.

Elle acheta un diamant de vitrier et fabriqua pour son bureau, à partir d'une bonbonne de vin, un terrarium.

Elle se créa un espace personnel sur son tableau

d'affichage, qu'elle recouvrit de gags de *Snoopy*, de messages qu'on trouve dans les biscuits chinois et de cartes postales d'amis en vacances.

Chaque matin, elle s'asseyait à son bureau, parfaitement immobile, fermait les yeux, et récitait courageusement la nouvelle litanie des années soixante-dix : « Aujourd'hui est le premier jour du reste de ma vie. »

Un soir, Michael apparut à sa porte avec un pot de terre cuite en forme de poulet.

— Une moitié de mon *poulet Tolliver,* proposa-t-il avec le sourire, en prononçant son nom à la française. Mona est sortie, ou bien à la recherche d'une solution zen à ses problèmes existentiels, ou bien de nouveau à la dérive dans les tourbillons décadents de la vie citadine... Et je me suis dit... voilà.

— Michael, c'est vraiment gentil.

— Pas d'effusions avant d'avoir vu la bête. On dirait une mouette passée à la moulinette d'un 747.

— Ça sent drôlement bon.

— Je le dépose sur la table ?

— Oui. Merci.

Il déposa le pot, puis secoua la tête en souriant.

— Qu'est-ce qu'il y a ? demanda Mary Ann.

— Dans le Sud, c'est ce qu'on fait quand quelqu'un meurt. Apporter de la nourriture.

— Eh ben, tu n'es pas loin.

— Qu'est-ce que t'entends par là ?

— Est-ce que... tu as déjà mangé l'autre moitié de ce poulet ?

Il fit signe que non.

— Tu as envie de compagnie ?

Michael leva les yeux au ciel.

— Parfois au point d'en faire une obsession.

Mary Ann prépara une salade, pendant que Michael était parti récupérer sa propre moitié du poulet.

Ils dînèrent aux chandelles.

— Ceci est mon premier vrai dîner pour un invité.

— Très honoré.

— J'espère que tu aimes la Déesse Verte.

— Mmm. La prochaine fois, on mangera des asperges, et tu pourras me montrer ta recette de sauce hollandaise.

— Comment sais-tu?... Ah, j'y suis!

Michael hocha la tête :

— Robert, oui. Mais j'ai perdu la recette dans le divorce.

Mary Ann rougit.

— Elle est facile à faire.

— Je n'aurais pas dû mentionner cette vieille histoire. Pardon.

— Ce n'est rien. Je me suis toujours sentie un peu idiote après ça.

— Pourquoi? Robert était vraiment un beau mec. Moi aussi, je l'aurais fait. Que dis-je, je l'*ai* fait. Où est-ce que tu crois qu'on s'est rencontrés?

— Au Safeway?

— Pas ce Safeway-là, en fait. Celui d'Upper Market. De mon point de vue, on y drague beaucoup plus.

Il gifla sa propre joue.

— Arrête ça. Tu embarrasses la demoiselle.

Elle rit.

— Est-ce que j'ai l'air si hors du coup?

— Non, je... Ben oui, parfois.

— Oui, eh bien, je le suis.

— Ça te va très bien, tu sais.

— J'ai *déjà* entendu ça.

— Ah bon?... Venant de qui?

— Aucune importance.

Michael sourit d'un air désabusé.

— C'est à cause de ça que tu es au bord du gouffre?

161

— Michael, je...

— Dis... Si on prévoyait une super sortie la semaine prochaine ? On peut aller dans un endroit abominablement hétéro... le *Starlight Roof* ou un truc comme ça. Tu n'as rien vécu tant que tu n'as pas connu le Service Gigolo Tolliver.

Elle força un sourire.

— Ça pourrait être sympa.

— Contrôle ton extase, je t'en prie !

— Il se peut que je ne sois plus ici.

— Quoi ?

— Je crois que je vais rentrer à Cleveland.

Michael siffla :

— Ça, ce n'est pas le bord du gouffre. *C'est* le gouffre.

— C'est vraiment la seule solution raisonnable.

— Tu veux dire, fit-il en jetant sa serviette à terre, que je viens juste de gâcher un poulet entier à fraterniser avec une personne... de passage ?

Il se leva de table, marcha jusqu'au sofa, s'assit, et croisa les bras.

— Viens ici. Il est temps que nous ayons une petite discussion entre copines !

Le laïus d'encouragement de Michael

Mary Ann se leva avec hésitation, mal à l'aise avec Michael dans son nouveau rôle de mentor. Elle regrettait d'avoir mentionné son intention de rentrer à Cleveland.

— Tu veux un peu de crème de menthe ? demanda-t-elle.

— Pourquoi est-ce que tu t'en vas, Mary Ann ?

Elle s'assit à côté de lui.

— Pour des tas de raisons... Je sais pas... Peut-être à cause de San Francisco en général.

— Tout ça parce qu'un connard t'a laissée tomber...

— Ce n'est pas ça... Michael, il n'y a pas de stabilité ici. Personne ne reste jamais avec quelqu'un ou avec quelque chose, parce qu'il y a toujours autre chose de meilleur au prochain tournant.

— Et puis qu'est-ce qu'il t'a *fait,* d'abord ?

— Je ne supporte pas ça, Michael. J'ai envie de vivre quelque part où on n'a pas besoin de s'excuser quand on sert du café soluble. Tu sais ce que j'aime à Cleveland ? Les gens à Cleveland ne sont pas « branchés » quelque chose.

— Chiants, quoi.

— Appelle ça comme tu voudras... J'en ai besoin. J'en ai désespérément besoin.

— Mais pourquoi rentrer chez toi ? On a des gens chiants ici aussi. Tu n'as jamais été au *Paoli* à l'heure du déjeuner ?

— Ça ne sert à rien...

La sonnerie du téléphone retentit. Michael bondit et décrocha.

— Ici le Royaume de la Chierie. Vous êtes bien chez Mary Ann Singleton.

— Michael !

Mary Ann lui arracha le téléphone des mains.

— Allô ?

— Allô, Mary Ann ?

— Maman ?

— Nous étions morts d'inquiétude.

— Comme toujours, quoi.

— Ne me parle pas sur ce ton. Cela fait des *semaines* que nous n'avons pas eu de tes nouvelles.

— Désolée. Je n'ai pas une minute à moi.

— Qui était ce monsieur ?

— Quel monsieur? Ah!... Michael. Un ami.

— Michael comment?

Mary Ann recouvrit le combiné.

— Michael, quel est ton nom de famille?

— De Sade.

— Michael!

— Tolliver.

— Michael Tolliver, maman. C'est quelqu'un de très gentil. Il habite au-dessous de chez moi.

— Ton père et moi, nous avons discuté, Mary Ann... Alors écoute-moi bien. Nous sommes tous les deux d'accord pour dire que tu avais le droit de... tenter ta chance à San Francisco. Mais il est maintenant grand temps... Mary Ann, nous n'allons pas te laisser gâcher ta vie.

— C'est *ma* vie que je gâche, maman.

— Pas quand tu sembles ne pas avoir la maturité nécessaire pour...

— Et qu'est-ce que tu en sais?

— Mary Ann... Un homme bizarre vient de répondre à ton téléphone.

— Ce n'est pas un homme bizarre.

— Ah bon? fit Michael en souriant.

— Tu ne connais même pas son nom de famille.

— Ici, on fait moins de formalités.

— Apparemment. Si tu n'es pas capable de te rendre compte par toi-même qu'inviter n'importe...

— Maman, Michael est homosexuel.

Silence.

— Il n'aime que les garçons, tu comprends? Je sais que tu en as entendu parler. De nos jours, on en voit à la télé.

— Je n'arrive pas à le croire...

— Maman. Je t'appelle dans quelques jours, OK? Tout va bien. Bonne nuit.

Elle raccrocha.

Sur le sofa, Michael était radieux.

Mona lança la seconde vague d'assaut.

— Bon sang, Mary Ann! Pas étonnant que tu sois déprimée. Tu restes là, assise, sans te bouger, à t'imaginer que la vie ressemble à une carte de Noël. Eh bien, laisse-moi te dire qu'il n'y a pas une seule âme, là, dehors, qui en a assez à foutre pour t'envoyer ses meilleurs vœux!

— Donc, quel est l'intérêt de...

— Il faut que tu fasses bouger les choses, Mary Ann. Quand tu es au bout du rouleau, sors d'ici et prends la vie par les... Prends un crayon et note cette adresse!

Guerre et paix

Une section de bécasseaux patrouillait sur la plage de Point Bonita, picorant les bagues métalliques de canettes sur le sable noir. Par endroits, l'eau était bleue; à d'autres, grise.

Edgar glissa son bras autour de la taille d'Anna.

— Je la reprendrais, tu sais.

— Qui ça?

— Mona... Si tu me le demandes, Anna, je le ferai.

Anna secoua la tête.

— Non. Et puis, elle ne reviendrait pas, même si tu changeais d'avis.

— Je suis un vieux con, alors?

— Non, pas toi. Ton beau-fils.

— C'est elle qui te l'a dit?

Anna acquiesça.

— Elle a raison? demanda-t-elle ensuite.

— Tout à fait.

— Je m'en doutais.

— Anna, tu lui as parlé ?

— De toi ?

— Oui.

Anna secoua la tête.

— Juste nous deux, Edgar. Juste nous deux.

— Je sais, mais...

— Qu'est-ce qu'il y a ?

— Elle est un peu comme ta fille, non ?

— Oui.

— Et ce n'est pas difficile de ne rien lui dire ?

— Si.

— Moi, j'ai envie de le crier au monde entier.

Anna sourit.

— Même pas un mémo à ta secrétaire, dit-elle.

— Elle comprendra avant Mona.

— J'espère que non.

— Pourquoi ? J'ai plus à perdre que toi.

Anna le considéra pendant un moment.

— Allez, viens. Sortons une couverture de la voiture. Il fait plus froid que dans le décolleté d'une sorcière, ici.

Edgar rit doucement.

— Je ne savais pas que les filles bien élevées connaissaient cette expression.

— Elles ne la connaissent pas.

— On disait ça pendant la guerre. En France.

— C'est là que je l'ai apprise.

— De quoi parles-tu ?

— J'ai fait partie de la campagne Fort Ord.

— Tu étais dans le corps féminin de l'armée ?

— Je tapais des commandes de munitions pour un colonel qui était ivre la plupart du temps. Bon, on va la chercher, cette couverture ?

Ils se blottirent contre une dune, à l'abri du vent.

— Tu as vécu ça comment, de grandir dans un bordel ? s'enquit Edgar.

Anna pinça les lèvres.

— Tu as vécu ça comment, de grandir à Hillsborough ?

— Je n'ai pas grandi à Hillsborough. J'ai grandi à Pacific Heights.

— Oh, mon Dieu ! Une vraie petite vie de gitan !

— Allez. C'est moi qui te l'ai demandé en premier.

— Eh bien...

Elle prit une poignée de sable et le laissa s'écouler entre ses doigts.

— D'abord, reprit-elle, il m'a fallu attendre l'âge de quatorze ans pour me rendre compte que sur la monnaie américaine ne figurait pas l'inscription : « Valable pour toute la nuit. »

Edgar rit.

— Et puis, continua-t-elle, j'ai développé quelques superstitions bizarres, qui me poursuivent encore aujourd'hui.

— Par exemple ?

— Par exemple... Je ne supporte pas les fleurs coupées ; donc ne m'offre pas de bouquet, si tu veux faire durer notre étrange et merveilleuse relation.

— Qu'est-ce qui te dérange dans les fleurs coupées ?

— Les belles-de-nuit les considèrent comme un signe de décès imminent. Fauché dans la fleur de l'âge, et tout et tout... Tu vois ?

— Ah.

— Rien de drôle, quoi.

— Non.

Anna fixa le sable, et y traça un trait avec son doigt.

Et il sembla à Edgar que non seulement elle sentait sa douleur, mais qu'elle la partageait.

A nouveau sur la brèche

S.O.S.-Écoute San Francisco se situait dans une maison victorienne à Noe Valley. La façade était peinte en kaki, avocat, fuchsia et chocolat. A la fenêtre, un panneau informait les visiteurs que les locataires de la demeure ne buvaient pas de vin Gallo.

Mary Ann se sentait déjà bizarre.

Elle appuya sur la sonnette. Un homme en chemise Renaissance ouvrit la porte. Le regard de Mary Ann glissa de sa chemise à sa barbe rousse clairsemée, pour se fixer enfin sur l'endroit où aurait dû se trouver son oreille gauche.

— J'ai... appelé tout à l'heure.

— Ouais! Super. La nouvelle bénévole. Je m'appelle Vincent.

Il la conduisit dans une pièce à peine meublée, décorée d'un gigantesque macramé, auquel on avait incorporé des coquillages, des plumes et des morceaux de bois. Elle n'avait pas d'autre choix que de faire un commentaire.

— C'est... vraiment très beau.

— Oui, répondit-il, radieux. C'est ma Vieille qui l'a fabriqué.

Elle devina qu'il ne parlait pas de sa mère.

A son grand soulagement, elle découvrit en lui un être très gentil. Il travaillait au centre du mardi au jeudi. Il était artiste. Il lui prépara une tasse de café soluble, sans s'excuser.

— On va devoir probablement... euh... travailler ensemble, expliqua-t-il. On reçoit assez d'appels entre vingt et vingt-trois heures pour être occupés tous les deux.

— Est-ce qu'ils veulent tous... se suicider?

— Non. T'apprendras vite à repérer les habitués.

— Les habitués ?

— Des fêlés. Des gens seuls. Ceux qui ont juste besoin de parler. C'est OK aussi. On est là pour ça. Et puis il y en a qu'on doit aiguiller vers la bonne association.

— Par exemple ?

— Les femmes battues, les ados gays, les personnes du troisième âge qui posent des questions sur la Sécu, les pédophiles, les victimes de viol, les minorités avec des problèmes de logement...

Il débita la liste comme un vendeur de glaces celle de ses vingt-huit parfums.

— Et les suicides, alors ?

— Euh... on en a peut-être deux ou trois par nuit.

— Vous savez, je n'ai pas reçu de formation spécifique...

— Pas de problème. Je m'occuperai des cas épineux. La plupart du temps, ils essaient juste d'attirer l'attention.

Mary Ann sirota son café, rassurée par la confiance désinvolte de Vincent.

— C'est assez valorisant, non ?

Vincent haussa les épaules.

— Parfois. Et parfois c'est franchement barbant. Ça dépend.

— Est-ce qu'il y a eu des cas... épineux, récemment ?

— Je ne sais pas. J'ai été absent pendant deux semaines.

— En vacances ?

Il secoua la tête, et leva la main droite. Mary Ann avait déjà remarqué que son petit doigt était recouvert d'un bandage... mais pas qu'il avait apparemment été sectionné à mi-longueur.

— Oh, mon Dieu ! Comment vous êtes-vous fait ça ?

— Bah...

L'oreille... Le doigt... Elle en fut soudain embarrassée.
Vincent la vit rougir.

— Je prends des trucs.

— Des pilules ?

Il sourit.

— C'est juste de la déprime. Le cafard.

— Je ne vois pas bien...

— Ça n'a pas d'importance. Je suis en train de me
ressaisir. Hé, hé ! Il est presque vingt heures. Prête ?

— Ben oui. Puisqu'il le faut.

Elle s'installa dans la chaise en face du téléphone.

— Je suppose, dit-elle, qu'il faudra... dresser
l'oreille.

Elle aurait voulu s'arracher la langue.

Fantaisie à deux

Après avoir vu *Frankenstein Junior* au cinéma Ghirardelli, Michael et Jon marchèrent jusqu'au bout du
quai d'Aquatic Park.

La jetée était plongée dans l'obscurité. De petits
groupes de pêcheurs chinois rompaient le silence avec
leurs rires et le vacarme métallique de leurs transistors.
Le *tak tak* d'un hélicoptère retentissait dans le ciel au-
dessus de Fort Mason.

Le couple s'assit sur un énorme banc de béton.

— C'est un point d'interrogation, fit remarquer
Michael.

— Quoi ?

— La jetée. Comme un point d'interrogation géant.

Jon scruta le bassin noir, délimité par la courbe de la
jetée.

170

— Non. Elle tourne dans l'autre sens. C'est un point d'interrogation à l'envers.

— Comme les toubibs sont terre à terre ! fit Michael.

— Excuse-moi.

— Je ne t'ai jamais parlé de mon chimpanzé, n'est-ce pas ?

— Ton singe ?

— Oui. Ça t'intéresse ?

— Et comment !

— Eh bien... Depuis que je suis gosse, j'ai toujours voulu avoir un chimpanzé. Je rêvais de pouvoir dresser un chimpanzé à faire irruption dans ma classe de 5ᵉ et à lancer des ballons remplis de flotte sur ma prof, Mlle Watson.

Il rit avant de reprendre :

— Remarque, c'était probablement une gouine : j'aurais dû être plus gentil avec elle. Bref, cette envie d'en posséder un ne m'a jamais quitté... Et puis, l'année dernière, il se trouve que j'en ai parlé à mon ex... enfin, mon ex à présent... A l'époque, c'était mon petit ami.

— Revenons au chimpanzé.

— OK... Énorme coïncidence : Christopher avait exactement le même rêve depuis sa tendre enfance. Donc on en a parlé pendant quelque temps, et on a décidé qu'on était des adultes responsables, et qu'il n'y avait pas de raison pour qu'on n'en ait pas un. Bref, Christopher a pris contact avec son ami de Marine World qui savait comment contourner toutes les tracasseries administratives, et pour finir... on est devenus les fiers parents d'un chimpanzé adolescent prénommé Andrew.

Jon sourit.

— Andrew, Michael et Christopher. Comme c'est charmant.

— C'est exactement ce qu'on s'est dit. Et tout marchait à *merveille,* après qu'on a eu franchi le cap de l'apprentissage de la propreté et tout ça. On l'emmenait partout avec nous. Au Golden Gate Park, à la fête Renaissance, et puis au zoo. Il *adorait* le zoo ! Un jour, notre ami de Marine World nous a demandé si on voulait bien... euh... l'accoupler avec une femelle chimpanzé qui appartenait à un de ses amis. Naturellement, ça nous a particulièrement emballés, car ça voulait dire qu'on allait devenir grands-parents, en quelque sorte.

— En quelque sorte.

— Bref, arrive le grand jour... et Andrew ne fait rien.

— Oh, non !

— Figure-toi qu'il ne voulait même pas entrer dans la même *pièce* qu'elle.

— D'accord, laisse-moi deviner.

Michael hocha la tête posément.

— Exactement. Un chimpanzé pédé comme un foc !

— Attends, tu te moques de moi ?

— Moi, j'ai réussi à surmonter le choc, parce que j'aimais *vraiment* Andrew, mais Christopher a tout pris sur lui. Il était *convaincu* que s'il avait plus souvent joué au football avec Andrew...

Jon éclata de rire.

— Tu me fais marcher, ordure !

— Ce fut *terrible,* laisse-moi te le dire ! Christopher m'accusait d'avoir trop materné Andrew, et de l'avoir emmené voir trop de films à l'eau de rose et de l'avoir laissé regarder les pages de sous-vêtements hommes dans le catalogue Sears !

— Arrête ! Tu vas me faire crever !

Michael sourit enfin, abandonnant son petit jeu.

— Je vois que celle-là, elle te plaît.

— Ça t'arrive souvent de fabuler comme ça ?

— Tout le temps.

— Pourquoi ?

Michael haussa les épaules :

— « J'essaie de faire illusion juste assez longtemps pour qu'il me désire. »

— C'est dans quoi, ça ?

— *Un tramway nommé Désir*. Blanche Dubois.

Jon glissa un bras derrière la nuque de Michael.

— Viens ici, Blanche.

Ils s'embrassèrent longtemps, appuyés contre le béton froid.

Lorsqu'ils relâchèrent leur étreinte, Michael posa une question :

— L'histoire aurait été mieux si j'avais appelé l'ex-petit ami Andrew et le chimpanzé Christopher ?

— Ah, parce que tu as aussi inventé le petit ami ?

— Oh, *surtout* le petit ami !

Une mystérieuse visite

Sur la plage, le vent commençait à se lever. Anna réajusta la couverture qui les protégeait.

— Viens, Edgar... Couvre-toi. Quelqu'un pourrait apercevoir ton costume Brook Brothers.

— Attention !

— Dis donc... Mais ces chaussettes sont adorables... si j'ose dire. J'ai entendu qu'absolument tout le monde à Saint-Moritz portait cette couleur, en ce moment !

— Tu me chatouilles, Anna. Arrête.

— Chatouilleux ? Edgar Halcyon ? N'y a-t-il donc plus rien de sacré ?

— Anna, je te préviens...

— On joue les durs, garçon des villes ?

Elle bondit brusquement, tira sur sa cravate dé-
nouée, et caracola le long de la plage. Edgar la poursuivit à travers les dunes, et finit par la plaquer en lançant un cri de samouraï.

Ils restèrent couchés ensemble, hilares et haletants.

— Viens, dit Anna, le prenant par la main. Allons
trouver un reste d'épave.

— Attends une minute.

— Ça va ?

— Oui, je...

— J'oublie sans arrêt que tu es une vieille peau.

— J'ai deux ans de plus que toi.

— C'est ce que je disais. Une vieille peau.

Le ciel s'éclaircit vers seize heures. Ils remontèrent
la plage pieds nus.

— Ça me rappelle quelque chose, dit Edgar.

— Une publicité pour du bourbon ?

Il sourit et serra sa main.

— Quand j'avais dix-neuf ans, mes parents m'ont
envoyé en Angleterre pendant l'été. J'habitais chez des
cousins dans un village qui s'appelait Cley-on-Sea. Je
faisais des balades sur la plage pour trouver des
pierres.

— Des galets ?

— Non. De magnifiques pierres rouge orangé, utili-
sées pour faire des bijoux. Un jour, sur la plage, j'ai
rencontré une vieille dame. Enfin, à l'époque, je *trouvais* qu'elle était vieille. Sa fille l'accompagnait. Elle
avait dix-huit ans, et elle était très belle. Elles m'ont
demandé de marcher avec elles. Elles cherchaient les
mêmes pierres rouges.

— Et tu as accepté ?

— A ton avis ?

— Je crois qu'Edgar devait être trop occupé... ou
trop gêné.

Edgar se tourna pour lui faire face. Il ressemblait à un lion avec une épine dans la patte.

— Il est trop tard, Anna, n'est-ce pas ?

Elle laissa tomber ses chaussures dans le sable et enlaça de ses bras la nuque d'Edgar.

— Pour la fille, il est trop tard. Mais la vieille dame te tombe dans les bras.

Ils retournèrent sous la couverture.

— On devrait rentrer, Anna.

— Je sais.

— J'ai dit à Frannie que...

— Ça va.

— Est-ce qu'on fait une erreur monumentale ?

— J'espère bien.

— Tu ne sais pas grand-chose de moi.

— Non.

— Je vais mourir, Anna.

— Oh... je m'en doutais.

— Tu savais...

Anna haussa les épaules.

— Pour quelle autre raison Edgar Halcyon ferait-il tout ça ?

— Mon Dieu.

Elle caressa les boucles blanches de sa nuque.

— Combien de temps avons-nous ?

De retour à Barbary Lane, Anna se plongea dans un bain chaud. Elle fredonnait un air ancien quand la sonnette d'entrée retentit.

Elle se sécha, enfila son kimono, et laissa entrer son visiteur en appuyant sur le bouton d'entrée.

— Qui est-ce ? cria-t-elle dans le couloir.

— Une amie de Mary Ann Singleton, répondit une voix de jeune femme.

— Elle n'est pas là. Elle travaille à S.O.S.-Écoute.

175

— Ça ne vous dérange pas si je l'attends ici ? Dans l'entrée, je veux dire. C'est assez important.

Anna s'avança jusqu'au bout du couloir. La jeune femme était blonde et grassouillette, avec l'expression d'un enfant perdu. Elle portait un sac fourre-tout de chez Gucci.

— Asseyez-vous, ma chérie, fit la logeuse. Mary Ann devrait bientôt être de retour.

A nouveau plongée dans son bain, Anna se posa des questions sur la jeune femme. Elle lui semblait familière. Quelque chose dans le regard et dans la forme du menton.

Et soudain elle comprit.

Elle ressemblait à Edgar.

Mais où était donc Beauchamp ?

Le visage de la jeune femme était dans l'ombre. Elle avait pris tellement de poids que Mary Ann ne la reconnut pas immédiatement.

— Mary Ann ?

— Oh...

— Je suis la femme de Beauchamp. DeDe. Votre logeuse m'a laissée entrer.

— Oui. Mme Madrigal.

— Elle a été très gentille. J'espère que ça ne vous dérange pas. J'avais peur de vous rater.

— Non... Ne vous mettez pas martel en tête. Je peux vous inviter à prendre un verre en haut ?

— Vous... n'attendez personne ?

— Non, fit Mary Ann, qui niait déjà l'accusation.

DeDe s'assit dans une chaise de réalisateur en vinyle

jaune, et croisa les mains par-dessus son sac fourre-tout.

— Voulez-vous une crème de menthe ? demanda Mary Ann.

— Merci. Vous en avez de la blanche ?

— De la blanche ?

— Oui, de la crème de menthe blanche.

— Ah... Non, juste l'autre sorte.

— Alors je vais m'abstenir.

— Un soda, peut-être ?

— Non, vraiment. Ça ira.

Mary Ann s'assit sur le bord du sofa.

— Apparemment, ça ne va pas si bien que *ça*.

Elle sourit faiblement.

DeDe regarda ses mains.

— Non, effectivement. Mary Ann... Je ne suis pas venue ici pour faire une scène.

Mary Ann ravala sa salive, et sentit son visage devenir chaud.

— Je voulais vous rendre ceci, reprit DeDe.

Elle fouilla dans son sac et sortit le foulard à pois brun et blanc de Mary Ann.

— Je l'ai trouvé dans la voiture de Beauchamp, ajouta-t-elle.

Mary Ann fixa le foulard, consternée.

— Quand ?

— Le lundi après que vous êtes allée à Mendocino avec lui.

— Ah.

— Il m'a tout raconté.

— Je vois.

— Ce foulard est à vous, n'est-ce pas ?

— Oui.

— Ça n'a pas d'importance. Enfin... si, ça en *a*, mais j'ai cessé de me torturer à ce sujet. Je l'ai digéré. Et je crois même comprendre comment il vous a... entraînée dans cette histoire.

— DeDe, je... Pourquoi est-ce que vous êtes venue, alors ?

— Parce que... J'espère que vous allez me dire la vérité.

Mary Ann mima un geste d'impuissance.

— C'est ce que je viens de faire.

— Où êtes-vous allée avec lui le week-end dernier, Mary Ann ?

— Nulle part ! J'étais...

— Et le jeudi de la semaine précédente ?

Mary Ann resta bouche bée.

— DeDe... Je vous jure que j'ai été avec Beauchamp une fois, et une fois seulement. Il m'a demandé de l'accompagner à Mendocino à cause de...

Elle s'interrompit.

— A cause de quoi ?

— Ça va vous paraître idiot. Il... m'a dit qu'il avait besoin de parler à quelqu'un. J'ai eu pitié de lui. On s'est à peine adressé la parole depuis.

— Vous le voyez tous les jours.

— Nous sommes dans le même bâtiment. C'est à peu près tout.

— Mais vous avez couché ensemble à Mendocino ?

— Je... Oui.

DeDe se leva.

— Bien... Désolée de vous avoir dérangée. Je crois que ce petit feuilleton a assez duré. Pour toutes les deux.

Elle se retourna et se dirigea vers la porte.

— DeDe ?

— Oui ?

— Est-ce que Beauchamp vous a raconté que j'étais avec lui le week-end dernier... et cet autre jour dont vous avez parlé ?

— Pas explicitement, non.

— Mais il l'a laissé entendre ?

— Oui.

— C'est faux, DeDe. Je n'étais pas avec lui. Vous devez me croire.

DeDe sourit amèrement.

— Mais je vous crois. C'est ça le pire.

De retour à Montgomery Street, DeDe ouvrit brutalement le courrier qu'elle avait ignoré toute la journée.

Il y avait de nouvelles factures de chez Wilkes et Abercrombie, le dernier numéro d'*Architectural Digest*, une demande de dons émanant de l'Association des anciens élèves de Bennington, et une lettre de Binky Gruen.

Elle emporta la lettre de Binky dans la cuisine, où elle se prépara un bol de céréales avec du lait. Elle ouvrit l'enveloppe avec un couteau de cuisine.

La lettre était écrite sur du papier à en-tête de la Porte d'Or :

Ma chérie,

Voilà, ta vieille copine Bink, en train de se prélasser dans la luxueuse misère du centre d'amaigrissement le plus élégant d'Amérique. On nous réveille le matin à une heure impossible pour nous faire courir en rase campagne dans un hideux survêtement rose en éponge, appelé « pinky » (je t'en prie, pas de plaisanteries du style Binky dans son Pinky). J'ai déjà perdu trois kilos. Sonnez trompettes. Il y a ici un nombre incroyable de vedettes de cinéma. Je me sens « déclassée » si je ne porte pas mes Foster Grant dans le sauna. Essaie, tu vas détester !

Je t'embrasse.

Binky.

Beauchamp pénétra dans la cuisine.

— Où étais-tu, ce soir? demanda-t-il.

— A la Ligue Junior.

Il regarda le bol de céréales :

— Ils ne t'ont pas nourrie ?

— Je n'ai pris qu'un *petit* bol !

— Comme tu voudras. De toute façon, il est déjà trop tard pour retrouver ta ligne avant la soirée d'ouverture de l'Opéra.

Il sourit d'un air exaspérant et quitta la pièce.

DeDe lui lança un regard noir jusqu'à ce qu'il ait disparu. Puis elle prit la lettre de Binky et la relut.

Ce que font les gens simples

La bête, devant la porte, donna la chair de poule à Mary Ann.

Son visage était d'un blanc de craie avec d'effrayantes taches rouges sur les pommettes. Il avait le torse nu et les cuisses velues. Deux cornes de bouc pointaient affreusement sur son front.

La bête lui adressa la parole.

— Une vraie bête de sexe, non ?

— Michael ?

— Faux, ô grande Chieuse ! Je suis le dieu Pan.

— Tu m'as foutu une trouille verte !

— Mais je suis une créature douce et enjouée ! L'esprit des forêts et des bergers... Bon, merde ! J'abandonne ! Avec toi j'arrive pas à garder mon sérieux.

Mary Ann sourit :

— Tu vas à un bal costumé ?

— Non. Je vais accueillir ma tante Agnès à la station des bus Greyhound.

— Tu vas à la gare dans cet... ? Oh, pourquoi est-ce que je tombe à chaque fois dans le panneau !

— Tu ne me laisses pas entrer ?

Elle pouffa de rire :

— Tu plairais beaucoup à ma mère.

— Je ne veux pas te décevoir, mais je n'ai pas particulièrement envie de plaire à ta mère. Dis... si tu me laisses planté là dans l'entrée, le type d'en haut va nous faire une crise cardiaque.

— Entre. *Quel* type d'en haut ?

Michael bondit dans la pièce et s'assit, réajustant la perruque marron de style afro qui soutenait ses cornes.

— Le nouveau locataire. Machin-Chouette Williams. Je l'ai vu sur les marches qui mènent au toit, tout à l'heure. Il a complètement paniqué.

— Il y a un appartement sur le toit ?

— Si on veut. Moi, j'appelle ça une cabane. Elle n'est pas très souvent louée, mais la vue est sublime. Il a emménagé il y a deux jours. Euh, je peux avoir quelque chose à boire ?

— Bien sûr... Il me reste...

— Si tu me dis « de la crème de menthe », je t'étripe. Elle secoua l'une de ses cornes.

— Du vin blanc, Votre Sainteté !

— Parfait... Enfin, non. Je dois partir bientôt. En fait, j'espérais que tu viendrais avec moi.

— Déguisée en quoi ? En biquette ?

— En bergère. J'ai une très jolie robe de paysanne avec un corsage à rubans et... Ne me regarde pas comme ça. Elle appartient à Mona !

Mary Ann rit.

— J'aimerais beaucoup venir, Michael... mais j'ai ma permanence à S.O.S.-Écoute, ce soir.

— Mais ceci *est* un S.O.S. ! Homophile solitaire et cornu, jambes poilues, cherche séduisante jeune femme, catégorie chieuses, genre Cleveland, pour folle nuit de...

181

— Et ce type avec qui je t'ai vu?

— Jon?

— Aux cheveux blonds?

Michael acquiesça.

— Il est à la soirée d'ouverture de l'Opéra.

— Ah... Et tu n'aimes pas l'opéra, c'est ça?

— Non... enfin, si. Il se trouve que je n'aime pas... mais c'est pas ça. Jon a acheté un abonnement avec un ami. Mais t'as raison... ça craint, l'opéra. Je crois pas que ça m'aurait... enfin, bref.

Elle embrassa prudemment sa pommette rouge.

— On remet ça à une prochaine fois?

Il se leva, soupira, et réajusta ses cornes.

— Elles disent toutes ça.

— Elle a lieu où, ta soirée?

— Pas loin d'ici. Au magasin de plantes Hyde et Green. J'y vais à pied.

— Habillé comme ça?

— Oh, ne sois pas si... Cleveland! La moitié des gens ressemblent à ça sur Russian Hill.

— Bon, ben, fais attention.

— Attention à quoi?

— Je ne sais pas... aux autres gens qui ressemblent à ça.

— Amuse-toi bien avec tes suicides.

— Merci.

D'un geste espiègle, elle le poussa vers la sortie, et ajouta :

— Va te trouver un joli bouc.

Intermezzo

Pendant ce temps, à l'Opéra, les messieurs allaient et venaient dans l'ombre, lissant leur plumage dans les toilettes hommes des loges, au milieu des chromes reluisants, du cuir rouge et du bois massif. Pendant les deux prochaines heures, ces toilettes seraient les plus élégantes de toute la ville.

— Monte la garde, ordonna Peter Cipriani.

— Quoi ? fit Beauchamp.

— La dernière chose dont on a besoin, c'est qu'un de ces vieux dinosaures constipés et pourris jusqu'à la moelle vienne s'échouer ici !

Peter sortit de sa poche une enveloppe frappée du sceau des Cipriani. Il y plongea une minuscule cuiller en or et la porta à sa narine gauche.

— Mmmh !... Non coupé ! C'est comme ça que j'aime la coke *et* les mecs !

Beauchamp était nerveux.

— Allez ! Dépêche-toi !

— Les dames d'abord !

La cuiller effectua un aller-retour, mais cette fois vers l'autre narine. Beauchamp prit le relais, puis examina sa queue-de-pie dans le miroir, à la recherche de poussières.

— Tout cela est tellement pénible !

Peter lui sourit.

— Tu vas à l'Orangerie avec les Halcyon, après ?

— Demande à DeDe. C'est elle et sa mère qui dirigent la manœuvre ce soir.

Peter sortit un fond de teint Bill Blass de la poche de son veston et retoucha ses pommettes.

— Pourquoi est-ce que tu ne te tires pas avec moi à l'entracte ? Je vais au Club.

— Il y a quelque chose de prévu au club ?

Peter grogna :

— Pauvre gourde d'héritière ! Je te parle du Club du coin de la 8ᵉ Avenue et de Howard Street.

— Non, ne compte pas sur moi ce soir.

— Chacun ses goûts. Moi, personnellement, j'en ai plein le cul de ces pseudo-patriciens. Je me sens davantage prêt à frayer avec deux ou trois pseudo-bûcherons.

Ryan Hammond fit son entrée majestueuse dans la pièce. Ryan était anglais, ou du moins *parlait* comme un Anglais. Il était connu dans les chroniques mondaines comme cavalier pour veuves et comme vedette de comédies musicales sur la Péninsule.

— Eh bien, roucoula Peter. Je vois qu'on a sorti les déambulateurs du placard, ce soir.

Beauchamp lança un regard furieux à son ami.

Ryan l'ignora, et s'approcha de l'urinoir.

— Ta copine est très mignonne, Ryan. Quel âge a-t-elle ? Cent huit ans ? demanda Peter.

— Peter ! lança sèchement Beauchamp.

Faisant comme si de rien n'était, Ryan dévisagea Peter d'un œil noir.

— Bonsoir, monsieur Cipriani. Je ne savais pas que vous étiez un amateur de Massenet.

— Non, d'ordinaire je n'en suis pas un... mais la soirée d'ouverture est un tel spectacle ! Après tout, c'est la seule soirée de l'année où *tu* portes moins de bijoux que tes petites amies !

Les toilettes étaient à nouveau vides lorsque Edgar et Booter Manigault y pénétrèrent. Booter portait ses décorations de guerre et un écouteur radio dans l'oreille. Il écoutait le match de football entre les New York Giants et les Cincinnati Bengals.

Les deux hommes faisaient face au mur.

— Ça va bientôt être le temps des canards, dit Edgar platement.

— Quoi ?... Désolé, Edgar.

Il retira l'écouteur.

— J'ai dit : « C'est bientôt le temps des canards. »

— Oui... Le temps passe, hein ?

Booter rit tout seul avant de reprendre :

— Qui a dit qu'on n'avait pas de saisons en Californie ? A cette période-ci, les putes quittent leurs nids de Rio Nido pour émigrer à Marysville. Moi, j'appelle ça un signe avant-coureur de l'automne : qu'est-ce que tu en dis ?

Silence.

— Edgar... Ça va ?

— Oui... Ça va.

— Tu m'as l'air bien pâle.

— Oh, c'est juste l'opéra...

Il se fendit d'un sourire.

Booter se renfonça son écouteur dans l'oreille.

— Tu peux le dire, nom de Dieu !

Vincent et sa Vieille

Michael dévissa le capuchon du tube de son maquillage blanc pour clown, et répara son visage de Pan dans le vestibule d'entrée du 28 Barbary Lane. Il aimait beaucoup ce vestibule, avec ses statues Arts déco ternies, ses miroirs dorés, et son plafond en étain gravé de hiéroglyphes des années trente.

Dans cette pièce, il se sentait étrangement raffiné, gai dans le vieux sens du terme, comme Fred Astaire dans *Le Danseur du dessus* ou Noel Coward s'en allant rencontrer Gertie Lawrence au *Savoy Grill*.

185

Il remerciait le ciel pour l'existence de Mme Madrigal, une logeuse d'une sensibilité quasi cosmique, qui n'avait jamais succombé à la tentation de souiller l'édifice avec des palmiers en polyéthylène ou des miroirs florentins auto-adhésifs.

Il s'examina de la tête aux pieds et sourit en signe d'approbation : il était foutrement beau.

Ses cornes avaient outrageusement l'air réalistes. Ses faux poils de bouc débordaient de sa ceinture au-dessus de son arrière-train de quadrupède avec un érotisme comique. Son ventre était plat, et ses pectos... Eh bien, ses pectos étaient ceux d'un homme qui ne trichait quasiment jamais sur son banc de muscu.

« Tu es sexy, se répéta-t-il. Ne l'oublie pas.

« Ne l'oublie pas et garde la tête haute quand tes parents téléphonent d'Orlando pour te demander si tu as rencontré une petite amie ; quand cette petite merveille du *Midnight Sun* finit par t'annoncer qu'il a un amant plongeur dans l'équipe de Berkeley ; quand quelqu'un au sauna t'oppose un "je suis en train de me reposer" ; quand le séduisant et très distant docteur Jon Fielding plisse son front byronien et refuse de sortir de son placard de faïence blanche.

« Eh bien, tu ne sais pas ce que tu perds, docteur Beautiful ! Cette nuit, Pan est déchaîné ! »

Quand Mary Ann arriva à S.O.S.-Écoute, Vincent semblait déprimé.

Elle dut vérifier ses extrémités pour s'assurer que rien d'autre n'avait disparu.

Il portait toujours un bandage sur son petit doigt sectionné, mais rien d'autre — mis à part l'oreille gauche, bien sûr — ne manquait. Soulagée, Mary Ann s'assit en face de son téléphone.

— Mauvaise journée ?

Vincent sourit tristement, et lui montra le collier de perles grec qu'il manipulait pour se calmer :

— Je ne l'ai pas lâché depuis le petit déjeuner.

— Qu'est-ce qui ne va pas ?

— Je ne crois pas que...

Il se détourna d'elle, feuilletant nerveusement un fichier d'adresses avec sa bonne main.

— Je n'aime pas accabler les gens avec mes soucis, reprit-il.

« Ses yeux tristes et sa barbe rousse clairsemée le font ressembler à un pitoyable animal en voie d'extinction croupissant dans un zoo », pensa Mary Ann.

— Raconte-moi tout, dit Mary Ann en souriant. Ça me servira d'entraînement pour le boulot.

Elle tapotait le téléphone.

Vincent la dévisagea.

— Tu es vraiment quelqu'un... d'extra.

— Mais non.

— Si. Je suis sincère. La première fois que je t'ai vue, j'ai cru que tu faisais partie de ces petites bourgeoises qui viennent ici en touriste s'acquitter de leur B.A. pour la semaine... Mais tu n'es pas comme ça du tout. Tu es vraiment bien.

Mary Ann rougit.

— Merci.

Vincent lui sourit chaleureusement, en fourrageant sa barbe.

Le problème, découvrit-elle finalement, c'était sa Vieille.

Il avait rencontré sa Vieille alors qu'il travaillait comme peintre en bâtiment, et elle comme serveuse dans une pizzeria écolo appelée *L'Anchois Karmique*. Ensemble, ils avaient lutté pour la paix, forgeant leur amour sur les flammes du fanatisme. Ils prénommèrent leur premier enfant Ho, et devinrent membres d'une communauté à Olema. Une union scellée au Nirvana.

— Qu'est-ce qui s'est passé ? demanda gentiment Mary Ann.

Vincent secoua la tête :

— Je ne sais pas. Je crois que c'était la guerre.

— La guerre ?

— Le Vietnam. Elle n'a pas supporté que ça s'arrête. Elle ne s'en est jamais remise.

Mary Ann acquiesça avec compréhension.

— Tu sais, Mary Ann, c'était dans sa vie la chose la plus importante, et après ça, rien ne la comblait réellement. Pendant un moment, elle a essayé les Indiens, puis les marées noires, mais ce n'était pas la même chose.

Il baissa les yeux vers le collier de perles entortillé autour de ses doigts. Mary Ann espéra qu'il n'allait pas se mettre à pleurer.

— On a tout essayé, continua Vincent. J'ai même vendu nos tickets-restaurant pour l'envoyer dans une retraite de conscientisation sur la Russian River.

— Une quoi ?

— Tu sais, un endroit pour se repositionner ?... Un peu de thérapie féministe, de bioénergétique, d'herbologie et de volley-ball transcendantal... Mais ça n'a pas marché. Rien n'a marché.

— Je suis vraiment désolée, Vincent.

— C'est pas juste, dit Vincent en retenant ses larmes. Il devrait y avoir une Légion américaine pour les pacifistes.

A présent, Mary Ann avait la certitude que c'était *elle* qui allait se mettre à pleurer.

— Vincent... Ça va s'arranger.

Dans sa désolation, Vincent secoua simplement la tête.

— J'en suis certaine, Vincent. Tu l'aimes, et elle t'aime. C'est tout ce qui importe.

— Elle m'a quitté.

— Ah... Eh bien, cours la rejoindre. Dis-lui à quel point elle compte pour toi. Dis-lui...

— Je n'ai pas les moyens d'aller en Israël.

— Elle est en Israël ?

Vincent fit signe que oui :

— Elle s'est enrôlée dans l'armée israélienne.

Brusquement, il fit reculer sa chaise, s'enfuit de la pièce, et s'enferma à clé dans la salle de bains.

Blême d'effroi, Mary Ann écouta à la porte.

— Vincent ?

Silence.

— *Vincent !* Tout finira par s'arranger. Vincent, tu m'entends ?

Elle l'entendait fouiller dans l'armoire de la salle de bains.

— Vincent, pour l'amour de Dieu ! Surtout ne te coupe rien !

Puis le téléphone sonna.

Le tango d'anniversaire

— Alors, où est notre petit furet, ce soir ? demanda Mme Madrigal, versant un verre de sherry à Mona.

— Michael ?

— Tu connais d'autres petits furets ?

— J'aimerais bien.

— Mona ! Tu t'es disputée avec lui ou quoi ?

— Non. Je ne voulais pas dire ça.

Elle passa la paume de ses mains sur le velours rouge et usé de l'accoudoir.

— Michael est allé à un bal costumé.

La logeuse rapprocha sa chaise de celle de Mona. Elle sourit.

— Je crois bien que Brian est chez lui, ce soir.

— Mon Dieu ! On croirait entendre ma mère !

— Ne change pas de sujet. Tu n'aimes pas Brian ?

— C'est un coureur de jupons.

— Et alors ?

— Et alors je n'ai vraiment pas besoin de ça maintenant !

— J'aurais juré le contraire.

Mona sirota son sherry, évitant le regard de Mme Madrigal.

— C'est donc ça, votre solution à tout ?

La logeuse gloussa.

— Ce n'est pas *ma* solution à tout. C'est *la* solution à tout... Allez, Calamity Jane, prends ton manteau. J'ai deux tickets pour *Beach Blanket Babylon*.

Requinquées par un pichet de sangria, les deux femmes se relaxaient dans l'ambiance rococo du *Club Fugazi*. A la fin du spectacle, Mme Madrigal resta assise, et bavarda avec les gens qui se trouvaient autour d'elle, des inconnus aux joues que le vin avait rougies.

— Oh, Mona... En ce moment, je me sens immortelle. Je suis vraiment heureuse d'être ici avec toi.

Les effusions sentimentales gênaient Mona.

— Oui, c'est un spectacle merveilleux, dit-elle avant de dissimuler son visage dans son verre.

Mme Madrigal laissa un sourire fleurir lentement sur sa figure anguleuse :

— Tu serais tellement plus heureuse si tu pouvais te voir comme moi je te vois.

— Mais personne n'est heureux. Et puis qu'est-ce qu'être heureux ? Puisque le bonheur s'arrête dès qu'on rallume la lumière.

La plus âgée des deux femmes remplit à nouveau son verre de sangria.

— Quelles conneries ! murmura-t-elle.

— Quoi ?

— Quelles conneries ! Tu devrais avoir honte. Qui t'a appris ces imbécillités pseudo-existentielles ?

— Je ne vois pas en quoi ça vous concerne.

— Non, en effet. Tu ne vois pas.

Mona était remuée par le regard douloureux de sa compagne.

— Pardon. Je suis d'une humeur massacrante, ce soir. Si on allait prendre un café ailleurs ?

A la vue du *Caffè Sport,* Mona ressentit immédiatement un frisson de nostalgie.

C'était ce sur quoi Mme Madrigal avait compté.

— C'est fou ! dit Mona.

Elle sourit en apercevant le bric-à-brac napolitain du restaurant.

— J'avais, reprit-elle, presque oublié à quel point cet endroit est pittoresque !

Elles choisirent une petite table du fond, à côté d'un poussiéreux bas-relief du genre ruine romaine qu'un artiste passionné mais pratique avait protégé d'un grillage.

Mme Madrigal commanda une bouteille de verdicchio.

Quand le vin arriva, elle leva son verre en l'honneur de Mona :

— A trois nouvelles, lança-t-elle joyeusement.

— Trois nouvelles quoi ?

— Années. C'est notre anniversaire.

— Quoi ?

— Cela fait trois ans que tu es ma locataire. Trois ans, cette nuit.

— Comment pouvez-vous vous rappeler un truc pareil ?

— Je suis un éléphant, Mona. Vieux et meurtri... mais heureux.

Mona sourit affectueusement, et leva son verre :

— Eh bien, buvons aux éléphants. Je suis contente d'avoir choisi Barbary Lane.

Anna secoua la tête.

— Faux, mon trésor.

— Quoi ?

— Ce n'est pas toi qui as choisi Barbary Lane. C'est Barbary Lane qui t'a choisie.

— Qu'est-ce que ça veut dire ?

Mme Madrigal lui adressa un clin d'œil :

— Termine d'abord ton verre.

Les cloches sonnent

Laissant le téléphone sonner, Mary Ann martelait la porte de la salle de bains.

— Vincent, écoute-moi bien. La situation n'est jamais aussi catastrophique qu'on le croit ! Vincent, tu m'entends ?

Elle fit un rapide inventaire des objets de la petite armoire au-dessus de l'évier. Y avait-il des ciseaux ? Des couteaux ? Des lames de rasoir ?

DRRRINNNGGGG !

— Vincent ! Je dois aller répondre au téléphone ! Mais dis quelque chose ! Vincent, pour l'amour de Dieu !

DRRRINNNGGGG !

— Vincent, tu es un enfant de l'univers ! Tout autant que les arbres et les étoiles ! Vincent, tu as le droit d'exister. Et que tu le... que tu le... Enfin, aujourd'hui est la première journée du reste de ta vie.

Elle se sentit submergée par des vagues de nausée. Elle se précipita vers le téléphone.

— Allô, S.O.S.-Écoute San Francisco, dit-elle, essoufflée.

La voix au bout du fil parlait sur un ton aigu et asthmatique, comme une créature de Disney devenue sénile.

— Qui êtes-vous ?

— Euh... Mary Ann Singleton.

— Vous êtes nouvelle.

— Monsieur, est-ce que vous pourriez patienter une... ?

— Où est Rebecca ? Je parle toujours à Rebecca.

Elle recouvrit le combiné de sa main.

— Vincent !

Silence.

— VINCENT !

Une réponse étrangement faible lui parvint :

— Quoi ?

— Vincent, ça va ?

— Oui.

— J'ai quelqu'un ici qui veut parler à une certaine Rebecca.

— Dis-lui que tu es la remplaçante de Rebecca.

Mary Ann parla dans le téléphone.

— Je suis la remplaçante de Rebecca, monsieur.

— Menteuse !

— Je ne comprends pas, monsieur...

— Arrêtez de m'appeler « monsieur » ! Quel âge avez-vous ?

— Vingt-cinq ans.

— Qu'est-ce que vous avez fait à Rebecca ?

— Écoutez, je ne connais *même pas* Rebecca !

— Ah bon ?

— Non.

— Tu veux me sucer la bite ?

Vincent se tenait au centre de la pièce comme un

rongeur effrayé. Ses yeux tristes, au-dessus des touffes de sa barbe, clignaient en cadence.

— Mary Ann?

Elle ne leva pas les yeux. Elle restait à genoux au-dessus de la poubelle.

— Est-ce que je peux t'apporter quelque chose, Mary Ann?... Une serviette humide, peut-être?

Elle fit oui de la tête.

Il lui tendit la serviette, et posa maladroitement sa main sur son épaule.

— Je m'excuse... vraiment. Je ne voulais pas te faire peur. Je suis vraiment...

Elle secoua la tête, et montra du doigt le combiné du téléphone en train de jouer dans le vide au pendule. Il en émanait des « bip bip » courroucés. Vincent raccrocha.

— C'était qui? demanda-t-il.

Elle se redressa avec difficulté, et examina Vincent. Tout semblait en place.

— Il... Une blague, je crois.

— Ah! Randy.

— Randy?

— C'est comme ça que Rebecca l'appelait. J'aurais dû te prévenir.

— Il appelle souvent?

— Oui. Rebecca s'était dit que quitte à appeler quelqu'un, mieux valait encore que ce soit nous.

— Ah...

— Tu sais... On est là pour tout le monde, et...

— Qu'est-ce qui est arrivé à Rebecca?

— Overdose.

Une fois de plus, ils s'assirent à côté des téléphones. Vincent lui offrit un sourire bienveillant :

— T'es accro, ou quoi?

— Hein?

Il lui prit son paquet de bonbons à la menthe.

— Tu viens de manger la moitié du paquet en cinq minutes, dit-il.

— Je suis un peu sur les nerfs.

— Tiens, sers-toi.

Il lui tendit un sachet de noix et de fruits secs.

— Je l'ai acheté à Tassajara, précisa-t-il.

— Sur Ghirardelli Square ?

Il sourit avec indulgence.

— Près de Big Sur. C'est une retraite zen.

— Ah.

— Évite les sucreries, OK ? Ces trucs-là finissent par tuer.

L'indice de la logeuse

— Très bien, fit Mona en dégustant les dernières gouttes de son verdicchio. Ça voulait dire quoi, cette petite phrase énigmatique ?

Mme Madrigal sourit.

— Qu'est-ce que j'ai dit ?

— Vous avez dit que Barbary Lane m'avait choisie. Pour vous, ce n'est pas juste une image, n'est-ce pas ?

La logeuse acquiesça.

— Tu ne te rappelles plus comment nous nous sommes rencontrées ?

— C'était au *Savoy-Tivoli*.

— Il y a tout juste trois ans.

Mona haussa les épaules.

— Je ne comprends toujours pas.

— Ce n'était pas un hasard, Mona.

— Quoi ?

— J'avais tout préparé. De manière assez fabuleuse, je dois dire.

Elle sourit, et fit tourbillonner le vin dans son verre.

Mona tenta de se remémorer cette soirée d'été. Mme Madrigal était venue à sa table avec un panier de brownies à la Alice B. Toklas. « J'en ai fait beaucoup trop, avait-elle dit. Prenez-en deux, mais gardez-en un pour plus tard. Ils sont du tonnerre de Dieu ! »

Une conversation animée, et bien arrosée, avait suivi à propos de Proust, de Tennyson et d'astrologie. A la fin de la soirée, les deux femmes étaient devenues amies.

Le lendemain, Mme Madrigal avait appelé pour proposer l'appartement.

— Bonjour. Je suis la vieille timbrée que vous avez rencontrée au *Tivoli*. Il y a une maison sur Russian Hill qui affirme qu'elle est à vous.

Deux jours plus tard, Mona avait emménagé.

— Mais pourquoi ? demanda Mona.

— Tu m'intriguais. Et puis tu étais célèbre !

Mona leva les yeux au ciel :

— C'est ça.

— Si, si. Tout le monde avait entendu parler de ta campagne pour les maillots chez J. Walter Thompson.

— A New York ?

Mme Madrigal confirma :

— De temps en temps je lis les journaux spécialisés.

— Il y a des jours où vous m'épatez.

— Tant mieux.

— Et si j'avais dit non ?

— Pour l'appartement ?

— Oui.

— Je ne sais pas. J'aurais probablement essayé autre chose.

196

— C'est plutôt flatteur pour moi.

— En effet, ça l'est.

Mona se sentit rougir :

— En tout cas, je suis contente !

— Bien... Levons notre verre à ça.

— Non, non, interrompit Mona en regardant le verre levé de la logeuse. Pas avant que je ne découvre ce que « ça » signifie.

Mme Madrigal haussa les épaules :

— Qu'est-ce que tu veux que ce soit d'autre, mon petit cœur ? Un chez-soi.

Mary Ann était déjà rentrée, récupérant de sa soirée passée à S.O.S.-Écoute.

Elle recouvrit ses étagères d'un nouveau papier auto-adhésif couleur noix, nettoya derrière la gazinière une bonne couche de graisse, et remplaça dans les toilettes le bidule qui faisait de l'eau bleue.

Quand Mona passa lui dire bonsoir, elle était penchée sur la table de la cuisine.

— Je peux te demander ce que tu fous ?

— Je classe mes petits pots d'épices par ordre alphabétique.

— Oh, mon Dieu...

— C'est thérapeutique.

— Je croyais que S.O.S.-Écoute te servait de thérapie.

— Ne me parle surtout pas de ça.

— Pourquoi ? Qu'est-ce qui s'est passé ?

— Je préfère ne pas en parler.

— Bien. Refoule-le. Garde toute cette névrose de reine du bal enfouie en toi ; comme ça...

— Je n'ai *jamais* été la reine du bal, Mona.

— Ça n'a pas d'importance. C'était ton genre.

— Et qu'est-ce que tu en sais ? Comment est-ce que toi tu pourrais savoir *quel* genre...

— Hé, ho! Du calme, les filles, du calme!

Michael se tenait dans l'embrasure de la porte. Ses jambes de Pan velues étaient ébouriffées et tachées de vin.

— Mouse!... T'es de retour?

— Si tu crois que c'est *facile* de se faire draguer dans cette tenue!

Se retenant de rire, Mona s'approcha de lui et effleura ses poils en faux chinchilla.

— Beurk!

— D'accord, concéda Michael. La fourrure ne va pas à tout le monde.

Au bonheur des grosses

La sauge et les avocatiers brillaient dans la chaleur de l'après-midi, tandis que l'immense limousine filait vers le nord à travers les collines d'Escondido.

DeDe s'adossa contre le siège et ferma les yeux.

Elle allait à la Porte d'Or!

La Porte d'Or! Le centre d'amaigrissement le plus somptueux et le plus exclusif de toute l'Amérique! Une scintillante oasis de saunas et de soins du visage, de pédicures et manucures, de leçons de danse, de compresses aux herbes et de haute cuisine!

Il était plus que temps.

DeDe en avait *assez* de la ville, assez de Beauchamp et de ses tromperies, assez de la culpabilité qui l'avait rongée au sujet de Lionel. Qui plus est, elle ne parvenait plus à faire face à cette horrible chose joufflue qui la dévisageait tristement dans les miroirs ou les vitrines de magasins.

Elle voulait revenir à l'ancienne DeDe, la DeDe

d'Aspen et de Tahoe, la tentatrice à la crinière d'or qui subjuguait les célibataires et avait tourneboulé Splinter Riley il y a quelques années *à peine*.

Elle y était parvenue une fois.

Elle pouvait le faire à nouveau.

Le chauffeur l'observa dans le rétroviseur.

— C'est votre première fois, madame?

DeDe rit nerveusement.

— J'ai l'air en si mauvais état que ça?

— Oh, non! C'est juste que votre visage est nouveau.

— Je suppose que vous devez en voir, des têtes connues.

Il fit signe que oui, apparemment satisfait qu'elle aborde le sujet.

— Tenez, rien que la semaine dernière : Esther Williams.

— Ah bon?

— Les Gabor sont venus le mois passé. Trois d'entre eux, pour être précis. J'ai aussi conduit Rhonda Fleming, Jeanne Crain, Dyan Cannon, Barbara Howar...

Il marqua un temps d'arrêt, probablement pour faire de l'effet. DeDe était convaincue qu'il avait appris la liste par cœur.

— Et puis aussi Mme Mellon et Mme Gimbel, Roberta Flack, Liz Carpenter... L'énumération serait trop longue, madame Day.

Elle tressaillit en entendant son propre nom, mais tenta de ne pas le montrer.

Les Gabor ne l'auraient *jamais* montré.

Une rangée majestueuse de pins de Monterey s'élevait le long de la route, des deux côtés des grilles de sécurité. Le chauffeur marmonna quelques mots dans un interphone et les grilles s'écartèrent.

Au-delà, la route descendait en une grande courbe, d'un côté flanquée de l'orangeraie privée de l'établissement, de l'autre d'un fourré de pins et de chênes.

C'est alors qu'apparut la Porte, reluisant au soleil comme les grilles de Xanadu.

DeDe se sentait comme Sally Kellerman au bord de Shangri-La !

Son T-shirt Calvin Klein était déjà deux tons plus foncé sous les bras.

Le chauffeur gara la voiture à côté de la Porte devant un corps de garde, prit ses valises et passa avant elle le seuil des grilles mythiques. De l'autre côté, sur un délicat pont japonais, DeDe traversa un ruisseau bordé de saules blancs. Puis elle franchit des écrans coulissants en papier de riz, et, enfin, une porte en bois massif.

Avec ses meubles en bambou et ses peintures japonaises sur soie, le hall était élégamment désert. Après un échange bref mais plaisant avec une directrice d'environ quarante ans, DeDe Halcyon Day apposa sa signature sur l'un des registres les plus exclusifs du monde.

Sa transformation à 2 500 dollars venait de commencer !

Sa chambre, comme il avait été arrangé, donnait sur la cour Camélia. (« Ne les laisse surtout pas t'installer dans la cour Campanule ou la cour Azalée, avait prévenu Binky. Elles sont supportables, mais très Piedmont, si tu vois ce que je veux dire. »)

DeDe examina ses splendeurs orientales privées : un tokonoma — niche abritant un bouddha en bronze — et une terrasse « clair de lune » avec vue sur le jardin. Sur la table de nuit, on avait déposé un exemplaire de l'*Art d'aimer* d'Erich Fromm, qu'elle lut paresseusement, totalement éloignée des angoisses de San Francisco.

Puis, le téléphone sonna.

Aurait-elle l'obligeance de bien vouloir se rendre dans la salle de musculation dès que ça lui conviendrait ?

La salle de musculation !

Elle empoigna un de ses bourrelets de graisse, prononça une courte prière, et rassembla ses forces pour affronter la froide réalité des haltères en acier.

La grande nouvelle de Michael

Le déjeuner au *Noble Frankfurter,* sur Polk Street, de Mona et de Michael se composait de deux cheesedogs et d'une portion de frites.

— J'aurais dû changer de vernis à ongles, dit Mona.

— Je te demande pardon ?

— Du vernis à ongles vert devant un stand de hotdogs, ce n'est pas de la Divine Décadence, c'est carrément vulgaire.

Michael rit :

— Moi, je trouve que ça te donne un air pauvre mais digne.

— Ouais, ben, tu n'as pas tout à fait tort. On est au bord de l'humiliation financière, Mouse. Mon allocation de chômage ne nous permettra pas de garder le train de vie auquel, toi et moi, on s'est habitués.

Elle ne plaisantait qu'à moitié, et Michael le savait.

— Mona, dit-il, je me suis inscrit dans une agence, cette semaine. Ils peuvent me trouver un job de serveur très rapidement. Je ne veux pas que tu croies que je me tourne les pouces...

— Michael, je sais. Vraiment. Je disais ça comme ça. Y a seulement qu'on a déjà un mois de retard sur le

201

loyer, et ça me gêne un peu vis-à-vis de Mme Madrigal. Elle ne nous le réclamera pas, mais elle a des taxes à payer, tout ça, et...

— Hé, hé ! fit Michael, brandissant une frite en point d'exclamation. Je ne t'ai pas encore parlé de mon plan cash instantané !

— Oh, mon Dieu ! Je ne suis pas sûre de vouloir entendre ça.

— Cent dollars, Babycakes ! En une seule nuit !

Il dévora la frite.

— Tu te sens prête à encaisser ça ? conclut-il.

— Tu ne crains pas d'avoir froid, à arpenter le trottoir au coin de Powell et Geary ?

— Très drôle, Wonder Woman. Tu veux entendre mon plan, oui ou merde ?

— Je t'écoute.

— Moi, Michael Mouse Tolliver, je vais participer au concours de danse en slip du *Endup*.

— Oh, c'est pas vrai !

— Je suis très sérieux, Mona.

Et il l'était réellement.

De l'autre côté de la ville, chez Halcyon Communications, Edgar Halcyon appela Beauchamp Day dans son bureau.

— Assieds-toi, dit-il.

Beauchamp sourit d'un air narquois :

— Merci.

En effet, il était déjà assis.

— Nous avons à parler.

— Bien.

— Je sais que tu me prends pour un vieux con, mais il faut bien qu'on se supporte. On n'a pas le choix.

Le sourire de Beauchamp devint embarrassé :

— Je n'irais pas jusqu'à...

— Beauchamp, est-ce que cette entreprise c'est du sérieux, pour toi ?

— Pardon ?

— Est-ce que tu en as quelque chose à foutre de la publicité ? C'est ça que tu as envie de faire dans la vie ?

— Eh bien, je pense avoir amplement démontré...

— Oublie ce que tu as *démontré,* bordel ! Qu'est-ce que tu *ressens* ? Est-ce que tu peux sincèrement digérer l'idée de passer le reste de ton existence à vendre des panties ?

Le concept était loin d'enthousiasmer Beauchamp, mais il savait ce qu'il devait répondre.

— Ceci est ma carrière, répliqua-t-il avec conviction.

Edgar semblait las :

— Ça l'est bel et bien, n'est-ce pas ?

— Oui.

— Tu veux ma place, hein ?

— Je...

— Je n'engage pas d'hommes qui ne veulent pas ma place, Beauchamp.

Beauchamp décroisa les jambes, à présent complètement déstabilisé.

— Oui, dit-il. Je peux comprendre ça.

— Je veux te parler tant que DeDe est absente. Est-ce que tu es libre ce soir pour prendre un verre au club ?

— Ça serait avec plaisir.

— Ce que j'ai à te dire doit rester strictement entre nous. Est-ce que c'est clair ?

— Oui.

Le mythe familial

Anna l'attendait à l'auberge du *Seal Rock*.

— Est-ce que le réceptionniste t'a regardé bizarrement? demanda-t-elle.

— Non, dit Edgar. Tu te rends compte? Jamais je n'ai été aussi offensé.

Elle lui sourit.

— Mon amour-propre aussi en a pris un léger coup. J'ai cru que tu avais peut-être changé d'avis, et que tu t'étais enfui avec une strip-teaseuse.

— Désolé, fit-il en embrassant son front. J'ai bu un verre ou deux avec Beauchamp au *Bohemian Club*. Ça a pris plus longtemps que je ne pensais.

— Que se passe-t-il?

— Rien. Rien d'important. Le boulot... Tu es magnifique!

— Allons... c'est un effet de lumière.

Elle le prit par le bras et l'entraîna vers la fenêtre.

— Et voilà le meilleur exemple que je connaisse, ajouta-t-elle.

Au-delà des arbres noirs, Seal Rock luisait étrangement face à l'océan, aussi blanc qu'un iceberg au clair de lune.

— C'est magique, dit-elle, lui serrant le bras.

Edgar hocha la tête.

— C'est ce que je voulais dire, reprit-elle en lui adressant un clin d'œil. Sous la bonne lumière, même la merde de phoque a l'air attrayant.

— Anna...
— Mmm?
— Merci.
— De rien.
— Je me sens...

— Je sais.

— Laisse-moi finir.

— Je croyais que tu avais fini.

— Est-ce qu'on peut être sérieux ?

— Pas une seule seconde.

— Je t'aime, Anna.

— Alors, on est ex æquo, OK ?

— OK.

Elle s'appuya sur son coude, et étudia le visage d'Edgar.

— Je parie que tu ne sais même pas d'où vient ton nom, lui dit-elle.

— Ça a quelque chose à voir avec les oiseaux, je crois.

— Tu connais la légende ?

— Je l'ai entendue une fois, mais je l'ai déjà oubliée. Raconte-la-moi, tu veux bien ?

— Très bien. Il était une fois un roi juste et paisible appelé Céyx, qui régnait sur le royaume de Thessalie. Céyx était marié à Alcyoné, fille d'Éole, le gardien des vents...

— Où as-tu appris tout ça ?

— Margaret me lisait des histoires dans un livre sur la mythologie.

— Margaret ?

— Au *Blue Moon Lodge*. La dame qui t'a eu en premier. Cesse de m'interrompre.

— Excuse-moi.

— Donc, Céyx est parti en voyage sur les mers, pour consulter un oracle, car son frère était mort, et il était convaincu que les dieux lui en voulaient. Alcyoné, quant à elle, avait le terrible pressentiment que Céyx périrait au cours du voyage, et le supplia de ne pas partir.

— Mais il est parti quand même, évidemment.

— Évidemment. C'était un cadre à hautes responsabilités, et elle une femme hystérique. Naturellement, il y eut une abominable tempête, et Céyx mourut. Alcyoné retrouva son cadavre plusieurs jours après, flottant à l'endroit exact où il s'était embarqué.

— Charmant.

Anna posa ses doigts sur la bouche d'Edgar.

— C'est maintenant que ça devient beau. Soudain, Alcyoné fut transformée en un magnifique oiseau. Elle vola vers le cadavre de son bien-aimé, et lui aussi se transforma instantanément en oiseau. Éole décréta que chaque hiver, pendant une semaine, les mers seraient calmes, pour permettre aux alcyons de construire leur nid sur un radeau de brindilles, de laisser éclore leurs petits, et de vivre heureux pour toujours.

— C'est une belle histoire, dit Edgar en levant les yeux vers elle. Mon père avait plus d'imagination que je ne pensais.

— Je ne suis pas sûre de comprendre.

— Il a inventé le nom. Le vrai, c'était Halstein.

— Pourquoi ça ?

Edgar sourit et l'embrassa.

— Il voulait se sentir un peu bohémien, je suppose.

DeDe triomphe

Immergée dans un mètre d'eau tiède, DeDe Halcyon Day coinça maladroitement un ballon de volley entre ses jambes.

— Reste là, grommela-t-elle en serrant les dents.

Elle venait, pour la deuxième fois en dix minutes, de torpiller la star de cinéma qui faisait ses exercices à côté d'elle.

La star avait répondu par un sourire complice, montrant ainsi qu'elle ne lui en voulait pas.

— Quelle galère, hein ? J'ai l'impression d'avoir le *Hindenburg* coincé entre les jambes.

Parvenant malgré tout à immobiliser la balle, DeDe reprit ses rotations, balançant frénétiquement ses bras par-dessus sa tête. Chaque muscle de son corps hurlait de douleur.

— Étirez-le ! cria la monitrice au bord de la piscine. Étirrrrrrez-moi ce corps magnifique.

— Magnifique ? grogna la star de cinéma. Mon cul est si imprégné d'eau qu'il a l'air d'un pruneau.

DeDe sourit à sa compagne, ravie par le côté terre à terre d'une femme qui lui avait toujours paru plus grande que nature au cinéma. Vue de près, la cicatrice de trachéotomie qu'elle avait à la base du cou confirmait sa condition de mortelle.

Mais ses yeux étaient *réellement* violets.

Sa deuxième semaine à la Porte d'Or commençait. Pendant six rigoureuses journées, elle avait poussé son corps jusqu'à ses limites. Elle s'était levée à six heures quarante-cinq pour gambader dans la campagne en survêtement rose pâle, le visage privé de tout maquillage, les cheveux ternes et poisseux sous une épaisse couche de gel. D'accord, elle agonisait, mais elle progressait à grands pas.

A grands pas ?

En tout cas, elle se sentait mieux. Le petit déjeuner au lit lui paraissait d'autant plus attrayant qu'elle anticipait avec joie sa séance d'exercices Léonard de Vinci de neuf heures. Et puis il y avait la session « Bonds dans la bonne humeur » et les soins du visage matinaux et le yoga et les compresses aux herbes et... Et puis merde, quoi, quelque chose allait bien finir par se passer !

A la tombée du jour, elle se plongeait dans un bain

tourbillonnant en forme d'éventail, pouffant allégrement de rire avec la star de cinéma et une demi-douzaine d'autres membres de l'élite féminine. Elle se sentait redevenir petite fille, placide, simple et entière. Elle avait recouvré sa fierté, et, par miracle, son self-control. A deux reprises, elle réussit à convaincre la star de cinéma d'abandonner ses projets de razzia sur l'orangeraie.

Désormais, le plus dur était fait.

L'ancienne DeDe — la DeDe d'avant Beauchamp — dirigeait à nouveau sa vie comme elle l'entendait, et cela faisait un bien fou !

— Mon Dieu, je n'arrive pas à le croire !

— Si c'est bon, dit d'un air renfrogné la star de cinéma, je ne veux surtout pas l'entendre.

DeDe descendit de la balance, puis remonta, tripotant les poids.

— Mais tu as vu ça ? Tu te rends compte ? Neuf kilos ! J'ai perdu neuf kilos en deux semaines !

— C'est anormal. Tu devrais consulter un médecin.

— C'est un miracle.

— Qu'est-ce que tu espérais pour 3 000 dollars ?

La star de cinéma abandonna son sérieux de façade et gratifia DeDe d'un sourire radieux, l'étreignant de ses bras toujours flasques.

— Oh, j'espère que ça te rend heureuse, DeDe !

Pendant un moment, DeDe crut qu'elle allait pleurer. Son idole — une déesse — était là, devant elle, *jalouse* de DeDe ! Personne à la maison ne la croirait !

Après tout, ils n'avaient qu'à croire ce qu'ils verraient de leurs propres yeux.

Dans l'avion de San Diego à San Francisco, elle se sentait une femme nouvelle.

Son teint hâlé respirait la santé, ses yeux brillaient

de confiance en soi. Son T-shirt couleur pêche lui serrait la taille — oui, la taille ! — comme si elle n'avait rien à cacher.

Sur le siège à côté d'elle, un marin agressif avait commencé une conversation inepte à propos de « Frisco ». Il ne lui épargna aucun détail ennuyeux sur ses patrouilles à Treasure Island.

Aucune importance. Elle éprouvait du plaisir quand sa jambe touchait la sienne. Elle se sentait délicieusement célibataire, libérée des intrigues mesquines de Beauchamp et du bourbier de son mariage.

Et pourquoi pas, d'ailleurs ? Elle n'avait pas manqué à Beauchamp. Ça, elle en était sûre. Et Beauchamp ne lui avait certainement pas manqué non plus.

C'est alors qu'elle y pensa soudainement.

Bon Dieu, elle n'avait toujours pas eu ses règles !

Boris entre en scène

Un chaud samedi d'automne à Barbary Lane, Mary Ann s'étira paresseusement au lit, savourant le parfum de l'eucalyptus qui se trouvait juste devant sa fenêtre.

Un gros chat tigré apparut d'un pas pesant sur le rebord de la fenêtre, et se gratta le dos contre le châssis. Lassé de cet exercice, il décocha quelques coups de patte distraits au papillon en verre teinté qui pendait au rideau.

Mary Ann sourit et lança un coussin en direction du chat.

— Arrête, Boris !

Boris perçut le geste comme une invitation au jeu. Il atterrit avec un bruit sourd sur la moquette synthétique de Mary Ann, et s'approcha du lit d'un pas nonchalant.

— Tu en as de la chance, Boris ! dit Mary Ann en grattant le chat derrière l'oreille.

Elle ne pouvait pas s'empêcher de penser que Boris était beau, indépendant et aimé. Il n'appartenait à personne en particulier (du moins, personne au 28 Barbary Lane), mais il circulait librement parmi un vaste cercle de bienfaiteurs et d'amis.

Pourquoi n'était-elle pas capable de faire la même chose ?

Elle en avait assez de se retrouver sans cesse larguée — dans ses amours, dans ses émotions, et dans n'importe quel autre domaine. Le temps n'était-il pas venu de reprendre le contrôle de sa vie ? De faire face à ses problèmes et de vivre chaque instant intensément ?

Si ! Elle bondit hors du lit, surprenant Boris, et virevolta dans la pièce sur la pointe des pieds. Quelle belle journée ! Ici, dans cette ville magique, ici, dans cette ruelle de conte de fées ! Où des petits tramways escaladent les cimes et où les chats se faufilent par votre fenêtre et où le boucher parle français et...

Boris déguerpit à toute vitesse, bien décidé à éviter cette cinglée.

Il fonça à travers le salon, pour se trouver face à une porte d'entrée fermée.

— Tu veux sortir, Boris ? C'est ça que tu veux, mon bébé ?

Mary Ann lui ouvrit la porte, et se rendit immédiatement compte de la gaffe qu'elle avait commise. Boris s'élança dans le couloir et chercha la protection des hauteurs en gravissant l'escalier qui menait au toit.

La maison sur le toit.

En bas, au premier étage, Michael apportait à Mona son petit déjeuner au lit : des œufs pochés, des toasts au pain complet, un café italien fraîchement moulu et des saucisses françaises de chez Marcel & Henri.

Lorsqu'il déposa le plateau sur le lit, il sifflotait *What I Did for Love*.

— Eh bien, lança Mona avec un large sourire, un petit câlin a l'air de te faire beaucoup de bien.

— Tu l'as dit, Babycakes !

— Où est Jon ? Fais-le entrer. On peut prendre notre petit déjeuner tous ensemble.

— Il est resté chez lui. J'ai passé la nuit là-bas.

— Coquin ! Et tu es revenu exprès pour me préparer le petit déjeuner ?

— J'ai aussi apporté mon linge sale.

— Ton linge sale ? Va te faire foutre !

— Désolé, mais M. Lee ne fait que les draps et les chemises.

Il se pencha et l'embrassa sur le front.

— Bon, d'accord... reprit-il, tu me manquais un peu.

La soirée de Michael avait débuté avec un cocktail donné par le magazine *After Dark* au *Stanford Court*.

— Qu'est-ce que tu veux que je te dise, Mona ? De l'élégance prout-ma-chère du meilleur cru !

Avec « amourette », « élégance prout-ma-chère » était l'expression favorite de Michael.

— En fait, c'est Jon qui a reçu l'invitation. Moi, je ne connaissais personne... sauf Tab Hunter, bien sûr.

— Bien sûr.

— Il avait l'air drôlement sexy, pour ses quarante-cinq ans, et j'avais assez envie de lui parler, mais il était constamment entouré. Et puis, qu'est-ce que j'aurais pu dire à Tab Hunter ? « Bonjour, je m'appelle Michael Tolliver, et je vous ai toujours préféré à Sandra Dee » ?

— Ça sonne faux, t'as raison.

— Bref... Je me suis empiffré de petits canapés pizzas, et j'ai fait mon possible pour éviter le type d'une agence qui m'avait un jour dit que j'étais trop ordinaire pour devenir mannequin.

— Pauvre Mouse !

— Il avait raison ! Mona, si tu avais vu ces beautés, dans la salle ! Il y avait tellement de laque qu'ils ont certainement dû remplir un Rapport d'impact environnemental avant d'organiser la soirée !

— Ton projet est toujours sur les rails ? demanda Mona après le petit déjeuner.

— Quel projet ?

— Le concours de danse en slip.

— Je m'entraîne depuis une semaine. Tu viendras, hein ? C'est demain à dix-sept heures trente.

— Pourquoi est-ce que tu veux que je vienne ?

— Je ne sais pas... Pour me soutenir moralement.

— Tu n'as qu'à inviter Jon.

— Non. Je préférerais que Jon n'apprenne rien de tout ça.

— OK, dit-elle doucement. Je viendrai.

Rabibochage

Beauchamp l'attendait aux Arrivées, entouré d'hôtesses en minijupes orange et roses. Lorsqu'il aperçut DeDe, son sourire devint phosphorescent, et il traversa la foule pour aller à sa rencontre.

Il était très bronzé, et ses yeux scintillaient d'une surprise sincère.

— Tu es en pleine forme ! fit-il, radieux. C'est inouï, on dirait quelqu'un d'autre !

« Il se peut même, pensa-t-elle, qu'il y ait *deux* "quelqu'un d'autre". » Mais même cette idée ne pouvait amoindrir son sentiment de triomphe face à la réaction de Beauchamp.

Elle avait prévu d'être glaciale à son égard, mais un seul coup d'œil à son visage avait suffi à faire fondre sa froideur deneuvienne.

— Ça n'a pas été facile, dit-elle enfin.

Il la serra très fort dans ses bras et l'embrassa passionnément sur la bouche.

— Tu ne peux pas savoir comme tu m'as manqué ! dit-il en enfonçant son visage dans la chevelure de DeDe.

Cela devenait presque insupportable. Était-ce donc *cela* dont il avait eu besoin ? Rester seul à San Francisco pendant deux semaines ? Assez longtemps pour remettre les choses au clair, pour découvrir à quel point elle comptait pour lui ?

Ou était-il simplement intrigué par son nouveau corps ?

Sur le chemin du retour vers Telegraph Hill, il mit DeDe au courant de ce qu'elle avait raté durant ces deux dernières semaines.

La famille allait bien. Maman avait passé plusieurs jours dans la maison de Saint Helena à écrire des lettres, pendant que Faust se faisait soigner chez le vétérinaire de famille. Papa semblait de bonne humeur. Lui et Beauchamp avaient bu un verre et discuté cordialement. Plusieurs fois.

DeDe sourit en entendant cela.

— Il t'aime bien, Beauchamp.

— Je sais.

— Je suis heureuse que vous ayez eu l'occasion de parler. Je veux dire : d'homme à homme.

— Moi aussi. Euh... DeDe ?

— Oui ?

— Y a-t-il quelque chose que je puisse faire pour te prouver que je t'aime toujours ?

Elle tourna la tête pour étudier son profil, comme si elle doutait que ces paroles émanaient de lui. Ses cheveux étaient repoussés en arrière par le vent, et ses yeux fixés sur l'autoroute droit devant. Seule sa bouche, une bouche vulnérable de petit garçon, trahissait son désarroi.

DeDe s'approcha et déposa sa main doucement sur la cuisse de Beauchamp.

Il continua.

— Tu sais à quel moment tu m'as manqué le plus ?

— Beauchamp, tu ne dois pas... A quel moment ?

— Le matin. Ces quelques instants terribles entre le sommeil et l'éveil où tu ne sais pas où tu te trouves, ni même pourquoi tu existes. C'est à ce moment-là que tu m'as manqué. J'avais *besoin* de toi, DeDe.

Elle serra sa cuisse.

— Ça me fait plaisir.

— Je voudrais que les choses s'améliorent entre nous.

— On verra.

— Vraiment, DeDe. J'essaierai. Je te le promets.

— Je sais.

— Tu ne me crois pas, hein ?

— Je voudrais bien, Beauchamp.

— Je peux le comprendre. Je suis un imbécile.

— Beauchamp...

— C'est vrai. Je suis un imbécile. Mais je vais changer. C'est une promesse.

— Un jour à la fois, OK ?

— OK. Un jour à la fois.

A Halcyon Hill, le soleil couchant se dissimulait derrière les arbres, tandis que Frannie flânait dans le jardin avec son unique confident.

— Je ne sais pas ce qui est arrivé à Edgar, dit-elle, inconsolable, en sirotant son Mai Tai. Avant, il se préoccupait des choses... de nous... Tu sais, c'est drôle, mais quand Edgar était en France pendant la guerre, il me manquait énormément. Il n'était pas auprès de moi, mais il était, comment dire... Maintenant, il est auprès de moi, mais il n'est pas... et je crois que je préférais son absence pendant la guerre !

Ses yeux débordaient de larmes, mais elle ne les frotta pas. Elle était perdue dans une autre époque, où la solitude était belle et non aride, où les photos et les lettres d'amour et la voix mielleuse de Bing Crosby lui avaient permis de franchir l'hiver le plus rude de sa vie.

A présent, c'était l'été, et Bing habitait juste de l'autre côté de la colline. Pourquoi les choses avaient-elles si mal tourné ?

— *I'm... dreammminnngg... of a... whiiite... Chrissssmasss... juss like the ones I usssse to know...*

Ses larmes l'empêchèrent de terminer.

— Je suis désolée, gémit-elle en s'adressant à son compagnon. Je ne devrais pas t'accabler avec tout ça, mon bébé. Tu es si patient... si bon... Si tu n'existais pas, je serais comme Helen... Oui, je... Déjeuner avec son *décorateur,* tu te rends compte ! Allez, viens. Il reste encore un fond de Mai Tai dans la carafe.

Sur la terrasse, elle versa un peu de Mai Tai dans une large écuelle en plastique.

Faust, son chien danois, le but avec délectation.

L'homme sur le toit

La queue de Boris battait la mesure comme un métronome, alors qu'il s'élançait dans le couloir et grimpait les escaliers vers le toit.

Mary Ann enfila sa robe de chambre et se lança à la poursuite du locataire clandestin, craignant de le voir piégé dans le bâtiment.

Les marches qui menaient au toit n'étaient pas recouvertes de moquette. Elles étaient peintes en émail vert foncé. Au sommet, à côté d'une fenêtre encerclée de lierre, une porte orange vif bloquait la fuite du félin. Boris était indigné.

— Viens, petit... Viens, Boris... Gentil Boris...

Boris ne voulait rien entendre. Il resta imperturbable, et lui répondit d'un coup de queue laconique.

Mary Ann continua à gravir les marches. Elle se trouvait maintenant à moins d'un mètre de la porte.

— Boris, tu es franchement *pénible*! Tu le sais, ça?

La porte s'ouvrit brutalement, frôlant le ventre de Boris, ce qui fit bondir le chat jusqu'au bas de l'escalier avec un cri de stupeur. Mary Ann se raidit.

Devant elle se tenait un homme massif, d'âge moyen.

— Désolé, dit-il, mal à l'aise. Je ne vous avais pas entendue. J'espère que je n'ai pas fait mal à votre chat.

Elle tenta avec difficulté de recouvrer son calme.

— Non... Je ne crois pas...

— C'est un très joli chat.

— Oh... Il n'est pas à moi. Il appartient un peu à tout le monde. Je crois qu'il habite au bout de la ruelle. Pardon... Je ne voulais pas faire intrusion.

L'homme paraissait inquiet.

— Je vous ai fait peur, n'est-ce pas?

— Ça va.

Il sourit, et tendit la main.

— Je m'appelle Norman Neal Williams.

— Bonjour.

Elle lui serra la main, et constata qu'elle était énorme; étrangement, pourtant, sa taille lui donnait un aspect particulièrement vulnérable.

Il portait un large pantalon gris et une chemise à manches courtes. Une petite touffe de poils très bruns débordait par-dessus le nœud de sa cravate à clip.

— Vous habitez juste au-dessous, n'est-ce pas ?

— Oui... Excusez-moi... Je m'appelle Mary Ann Singleton.

— Trois noms.

— Je vous demande pardon ?

— Mary Ann Singleton. Trois noms ! Comme Norman Neal Williams.

— Ah... Votre prénom, c'est Norman Neal ?

— Non. Juste Norman.

— Je vois.

— Je me présente toujours comme Norman Neal Williams, d'entrée de jeu, parce que ça sonne bien.

— Oui, en effet.

— Vous voulez un peu de café ?

— Oh, merci, mais j'ai beaucoup de choses à...

— La vue est très jolie.

C'est ce qui la fit changer d'avis. Elle voulait découvrir la vue, ainsi que la manière dont il avait arrangé sa maison lilliputienne sur le toit.

— OK, dit-elle en souriant. Avec plaisir.

La vue était étourdissante. Des voiles blanches sur une étendue d'un bleu de Delft. Angel Island, enveloppée dans le brouillard, aussi lointaine et mystique que Bali. Des mouettes tournoyant au-dessus de toits en tuiles rouges.

— C'est pour ça que je paie, dit-il, s'excusant visiblement pour l'étroitesse de l'appartement.

Il n'y avait aucun endroit pour s'asseoir mis à part le lit et une chaise de cuisine à côté de la fenêtre, face à la baie. Le veston de son costume pendait au dos de la chaise.

Mary Ann soupira devant le panorama.

— Quel plaisir ça doit être de se réveiller ici le matin !

— Oui. Sauf que je ne suis pas ici très souvent.

— Ah.

— Je suis représentant de commerce.

— Ah bon.

— En vitamines.

Il désigna une petite valise dans un coin de la pièce. Mary Ann reconnut le logo de la compagnie :

— Ah, Nutri-Vim ! Je les connais, celles-là.

— Entièrement naturelles.

Son enthousiasme était strictement professionnel ; elle en était convaincue. Car rien dans la personne de Norman Neal Williams ne lui parut naturel.

Dans le bon vieux giron du bon Dieu

Dimanche matin, Mona décida d'aller à l'église.

Dans le temps — en période post-Woodstock et pré-Watergate — elle allait très souvent à l'église. Mais pas *n'importe quelle* église, précisait-elle rapidement, une église du *Peuple,* c'est-à-dire une église digne de ce nom.

C'était il y a bien longtemps déjà. Elle en avait eu assez de ces préoccupations-là. Et pourtant, elle éprouva un petit pincement au cœur nostalgique et réconfortant en retournant au Glibb Memorial.

Peut-être qu'il s'agissait du show lumineux ou du groupe de rock... ou des délires afro-aphrodisiaques du révérend Willy Sessums ?

A moins qu'il ne s'agisse du Quaalude qu'elle avait avalé au petit déjeuner.

Soit.

Aujourd'hui, elle se sentait bien. Détendue. Un rouage karmique dans le gigantesque mécanisme oscillatoire du Glibb Memorial. Elle chanta avec une ferveur toute baptiste, flanquée d'un bûcheron de Noe Valley et d'un travelo du Tenderloin affublé d'une robe de bal lavande.

> *Il a l'Union des travailleurs agricoles*
> *Entre Ses mains!*
> *Il a l'Union des travailleurs agricoles*
> *Entre Ses mains!*

— C'est cela! s'écria le révérend Sessums, zig-zaguant entre les fidèles avec un petit sac en cuir rempli de poussière juju noire.

— Jésus Président t'aime, mon frère! Et il t'aime aussi, ma sœur!

Il s'adressait à Mona. *Directement* à elle. Il lui sourit d'un air radieux et l'étreignit, avant de la saupoudrer de poussière juju.

Même avec le Quaalude, Mona se raidit. Elle s'en voulut de ce cynisme, qui chez elle enrobait sa honte de tout contact personnel. Elle avait envie qu'il s'en aille.

Mais il ne s'en allait pas.

— Tu entends, ma sœur?

Elle confirma avec un sourire faiblard.

— Jésus Président t'aime! Il nous aime tous! Les Noirs et les Bruns et les Jaunes et les Blancs... sans oublier les Lavandes!

Cette dernière pensée était adressée à l'homme du Tenderloin qui portait une robe de bal.

Mona regarda le travelo, priant Dieu que le révérend se soit retourné vers lui.

Raté.

— Si tu crois Willy, dit le prêtre... Si tu crois que

Jésus Président t'aime plus que les compagnies pétro-
lières, plus que les multinationales et les misogynes et
la commission sénatoriale de Défense, si tu crois en
cela, ma sœur, je veux t'entendre crier : « Okaaay ! »

Mona avala sa salive :

— Okay.

— Quoi, ma sœur ?

— Okay.

— Plus fort, ma sœur, pour que Jésus Président
puisse t'entendre !

— Okaaay !

— Ouiiii ! Tu es *magnifique,* ma sœur !

Il se remit à se balancer et à frapper dans ses mains
au rythme de la musique, adressant un clin d'œil à
Mona, tel un comique qui aurait fait rire le public à ses
dépens.

Le groupe entonna *Love Will Keep Us Together,* et
Sessums continua.

— Oh, génial ! s'exclama le travelo en reconnais-
sant la chanson. Captain and Tennille, ils sont absolument divins, non ?

Mona, recouvrant ses esprits, fit signe que oui.

Son compagnon d'église fouilla dans son sac à main
et en sortit un petit flacon. Il le tendit à Mona.

— Tiens, ma cocotte, prends du poppers.

Après la messe, elle rentra à Barbary Lane et sombra
dans une humeur noire et contemplative.

Elle avait trente et un ans. Il lui fallait un boulot.
Elle vivait avec un homme qui risquait de la quitter à
tout moment pour un autre homme. Sa mère à Minneapolis avait semble-t-il perdu toute faculté de com-
muniquer avec elle.

Sa seule véritable protectrice restait Anna Madrigal,
mais les attentions de la logeuse avaient récemment
atteint un niveau d'intensité qui la rendait nerveuse.

Le téléphone sonna.

— Allô ?...

— Mona ?

— Oui.

— C'est D'orothea.

— Mon Dieu, D'orothea ! Où es-tu ?

— Ici. En ville. Ça te fait plaisir ?

— Bien sûr, je... Tu es en vacances ?

— Non. Ça y est. Je suis passée à l'acte. Je suis ici pour de bon. Je peux te voir ?

— Je... Oui, bien sûr.

— Eh bien, dis donc, ma vieille, tu sais retenir ta joie, toi !

— Écoute, D'or, je suis juste un peu étonnée. On déjeune demain ?

— J'espérais un dîner ce soir !

— Je ne peux pas, D'or. Je vais... à un concours de danse.

— C'est une bonne raison.

— Je te raconterai demain.

— A quelle heure ?

— A midi, ici.

— Au 28 Barbary Lane ?

— Oui... Ça te va ?

— Mona. Tu m'as manqué, tu sais.

— Toi aussi, D'or, tu m'as manqué.

Jeu d'enfant

Mary Ann fit un saut chez Mona juste avant midi. Elle portait ce que Michael appelait son « déguisement Lauren Hutton ». Un Levi's et un chemisier rose du rayon homme de chez Brooks Brothers, avec un pull à col roulé bleu pâle noué négligemment autour des épaules.

— Salut, lança-t-elle comme un trille. Un brunch chez *Mama*, ça vous tente?

Mona secoua la tête:

— Michael ne mange plus. Le grand concours est pour ce soir, et il se trouve trop gros.

— Où est-il?

— En bas, dans la cour, en train de bronzer ses kilos superflus.

Mary Ann rit:

— Et toi, tu ne viens pas?

— Non merci, je ne crois pas.

— Ça va, Mona?

— Quoi, j'ai pas l'air d'aller?

— Si, si... Enfin, tu as l'air... distraite, c'est tout.

Mona haussa les épaules et regarda par la fenêtre:

— J'espère que ce n'est pas incurable.

Chez *Mama,* la file d'attente serpentait hors de l'édifice, tout au long de Stockton Street. Mary Ann était sur le point d'opter pour un autre restaurant, quand une silhouette familière lui fit un signe timide.

— Oh, Norman... Bonjour!

— Bonjour. J'ai gardé votre place.

Il lui adressa un clin d'œil fort peu discret. Tout le monde avait compris la supercherie. Mary Ann se faufila dans la file juste derrière lui.

Une petite fille tira sur le pantalon de Norman.

— C'est qui? demanda-t-elle.

Norman sourit.

— C'est une amie, Lexy.

— Eh bien, fit Mary Ann en regardant l'enfant, d'où est-ce que tu viens, toi?

— De ma maman.

Mary Ann pouffa de rire.

— Elle est mignonne comme tout, Norman. Elle est à vous ?

Avant qu'il n'ait eu le temps de répondre, l'enfant tendit son bras et tira sur le pull de Mary Ann.

— Tu as doublé tout le monde ?

— Eh bien, euh...

Norman rit.

— Alexandra, je te présente Mary Ann Singleton. Nous habitons dans le même bâtiment. Tout là-haut, sur cette grande colline.

Il adressa un clin d'œil à Mary Ann.

— Elle est la fille d'amis à San Leandro, reprit-il. Il m'arrive de les dépanner, le dimanche.

— C'est gentil de votre part.

Norman haussa les épaules :

— Ça ne me dérange pas. Comme ça je profite des joies de la paternité, sans en avoir les inconvénients.

Il tira d'un coup espiègle sur une des nattes de l'enfant :

— Pas vrai, Lexy ?

— Quoi ?

— Rien. Je te le dirai après.

— Norman, est-ce que je peux donner à manger aux pigeons ?

— Après le déjeuner, d'accord ?

Mary Ann s'agenouilla à hauteur de l'enfant :

— Mais dis-moi, Alexandra, c'est une *superbe* robe que tu portes là !

L'enfant la regarda, étonnée, puis se mit à rire.

— Tu sais comment ça s'appelle ? demanda Mary Ann.

— Quoi ?

— Ta robe. Ça s'appelle une robe d'Heidi. Tu sais le dire ?

Alexandra eut l'air vaguement contrariée.

— C'est un *dirndl*, répliqua-t-elle sèchement.

— Ah, bien...

Mary Ann se releva et sourit à Norman :

— Je l'ai cherché, n'est-ce pas ?

Chez *Mama,* ils commandèrent tous les trois une omelette. Alexandra mangea en silence, étudiant Mary Ann.

Après le repas, sur Washington Square, les adultes discutèrent, pendant qu'Alexandra poursuivait les pigeons au soleil.

— Elle est très intelligente.

Norman approuva :

— Elle me donne des complexes, parfois.

— Vous connaissez ses parents depuis longtemps ?

— Depuis... oh, cinq ans. J'ai fait le Vietnam avec son père.

— Ah... je suis désolée.

— Pourquoi ?

— Eh bien... le Vietnam... Ç'a dû être terrible.

Il sourit, et tendit les deux bras :

— Comme vous voyez, aucune blessure. Je faisais du travail administratif à Saïgon. Dans les services de renseignements de la Navy.

— Et d'où vous est venu cet intérêt pour les vitamines ?

Il haussa les épaules :

— De mon intérêt pour gagner ma vie.

— Je comprends.

— Je regrette, Mary Ann, mais je n'ai rien d'intéressant à dire à mon sujet.

— Oh, ne croyez pas ça... Je vous trouve très...

— Il y a un film que j'aimerais vous emmener voir ce soir, si vous n'avez pas déjà...

— Lequel ?

— Un vieux film. *Histoire de détective*. Kirk Douglas et Eleanor Parker.

— Avec plaisir, dit-elle.

Les amis sont là pour ça

Beauchamp et DeDe passèrent un dimanche matin tranquille à Sausalito, dégustant un brunch à l'*Altamira*.

Ils étaient à nouveau un couple, parfaitement assortis — beaux, bronzés, et de bonne famille. Les gens leur lançaient des regards envieux, chuchotant des spéculations à la terrasse ensoleillée de l'hôtel.

DeDe en savourait chaque instant.

— Beauchamp...

— Mmm ?

Ses yeux étaient *exactement* de la même couleur que la baie.

— La nuit dernière était... meilleure que notre nuit de noces.

— Je sais.

— Est-ce que... c'est moi qui ai changé, ou c'est toi ?

— Quelle importance ?

— Ça en a pour moi. Un peu.

Beauchamp haussa les épaules :

— Je suppose que j'ai... remis de l'ordre dans mes priorités.

— Ça me perturbe un peu, tu sais.

— Pourquoi ?

— Je ne sais pas. Le fait que tout aille tellement mieux... Je voudrais savoir ce que je fais de bien, comme ça je pourrais continuer à le faire.

Il frotta son genou contre le sien.

— Sois toi-même, d'accord ?

— D'accord, répondit-elle en souriant.

De retour à Montgomery Street, Beauchamp attacha une laisse au cou du corgi.

— J'emmène César faire sa promenade. Tu as envie de venir ?

— Non, merci, fit DeDe. Je crois que je vais trier mon courrier.

Dès qu'il eut quitté la maison, elle appela Binky Gruen.

— Bink ?

— DeDe ?

— Je suis de retour.

— Alors ?

— Alors quoi ?

— Alors combien, idiote ? Combien tu as perdu ?

— Oh... neuf kilos.

Binky émit un sifflement.

— Dis donc, tu frises l'anorexie !

— Binky, j'ai besoin...

— A ce propos, je suis *convaincue* que Shugie Sussman est anorexique. Aucun doute là-dessus. Elle est en train de fondre à vue d'œil, et personne n'arrive à la persuader qu'elle n'est pas obèse. C'est absolument tragique, DeDe. On pourra bientôt envoyer cette pauvre fille à l'hôpital dans une enveloppe !

— Binky, malgré tout l'intérêt que je porte au sort de Shugie Sussman...

— Désolée, ma chérie. Tu t'es bien amusée ? Enfin, je veux dire, mis à part ces monstrueuses séances d'exer...

— J'ai besoin de ton aide, Binky.

— Oui.

— Il me faut... un docteur.

— Oh, mon Dieu ! Alors tu es malade. Oh, je suis si...

— Non, je ne suis pas malade. Il me faut juste un docteur.

— Ah.

— Je pensais à celui que tu avais consulté au printemps dernier.

— Oh, oh.

— Rien d'officiel. Je ne suis pas sûre. Je me sentirais mieux si...

— Ça pourrait être dû à tous ces exercices. Parfois, un tel changement physique peut foutre en l'air ton cycle.

— J'y ai pensé.

— Qui sait, ça pourrait même être de l'anorexie.

— Tu vas arrêter avec ça ? Ça pourrait être à peu près n'importe quoi. Je veux juste...

— A peu près n'importe quoi, mais malheureusement pas Beauchamp, c'est ça ?

Silence.

— Il te faut un gynéco qui ne connaisse pas la famille, n'est-ce pas ?

— Voilà.

— OK. J'ai ce qu'il te faut. Une merveille. Il est doux, discret, et très agréable à regarder. Tu as de quoi écrire ?

— Vas-y.

— Jon Fielding. Pas de *h* à Jon. 450 Sutter. Tu peux lui dire que c'est moi qui t'envoie.

Les beach boys

Les locataires de Mme Madrigal avaient surnommé ce coin de la cour « Barbary Beach ».

« D'accord, pensa Michael en étalant sa serviette de

bain sur les briques, ça ne vaut pas les dimanches au lac Temescal, mais ça devra faire l'affaire. »

Dans moins de sept heures, il serait sur la scène du *Endup*.

Il lui fallait absorber un maximum de rayons.

— Salut ! dit une voix quelque part entre lui et le soleil.

Il leva la tête, protégeant ses yeux. C'était le type du deuxième étage. Brian quelque chose. Il tenait une serviette à l'emblème d'une marque de bière.

— Salut. Bienvenue. L'eau est délicieuse.

Brian opina du bonnet et jeta sa serviette à terre. Un mètre et demi, remarqua Michael : proche, mais pas trop. Le parfait S.M.C. : Sexy Mais Coincé.

— Tu crois que ça vaut la peine ? demanda Brian.

— Probablement pas, mais tant pis. Pourquoi décevoir tous ces *autres* corps roses dans les bars ?

Brian se mit à rire. Il avait compris l'ironie de la remarque. « OK, pensa Michael, il sait que nous ne fréquentons pas les mêmes bars. Et encore moins les mêmes corps. Bref, il sait, et il sait que je sais qu'il sait. Tout va bien. »

— Tu es Brian, et je suis Michael. C'est ça ?

— Exact.

Ils se serrèrent la main, toujours couchés sur le ventre, levant le bras dans le vide pour se toucher.

Michael rit.

— On dirait une scène du plafond de la chapelle Sixtine !

Quinze minutes plus tard, Michael avait de nouveau envie de parler.

— T'es célibataire, non ?

— Ouais.

— Ça doit être une ville formidable pour un célibataire. Je veux dire... un hétéro.

228

— Ah ?

— Enfin... Il y a tellement d'homos que les femmes doivent s'arracher les hétéros, si tu vois ce que je veux dire.

Brian grogna. Il était allongé sur le dos à présent, les mains derrière la tête.

— La nuit dernière, j'ai passé quatre heures dans un bar à draguer une gonzesse sur laquelle je ne me serais même pas retourné à l'université.

— Oui, fit Michael, un rien surpris par la remarque. Ça devient comme un jeu. Plus drôle de défaire le paquet que de découvrir le contenu. Enfin, parfois...

Il jeta un coup d'œil à Brian, et se demanda s'ils se comprenaient un peu...

— Tu connais Mary Ann Singleton ? s'enquit Michael.

— Oui.

— Eh bien, on a eu une longue conversation, Mary Ann et moi, et elle m'a avoué qu'elle voulait rentrer à Cleveland. Je lui ai fait la morale sur la nécessité de se prendre en charge et tout ça... Mais le plus effrayant, c'est que j'ai parfois l'impression qu'elle a raison. Peut-être qu'on devrait tous rentrer à Cleveland.

— Ouais. Ou bien aller se réfugier dans une ferme de l'Utah. Retourner aux choses vraies.

— J'ai aussi mon endroit. Un village au Colorado, sans aucun confort. Juste un bon restaurant français et un décorateur design.

Ils éclatèrent tous les deux de rire. Michael se sentit instantanément plus à l'aise avec lui.

— Ce qui me fait vraiment chier, expliqua Brian, c'est qu'on ne sait jamais ce que les femmes ont derrière la tête... Pas pour longtemps, en tout cas. Elles ne montrent que ce qu'elles veulent bien montrer.

Michael approuva.

— Et donc tu t'imagines toutes sortes de choses fausses.

— Exactement.

Brian se mit à arracher des touffes d'herbe entre les briques.

— Ça m'arrive tout le temps, dit Michael. Je rencontre quelqu'un du type viril, dans un bar ou un sauna, et il ressemble vraiment à ce que je cherche. Une belle moustache, un jean, une chemise militaire kaki... Costaud... Quelqu'un que tu peux ramener à Orlando sans que les gens s'aperçoivent de la différence... Puis tu l'accompagnes dans son appartement à Upper Market, et tu évites la salle de bains à tout prix parce que c'est dans la salle de bains que le rêve s'évanouit, que le mythe du mâle tombe en poussière...

Brian parut désorienté.

— C'est l'armoire de la salle de bains, expliqua Michael. Toute une panoplie de shampooings et de crèmes de beauté. Et au-dessus des toilettes, ils ont tous un de ces foutus petits récipients dorés remplis de boules de savon multicolores !

Idole d'ébène

Chez *Perry,* la femme black mangeait son dîner du dimanche toute seule, dans la salle du fond.

Elle personnifiait la grâce et la sophistication, noire et pure. Brian remarqua qu'elle ne touchait pas à ses frites, et que ses yeux quittaient rarement son assiette.

— Encore un peu de café ?

Elle leva les yeux et sourit. Avec une tristesse rêveuse, pensa-t-il. Elle secoua la tête et dit : « Merci. » Irrésistible.

— Un dessert, peut-être ?

Un autre refus.

OK, pensa-t-il, assez de stratagèmes de conversation standard. C'est le moment de sortir la grosse artillerie du baratin :

— Vous n'aimez pas les frites, hein ?

Elle tapota sa taille de guêpe.

— J'y suis allergique. Mais elles ont l'air délicieuses.

— Une ou deux ne vous feront pas de mal.

— Je n'en ai jamais vu de rondes comme celles-ci. On dirait des chips malades de la thyroïde.

Il partit d'un éclat de rire viril. Voilà, c'est en route, mon pote. Mais surtout, ne rien précipiter. Prendre son temps...

Elle replia sa serviette. Merde ! Elle allait demander l'addition. Elle sourit à nouveau.

— Pourrais-je... ?

— Vous savez que vous ressemblez exactement à Lola Falana ?

Super subtil, bravo. Si *ça* ne la faisait pas fuir, rien ne le ferait.

Pourtant, son expression ne changea pas. Elle souriait toujours.

— Vous voulez m'offrir un verre, n'est-ce pas ?

— Euh... oui, justement.

— A quelle heure finissez-vous le service ?

— A vingt-deux heures.

— Rendez-vous à vingt-deux heures ?

— Pile. Je m'appelle Brian.

— D'orothea.

A l'autre bout de la ville, au *Endup*, Michael Tolliver se frayait un chemin à travers une forêt de mecs en chemises Lacoste. Mona l'accompagnait.

— Bon, maintenant, Mouse, c'est certain.

— Quoi?

— Je suis une fille à pédés.

— Oh, c'est pas vrai!

— Mais regarde un peu autour de toi. Je suis la seule femme, ici!

Michael la prit par l'épaule, et la fit pivoter en direction du bar. Une femme robuste en jean et en chemise de travail tenait le bar.

— Tu te sens mieux, maintenant?

— Beaucoup mieux. Bon, tu pars te changer ou quoi?

— Je crois que je suis censé m'inscrire. Ça va, si je te laisse seule ici?

— Mais oui, tu parles!

Elle lui adressa un clin d'œil et lui claqua le derrière.

La barmaid dirigea Michael vers le responsable des inscriptions. L'homme prit le nom et les mensurations de Michael, et lui délivra un numéro en papier accroché à une cordelette.

Il portait le numéro 7.

— Euh... Où puis-je me changer?

— Dans les toilettes pour dames.

— Logique.

Il y avait déjà trois mecs dans les toilettes pour dames. Deux d'entre eux étaient en slip, et fourraient leurs vêtements dans un sac en plastique fourni par la direction. Le troisième fumait un joint, toujours habillé de son treillis recyclé du Vietnam.

— Salut, lança Michael à ses collègues gladiateurs.

Ils lui renvoyèrent son sourire, certains avec plus d'hypocrisie que d'autres. Ils lui rappelaient ses concurrents au Concours des sciences du lycée d'Orlando en 66. Faussement désinvoltes. Et assoiffés de victoire.

« Après tout, pensa Michael, cent dollars, c'est cent dollars. »

— Est-ce qu'on... On est censés rester ici et attendre notre tour?

Un blondinet en slip Mark Spitz sourit de la naïveté de Michael.

— Fais ce que tu veux, mon chou, mais moi je vais me mêler à la foule. Il se peut qu'ils élisent aussi une Miss Convivialité.

Michael se glissa donc dans la foule, vêtu uniquement de son numéro en papier et du slip qu'il avait acheté la veille chez Macy's.

Mona leva les yeux au ciel en le voyant arriver.

— Je vais payer le loyer, dit-il.

— N'en sois pas si sûr. Je crois que je viens de voir Arnold Schwarzenegger sortir des toilettes pour dames.

— Merci pour ce réconfort, Mona.

Elle tira l'élastique de son slip.

— Ça va marcher, petit.

La plainte de D'orothea

Comme prévu, Brian la retrouva au *Washington Square Bar & Grill*.

Elle était appuyée élégamment contre le bar, ses yeux marron pétillants de curiosité, en pleine conversation avec Charles McCabe. Le chroniqueur semblait tout aussi fasciné.

— Vous le connaissez? s'enquit Brian quand elle vint le rejoindre.

— Je viens de le rencontrer.

— Vous êtes une rapide, dites donc.

Elle le bouscula d'un geste espiègle :

— C'est maintenant que vous découvrez ça ?

Il apprit que D'orothea était mannequin. Elle avait travaillé à New York pendant cinq ans, colportant ses traits d'onyx poli chez *Vogue* et *Harper's,* Clovis Ruffin et Stephen Burrows et « n'importe qui d'autre désireux de suivre le courant de mode afro ».

Elle avait gagné de l'argent, avoua-t-elle, beaucoup d'argent.

— Pas trop mal pour une fille qui, avant l'apostrophe, a grandi à Oakland.

— Avant quoi ?

Elle sourit.

— L'apostrophe. Avant, je m'appelais Dorothy Wilson. Jusqu'au jour où Eileen Ford l'a transformé en Dorothea et a collé une apostrophe entre le *D* et le *o*.

Elle leva un sourcil de manière théâtrale :

— Très chic, vous ne trouvez pas ?

— Dorothy, c'était déjà bien.

— Moi aussi, je trouvais ! Mais c'était soit l'apostrophe, soit un de ces noms africains hideux comme Simbu ou Tamara ou Bozo, et là, plutôt crever que de me montrer dans toute la ville avec le nom du chimpanzé de Ronald Reagan !

Brian rit, et remarqua que le visage de D'orothea était plus joli encore lorsqu'il s'animait. Il resta silencieux pendant plusieurs secondes, puis demanda posément :

— Et c'était dur de grandir à Oakland ?

Elle réfléchit un moment, le fixant sous des paupières lourdes.

— Ah, je comprends tout ! Un li-bé-ral !

Il rougit.

— Non, pas vraim...

— Alors, laissez-moi deviner : un travailleur bénévole pour les bonnes causes, peut-être ? Un avocat des droits civils ?

Sa précision l'agaça prodigieusement.

— J'ai travaillé pour la Ligue urbaine, à Chicago, mais je ne vois pas ce que...

— Et toute cette culpabilité vous a tellement épuisé que vous avez tout envoyé en l'air pour prendre un job de serveur. Je te reçois cinq sur cinq, mon bonhomme.

Il termina son verre.

— Je ne crois pas, dit-il, que vous soyez capable de recevoir autre chose que votre propre voix.

Elle déposa son verre de Dubonnet et le regarda, sans expression.

— Pardon, fit-elle doucement. Revenir ici m'a rendue nerveuse.

— Ce n'est rien.

— Tu as une bonne bouille, Brian. J'ai besoin de parler à quelqu'un.

— A un psy.

— Comme tu voudras. Ça te dérange ?

— J'espérais quelque chose de plus primaire.

Elle ignora le sous-entendu.

— Parfois, c'est plus facile de se confier à un inconnu.

Il commanda un autre verre au barman.

— Vas-y, dit-il à D'orothea. Le docteur est tout ouïe.

Elle raconta son histoire, sans l'enjoliver, ne croisant que très rarement le regard de Brian :

— Il y a quatre ans, juste quand les choses ont commencé à marcher pour moi à New York, j'ai rencontré quelqu'un qui travaillait sur une campagne de maillots pour J. Walter Thompson. Nous passions pratiquement tout notre temps ensemble, sur des lieux de tournage, partout sur la Côte Est. Ça nous a pris environ trois semaines pour en arriver à filer le parfait amour.

Brian hocha la tête, abandonnant tous ses espoirs.

— Bref, on a emménagé ensemble, dans un loft fantastique à SoHo, et j'ai vécu les six plus beaux mois de ma vie. Et puis quelque chose s'est passé, je ne sais pas quoi... et ma moitié a accepté un travail à San Francisco. On s'est écrit pendant un temps, sans jamais vraiment perdre contact, et moi... j'ai continué à gagner du fric.

Elle sirota un peu de Dubonnet et le regarda pour la première fois.

— Et maintenant, Brian, je suis de retour, et tout ce que je veux, c'est que cette personne revienne dans ma vie. Mais, bien sûr, ça dépend complètement...

— D'elle?

Elle sourit chaleureusement :

— Tu es rapide.

— Merci.

— C'est moi qui paie les verres, OK?

A qui perd gagne

Le maître de cérémonie du concours de danse en slip s'appelait Lorelei Lascive. Sa perruque blond platine dominait sa silhouette rondelette, comme un champignon atomique au-dessus d'un atoll.

Michael gémit et réajusta son slip.

— Mais qu'est-ce que je fous ici, putain! Mona, j'ai été membre des Futurs Fermiers d'Amérique, dans le temps!

— Souviens-toi, tu paies le loyer.

— Oui. Je paie le loyer, je paie le loyer. *Ceci est un enregistrement...*

— Détends-toi.

— Et si je perdais ? Et s'ils se mettent à rire ? Oh, bordel ! Qu'est-ce que je fais s'ils ne me remarquent même pas ?

— Mouse, tu ne vas pas perdre. Ce tas de ringards ne sait pas danser, et tu es le plus mignon d'entre tous. Tu dois avoir confiance en toi !

— Comme je suis rassuré !

— Reste cool, Mouse.

— Je crois que je vais vomir.

— Garde ça pour le finale.

Cinq candidats étaient déjà passés sur scène. Un sixième s'y trouvait en ce moment même, en train de battre des bras sur la piste de danse en plastique, vêtu d'un slip en peau de léopard.

La foule hurlait son approbation.

— Écoute ça, Mona. Tout est foutu.

Michael s'en voulait d'avoir choisi un slip blanc, tout ce qu'il y avait de plus classique. Cette foule aimait visiblement les trucs voyants.

— Allez, dit Mona, le traînant à travers la foule jusqu'au bord de la piste de danse. T'es le prochain, Mouse.

Elle resta à ses côtés. Ils attendirent ensemble, sous les néons d'un drapeau américain lumineux.

Lorelei Lascive s'approcha du micro lorsque les applaudissements pour le candidat numéro 6 décroissèrent.

— Qu'est-ce que vous dites de ça, les garçons ? Visez-moi les pectos de ce joli numéro ! J'en suis toute retournée !

Il empoigna les contours de sa poitrine à paillettes :

— Jamais des sacs de riz n'auront eu l'air aussi appétissants.

Michael se sentit blêmir.

— Appelle Mary Ann, chuchota-t-il à Mona. Je rentre à Cleveland avec elle.

Mona le rassura d'une petite tape sur le derrière.

— OK, s'écria Lorelei. Notre prochain candidat est... le candidat numéro 7 ! Il nous vient d'Orlando, en Floride, où le soleil brille sans arrêt et où poussent toutes ces MA-GNI-FIQUES choses de la nature. Il s'appelle Michael... Michael quelque chose... Mon chou, je ne peux pas lire ton écriture. Si tu es ici quelque part, viens dire ton nom à Lorelei.

Michael leva la main à contrecœur et dit :

— Tolliver.

— Pardon, mon chou ?

— Michael Tolliver.

— OKAAY ! On applaudit très fort Michael Oliver !

Rouge écarlate, Michael grimpa sur la plate-forme tandis que Lorelei replongeait dans l'ombre. Les joyeux lurons du bar se retournèrent à l'unisson pour juger de la valeur du nouveau. La musique démarra. Il s'agissait de Dr Buzzard's Original Savannah Band avec *Cherchez la femme*.

Michael enclencha la vitesse supérieure, et fit le vide dans sa tête. Il bougea avec la musique, se laissant porter par le rythme frénétique. Il revivait tout simplement son vieux cauchemar d'adolescence, où il apparaissait sur la scène du spectacle de fin d'année au lycée... en slip !

Pendant un bref instant, il regarda le public. Les visages luisants et bronzés. Les cous musclés. Le regard mauvais d'une centaine de petits crocodiles verts sur une centaine de poitrines...

Et puis son sang se glaça.

Car là, dans la foule, l'air sombre au-dessus d'une chemise en soie et d'un blazer Brioni, se trouvait *le* visage qu'il ne voulait pas voir. Leurs regards se croisèrent, pendant un bref instant seulement. Ensuite, le visage se plissa dédaigneusement et se détourna.

Jon.

La musique cessa. Michael bondit dans la foule, insensible aux mains qui flattaient son corps en signe de félicitations. Il se fraya un chemin à travers des effluves de nitrite d'amyle, jusqu'aux portes battantes dans le coin de la pièce.

Jon s'en allait.

Michael resta devant l'entrée, et regarda la silhouette svelte s'éloigner dans la 6ᵉ Rue. Trois hommes l'accompagnaient, tous en costume comme lui. Un bref éclat de rire émana du quatuor, juste avant qu'il ne monte à bord d'une BMW beige et ne disparaisse pour de bon.

Une heure plus tard, il apprit la nouvelle : il avait gagné. Cent dollars et un pendentif en or en forme de slip. La Victoire.

Mona l'embrassa sur la joue à sa descente du podium.

— Et quelle importance s'il y a un docteur dans la salle ? dit Michael.

Il sourit faiblement et s'agrippa à son bras, s'abandonnant à la musique. Puis il se mit à pleurer.

Fiasco à Chinatown

Quittant le cinéma Gateway, Mary Ann et Norman se dirigèrent vers l'ouest en direction de Chinatown.

Quand ils atteignirent la station-service en forme de pagode sur le coin de Columbus Avenue, une épaisse poche de brouillard noyait les néons dans un flou artistique.

— Lors de nuits comme celle-ci, dit Norman, j'ai l'impression d'être dans un roman de Hammett.

— Hammond ?

— Hammett. Dashiell Hammett. Vous savez ?... *Le Faucon maltais*.

Elle connaissait le nom, mais pas grand-chose d'autre. Aucune importance.

Le seul faucon dans la vie de Norman était sa Falcon garée au coin de Jackson et Kearny.

— Vous devez rentrer tout de suite ?

Il posa la question prudemment, comme un enfant qui demande la permission de veiller tard.

— Eh bien, c'est-à-dire que... non. Pas tout de suite.

— Vous aimez manger chinois ?

— Bien sûr.

Elle sourit, réalisant soudain à quel point elle appréciait ce nounours empoté et gentil avec sa cravate à clip. Il ne l'*attirait* pas particulièrement, mais elle l'aimait beaucoup.

Il l'emmena chez *Sam Woh*, sur Washington Street, où ils se faufilèrent à travers une minuscule cuisine, puis un escalier, pour aboutir enfin dans un box au premier étage.

— Tenez-vous prête, dit Norman.

— A quoi ?

— Vous verrez.

Trois minutes plus tard, elle s'éclipsa discrètement aux toilettes. Il n'y avait pas de lavabo dans l'étroit cabinet, et elle était déjà à mi-distance de la table quand elle découvrit où le lavabo était placé.

— Hé, madame ! Allez vo' laver les mains !

Stupéfaite, elle se tourna en direction de la voix. Un serveur chinois indigné déchargeait des assiettes de nouilles d'un monte-plat. Elle s'arrêta net, dévisagea son accusateur, puis jeta un coup d'œil en arrière vers la porte des toilettes.

Le lavabo se trouvait à côté de la porte, à l'extérieur. *Dans la salle à manger.*

Une douzaine de clients la regardaient avec un sourire narquois, amusés par son embarras. Le serveur insista :

— Laver, madame. Vo' ne lavez pas, vo' ne mangez pas !

Elle se lava les mains, et retourna à table, rouge de honte.

Norman sourit d'un air penaud.

— J'aurais dû vous prévenir.

— Vous *saviez* qu'il allait faire ça ?

— Il se spécialise dans la grossièreté. C'était une plaisanterie. Un ancien seigneur de guerre devenu serveur. Les gens viennent ici pour ça.

— Oui, eh bien, pas moi !

— Je regrette, vraiment.

— On s'en va ?

— La nourriture est...

— S'il vous plaît, dit-elle.

Ils s'en allèrent.

De retour dans le sombre canyon de Barbary Lane, il lui prit le bras d'un geste protecteur.

— Je suis désolé, pour Edsel.

— Qui ça ?

— C'est comme ça qu'il s'appelle. Le serveur. Edsel Ford Fong.

Elle pouffa de rire malgré elle :

— Vraiment ?

— Je pensais que ce serait drôle, Mary Ann.

— Je sais.

— J'ai vraiment tout gâché. Pardon.

Elle s'arrêta dans la cour et fit volte-face :

— Vous êtes très vieux jeu, j'aime ça ! dit-elle.

Il baissa les yeux.

— Je suis très vieux tout court, répondit-il.

— Bien sûr que non. Ne dites pas ça. Quel âge avez-vous ?

— Quarante-quatre ans.

— Ça n'est pas vieux. Paul Newman est plus âgé que vous.

Il gloussa :

— Je ne ressemble pas tout à fait à Paul Newman.

— Vous êtes très bien, Norman.

Il resta figé maladroitement, pendant que la paume de Mary Ann glissait doucement le long de son menton. Elle pressa sa joue contre la sienne.

— Très bien, répéta-t-elle.

Ils s'embrassèrent.

Les doigts de Mary Ann descendirent le long de sa poitrine et, à la recherche d'un soutien, s'agrippèrent au bout de sa cravate. Celle-ci lui resta dans la main.

Le Dernier Hippie

Certains petits matins, Vincent se sentait comme le dernier hippie au monde.

Le Dernier Hippie. L'expression prenait une sorte de grandeur tragique, à Oak Street, dans la salle de bains de son appartement, alors qu'il ébouriffait sa chevelure ambrée afin de cacher son oreille manquante.

Si on ne pouvait pas être le premier, il restait la douce et noble satisfaction d'être le dernier. Le Dernier des Mohicans. Le Dernier Repas. Le Dernier Hippie !

Il avait un jour mentionné le concept à sa Vieille,

quelques heures à peine avant qu'elle ne le quitte pour s'engager dans l'armée israélienne ; mais Laurel avait répliqué par un ricanement méprisant.

— C'est trop tard, avait-elle lancé, lui soulevant une touffe de cheveux du côté gauche. Tu n'es plus que neuf dixièmes du Dernier Hippie.

Elle n'avait pas toujours été ainsi.

Pendant la guerre, elle avait été tout à fait différente. Ses intransigeances de grande constipée de l'intellect avaient pu trouver un exutoire dans des trips positifs : voyages astraux, bougies de sable, macramé...

Mais *post bellum,* les choses s'étaient dégradées. Elle s'était inscrite dans un cours d'autodéfense pour femmes, et s'entraînait sur lui pendant qu'il récitait ses mantras. Plus tard, malgré les efforts de ses instructeurs lors d'un stage intensif de méditation Arica de quarante jours, elle développa, du jour au lendemain, une obsession pour le massage Rolfing.

Non pas comme patiente. Comme praticienne.

Cette carrière naissante connut une fin brutale quand un dentiste de Marin County menaça de la faire arrêter pour coups et blessures.

— Il était paranoïaque, affirma Laurel plus tard.

— Selon lui, tu y prenais plaisir, répondit calmement Vincent.

— Évidemment que j'y prenais plaisir ! C'est mon boulot d'y prendre plaisir !

— Et tu racontais des trucs pendant ton massage.

— Quel genre de trucs ?

— Laisse tomber.

— Non. Dis-moi !

— Comme... « Sale porc de bourgeois ! » et « Les mains en l'air ! ».

— Tu racontes n'importe quoi !

— Et il a ajouté...

— Écoute, Vincent! Qui crois-tu : moi, ou cette espèce de sale porc bourgeois parano?

Elle était partie, à présent. Loin de l'Amérike.

C'est comme ça qu'elle l'épelait. Avec un *k*.

La seule pensée de cette excentricité lui fit venir les larmes aux yeux, alors qu'il en était à s'accrocher désespérément aux derniers vestiges de leur vie commune.

Il traîna les pieds jusqu'à la cuisine, et fixa d'un œil torve le poster fluo PERDS PAS LE NORD.

Laurel l'avait affiché là, il y avait une centaine d'années. Le papier avait été froissé et jauni par le temps, et son message paraissait cruellement anachronique.

Vincent avait perdu le nord depuis longtemps.

Avec sa main à cinq doigts, il se jeta sur le poster et en fit une boule qu'il propulsa à travers la pièce avec un cri d'angoisse bestial. Puis il se précipita dans la chambre à coucher et réserva le même sort à Che Guevara et Tania Hearst.

L'heure était venue de se casser.

La permanence de S.O.S.-Écoute, décida-t-il, était le meilleur endroit pour ça. Un terrain neutre, en quelque sorte. Du domaine public. Rien à voir avec Laurel et lui.

Il arriva à dix-neuf heures trente, et se prépara une tasse de café soluble avec l'eau chaude de la salle de bains. Il rangea le bureau, vida les corbeilles à papier et nettoya son scalpel avec du détergent.

Mary Ann arriverait à vingt heures.

Il avait tout le temps pour ne pas se rater.

Il inscrivit une dernière fois son nom sur le registre, et éprouva un certain remords pour les âmes torturées qui appelleraient ce soir, cherchant son réconfort.

Que pourrait bien leur dire Mary Ann?

Et que ferait-elle quand elle le découvrirait?

Le scalpel est trop sanglant, décida-t-il, en manipulant pour la dernière fois son collier antistress. Il doit y avoir un moyen plus propre, un procédé moins éprouvant pour Mary Ann.

L'idée lui en vint soudainement.

Des nouvelles de la famille

Avant de se mettre en route pour la permanence de S.O.S.-Écoute, Mary Ann passa chez Mona et Michael.

Michael, les yeux rougis, lui ouvrit la porte.

— Salut, dit-il faiblement. Bienvenue à l'Hôtel du Cœur-Brisé.

— T'es avec quelqu'un?

Dans la chambre à coucher, la chaîne stéréo fonctionnait.

— Non, mais j'aimerais bien.

— Michael, il y a quelque chose qui ne va pas?

Il secoua la tête et s'obligea à sourire.

— Entre. Je voudrais te faire écouter quelque chose.

Il l'emmena dans sa chambre et lui proposa une chaise.

— Assieds-toi et pleure un bon coup, dit-il. Cette femme est un don du ciel pour les romantiques.

Il lui montra la pochette d'un album : *First Night* de Jane Olivor.

Mary Ann appuya sa tête contre sa main et écouta. La chanteuse roucoulait *Some Enchanted Evening,* arrachant quelques larmes supplémentaires à Michael.

— Tous les pédés de la ville l'adorent, dit Michael. C'est de la bonne musique pour les ablutions.

— Les ablutions ?

— Tu sais. A la fin d'une partie de crac-crac. Tu la passes après, pendant que le mec allume une cigarette et qu'il... fait sa toilette.

Mary Ann rougit :

— Et pourquoi pas avant ?

— Euh... Excellente question. Je dirais qu'avant... c'est risqué. Après, il n'y a plus de danger.

— Ah.

Elle rit nerveusement.

Michael s'effondra sur le lit et fixa le plafond.

— J'espère que je ne vais pas devenir cynique, s'inquiéta-t-il.

— Mais non !

— Est-ce que tu crois au mariage, Mary Ann ?

Elle hocha la tête :

— La plupart du temps.

— Moi aussi. J'y pense à chaque fois que je repère quelqu'un. Rien qu'aujourd'hui, je me suis marié quatre fois dans le bus 41.

Il y avait une pointe de gêne dans le rire de Mary Ann.

— Je sais, reprit Michael. Tu penses à ces tantes en caftan, qui déambulent dans Golden Gate Park avec leurs demoiselles d'honneur travelos... Ce n'est pas de ça que je parle.

— Je sais.

— Ce serait comme... un ami. Quelqu'un avec qui acheter un sapin de Noël.

— Je vois.

Elle essaya en vain de s'imaginer en train de choisir un sapin avec Norman.

Mona avait disparu pour toute la journée. Son absence commença à peser à Michael dès l'instant où Mary Ann s'en fut allée. Mona n'était pas très joyeuse, ces derniers temps, mais au moins elle lui faisait de la compagnie.

Elle l'empêchait de couler à pic.

A quoi bon, pensa-t-il, en baissant le son de la chaîne stéréo. Il rôda jusqu'à la cuisine. « *Toute ta vie est en train de couler à pic*. Tu n'appartiens à personne, et personne ne t'appartient. Ta sainte chasteté, c'est de la merde. »

Il fouilla le frigo à la recherche d'un en-cas, et en sortit un demi-pamplemousse et une canette de limonade entamée. A côté du compartiment à glace, un flacon de poppers se tenait stoïquement isolé, dans l'attente d'une prochaine fois. Il lança un regard assassin à la petite bouteille brune et claqua la porte du frigo, en disant :

— Gèle-toi le cul, petite chieuse !

— Allô, Mikey ?

— Maman ?

— Comment vas-tu, Mikey ?

— Bien, maman. Il n'y a pas eu d'... Tout va bien, n'est-ce pas ?

— Oh ! Comme ci, comme ça. Ton père et moi, on a une surprise pour toi.

Du bout de ses doigts, il suivit les plis de son front : « Mon Dieu, je vous en supplie, tout mais pas ça ! »

— Quoi, maman ?

— Eh bien, tu sais que ça fait des *années* que ton père essaie de décrocher un de ces voyages avec la Coopérative des agrumes de Floride...

« Oh non, mon Dieu ! J'irai à l'église, n'importe laquelle ! Je n'aurai plus jamais de pensées impures ! »

— ... Et devine ce qui s'est passé cet après-midi.

— Vous avez eu le voyage.

— Oui. Et devine où ?

— A Mykonos.

247

— Quoi ?

— Rien, maman. Je dis des bêtises. Vous venez à San Francisco, c'est ça ?

— N'est-ce pas formidable ? On aura quatre jours entiers ! Et les réservations d'hôtel sont déjà faites !

Elle lui apprit que les réservations avaient été effectuées au *Holiday Inn* de Van Ness Avenue, du 29 octobre au 1er novembre.

L'horrible signification de ces dates n'effleura pas Michael. Jusqu'au moment où il consulta le calendrier.

M. et Mme Herbert L. Tolliver abandonnaient la Floride et ses orangeraies pour passer quatre délirantes journées à San Francisco... pendant le week-end d'Halloween.

Il eut envie d'hurler : « Au secours ! »

Un refuge pour chats errants

La chambre à coucher d'Anna avait été soigneusement préparée pour l'arrivée d'Edgar.

Les draps avaient été changés, les fougères humectées, et la photo qui trônait habituellement sur le buffet enfouie dans le tiroir à lingerie.

— Quoi, pas de matelas à eau ?

Edgar la gratifia d'un sourire rusé, inspectant la pièce pour la première fois.

— Désolée, dit-elle.

Puis elle haussa les épaules :

— Il est en réfection. Un homme est venu dormir ici la nuit dernière, et nous avons failli noyer le chat.

— Quel chat ?

Elle lui lança un oreiller :

— Tu es censé demander « Quel homme ? », espèce de malotru !

— OK. Quel homme ?

— Oh, je ne sais plus ! Il y en a eu tellement !

Il l'enlaça et la serra pendant une demi-minute, puis il se courba et embrassa délicatement ses paupières. Quand il eut terminé, Anna ouvrit les yeux et dit :

— Fitzgerald.

— Pardon ?

— Je pense à *Gatsby le Magnifique* : « Elle était de ces femmes qu'on embrasse les yeux. » Enfin, un truc comme ça... Tu veux boire quelque chose, ou tu es déjà ivre ?

— Anna !

Elle lui donna un léger coup de coude.

— Tu sens le bon scotch.

— J'étais invité à un cocktail au *Summit*.

— Avec Frannie ?

Edgar hocha la tête. Anna reprit :

— Et comment tu as fait pour... ?

— DeDe l'a raccompagnée à la maison.

— Edgar... Elle doit sûrement se rendre compte de quelque chose.

— Elle était à peine consciente, Anna.

Anna appuya sa tête contre le torse d'Edgar et pointa un index long et délicat vers la fenêtre.

— Regarde, fit-elle, réajustant l'oreiller sous sa tête.

Il se tourna vers la fenêtre et aperçut un chat tigré dodu sur le rebord. L'animal s'arrêta un bref instant, miaula en direction d'Anna, et continua sa route.

— Il s'appelle Boris, dit Anna.

— Tu ne le laisses pas entrer ?

— Il ne m'appartient pas.

— Ah... Alors ça ne compte pas.

— Je l'aime, lui renvoya-t-elle simplement. Ça compte pour quelque chose, non ?

Anna lui tendit une tasse de thé et se glissa à nouveau dans le lit.

— Il y a une théorie, commença-t-elle, qui dit que nous sommes tous des habitants de l'Atlantide.

— Qui ?

— Nous. A San Francisco.

Edgar lui sourit avec indulgence, se préparant à une autre longue histoire.

Anna reçut le message.

— Tu veux l'entendre... ou bien tu te ramollis ?

— Vas-y. Raconte-moi une histoire.

— Eh bien... Dans une de nos dernières incarnations, nous étions tous des citoyens de l'Atlantide. Tous. Toi, moi, Frannie, DeDe, Mary Ann...

— Tu es sûre qu'elle n'est pas chez elle ?

— Elle est partie à sa permanence. Détends-toi.

— OK. Je suis détendu.

— Très bien. Nous vivions tous dans ce fabuleux royaume englouti par les eaux il y a très longtemps. Maintenant, nous sommes revenus sur cette péninsule très spéciale, au bord du continent, car nous savons, dans les tréfonds secrets de notre mémoire, que nous devons retourner ensemble à la mer.

— Ah ! Le tremblement de terre.

Anna acquiesça :

— Tu vois. Tu as dit *le* tremblement de terre, pas *un* tremblement de terre. Tu l'attends. Nous l'attendons tous.

— Et qu'est-ce que ç'a à voir avec l'Atlantide ?

— Eh bien, pour commencer, notre fameux gratte-ciel en forme de pyramide : la Transamerica.

— Hein ?

— Tu ne savais donc pas ce qui se détachait dans le ciel de l'Atlantide, Edgar ? L'édifice qui dominait toute la cité ?

Il fit signe que non.

— Une pyramide ! Une énorme pyramide, avec un signal lumineux au sommet !

Quand Edgar s'engouffra dans la ruelle une heure plus tard, Anna l'observait par la fenêtre. Elle frappa un coup sec sur la vitre, mais il ne l'entendit pas.

Quelqu'un d'autre, dissimulé dans les buissons au bout de la cour, observait également la scène.

Norman Neal Williams.

Par une belle nuit étoilée

Mary Ann était en retard, mais elle remarqua pourtant la Mercedes garée au pied des marches de Barbary Lane. La plaque personnalisée disait : FRANNI. Elle reconnut immédiatement la voiture d'Edgar Halcyon.

« Quelle petite ville ! » pensa-t-elle. Plus petite, à bien des égards, que Cleveland. Elle se demanda à quelle soirée mondaine sur Russian Hill les Halcyon étaient invités ce soir.

— Alors, encore en train de courir ?

C'était Brian, qui la croisa dans la rue avec un sourire indubitablement moqueur.

— Je vais à la permanence, dit-elle sèchement. Je suis en retard.

— Ah oui... le rendez-vous des suicidaires !

Elle fronça les sourcils :

— Ce n'est qu'un aspect du travail, ça.

— A quelle heure finis-tu ?

— Assez tard.

— Je vois. OK... Bon, si ça te dit après, passe chez moi fumer un joint.

— Après, je suis en général assez fatiguée.

Avant de gravir les premières marches de l'escalier, il la frôla.

— C'est ça, dit-il. Au moins tu as le mérite d'être claire.

Comme d'habitude, le tramway de J-Church ressemblait à un zoo.

Après avoir essuyé la mauvaise humeur du contrôleur, Mary Ann se fraya un passage, dans les miasmes d'eaux de toilette bon marché, jusqu'à une place libre, à l'arrière. Elle s'assit à côté d'une vieille dame qui portait un manteau en étoffe rose et une affreuse perruque marron.

— Ça se réchauffe, dit la dame.

— Pardon ? fit Mary Ann.

— On dirait que le temps se réchauffe !

« Une vraie pie, pensa Mary Ann. Ça ne rate jamais. »

— Oui, concéda-t-elle, on dirait.

— Vous êtes d'où ?

— De Cleveland.

— Ma sœur a été à Akron, une fois.

— Ah... C'est très joli, Akron.

— Moi, je suis née et j'ai grandi ici. A Castro Street. Avant l'arrivée de tous ces vous-savez-quoi.

— Oui.

— Avez-vous déjà trouvé Jésus ?

— Pardon ?

— Avez-vous accepté Jésus comme votre Sauveur ?

— Euh... Ben... J'ai reçu une éducation presbytérienne.

— La Bible dit que tant que vous n'aurez pas accepté Jésus, vous n'entrerez pas au Royaume de Dieu.

« S'il y a un Dieu, pensa Mary Ann, il doit éprouver un malin plaisir à me faire rencontrer de pareils potsde-colle. De vieilles biques fondamentalistes. Des Hare Krishna colporteurs de fleurs. Des scientologues qui me proposent des "tests de personnalité". »

Lorsque le tramway stoppa à la 24ᵉ Rue, Mary Ann se leva sans perdre une seconde.

La vieille dame la retint et dit : « Que Jésus soit loué ! » en lui offrant une brochure écornée. Mary Ann rougit, et l'accepta avec un petit signe de la tête en remerciement.

Le tramway s'éloigna, et elle resta sur le trottoir à lire le titre de sa brochure : VOTEZ POUR JIMMY CARTER, en gros caractères.

Le monde était en train de changer. Même avec son regard de péquenaude du Midwest, elle pouvait s'en rendre compte. La 24ᵉ Rue semblait étrangement anachronique. Ici, les hommes portaient toujours des queues-de-cheval, les femmes des robes de grand-mère.

« Et après ? » se demanda-t-elle.

Par quoi allaient être remplacés les cliniques gratuites et les centrales d'appel pour personnes en détresse et les journaux alternatifs et tous ces commerces macrobiotiques ?

Le hall d'entrée de la permanence baignait dans l'obscurité. Guidée par un filet de lumière filtrant de la pièce du fond, ses pas l'entraînèrent jusqu'à la sonnerie du téléphone.

— Vincent, je suis là. Excuse-moi, hein. J'ai complètement perdu la notion du temps. Je sais que tu dois être... *Non !... Oh, mon Dieu, Vincent, non !... Oh, ce n'est pas vrai !*

Le pire, c'était la langue. Elle sortait de sa bouche comme une épaisse saucisse noire.

Il pendait tout doucement du plafond en se balançant, la nuque enserrée par un hideux enchevêtrement de corde, de coquillages et de plumes. Le macramé de Laurel avait fini par servir à quelque chose.

Le joint du soir

Le policier qui la déposa à Barbary Lane était si jeune qu'il avait des boutons d'acné. Mais il était gentil et semblait réellement se faire du souci pour elle.

— Vous êtes sûre que ça ira ?

— Oui. Merci.

Elle avait été à deux doigts de l'inviter en haut à boire une crème de menthe... N'importe quoi pour ne pas rester seule ce soir.

Gravissant à vive allure les marches de la sombre ruelle, elle se mit à prier pour que Mona et Michael soient à la maison. Mais personne ne répondit à la sonnerie.

Devant chez elle, elle fouilla dans son sac à la recherche de ses clés, quand elle remarqua la lumière sous la porte de Brian. Elle fit demi-tour sans l'ombre d'une hésitation.

Lorsqu'il ouvrit la porte, il portait un caleçon et un sweat-shirt. Son visage reluisait de sueur.

— Mes abdos, fit-il en souriant.

Il désigna d'un geste la planche inclinée.

— Je m'excuse de...

— Ce n'est rien.

— Je... La proposition du joint tient toujours ?

Il écouta sa description de l'horreur avec un visage quasi impassible. Quand elle eut terminé, il siffla doucement.

— Vous étiez de bons amis ?

Elle secoua la tête.

— Pas du tout.

— Et c'est ce qui fait le plus mal, n'est-ce pas ?

— Oh, Brian, si seulement je lui avais parlé un peu plus...

— Ça n'aurait rien changé.

Il secoua la tête, et sourit tristement.

— Bref, reprit-il, on a tous les deux passé une très bonne journée.

— Qu'est-ce qui t'est arrivé, à toi ?

— Pas grand-chose. J'étais invité à une soirée privée à Stinson Beach.

— Ce n'était pas bien ?

Il tira une bouffée du joint.

— Imagine la scène : cinq jeunes couples mariés et moi. Enfin... encore jeunes. Trente à trente-cinq ans. Ils conduisent une Audi, envoient leurs deux mouflets à l'école franco-américaine et échangent leurs impressions sur leurs robots de cuisine...

Il lui tendit le joint.

— Séquence suivante : une plage remplie de gens roses, les femmes d'un côté, discutant de bains chauds, de cellulite et du meilleur endroit pour trouver un brie coulant... Et les hommes de l'autre, autour du filet de volley-ball, s'essoufflant dans des bermudas vieux de douze ans, élargis par madame au moins deux fois... Sans oublier tous ces chiards aux cheveux jaunes qui se disputent sans arrêt pour savoir qui va jouer avec quel jouet...

Mary Ann sourit pour la première fois.

— Je vois le tableau.

— Et donc, voici notre héros au milieu de tout ça, en train de se demander s'il peut obtenir des indemnités, en cas de démission... d'espérer que la chaude-pisse ne fera pas parler d'elle cette semaine...

Il s'interrompit en apercevant le regard de Mary Ann.

— C'est une blague, Mary Ann... Et puis l'un des maris sort de la maison en courant, une guitare autour du cou, comme une espèce de hippie sauf qu'il est avocat... Il s'assied dans le sable et se met à chanter *Rien à foutre des petits billets verts*... et on frappe dans ses mains, on chante, on fait rebondir les gosses sur ses genoux...

Elle opina, embarrassée par son ton cynique : à elle, la scène semblait plutôt attendrissante.

— Bordel ! Quand ils se sont tous mis à chanter, je suis retourné dans la maison, et je me suis assis dans une chambre à coucher vide pour fumer un joint et remercier ma putain de bonne étoile de m'avoir épargné cette *pitoyable* prison bourgeoise !

— Je comprends.

— Et puis une gosse — elle devait avoir six ans — a déboulé dans la chambre. Elle m'a demandé pourquoi je ne chantais pas, et je lui ai dit que c'était parce que je chantais faux. Elle m'a répondu : « C'est rien, ça, moi aussi je chante faux ! »

— C'est mignon.

— Ouais. Elle, ça pouvait aller...

— Elle est restée avec toi ?

— Elle m'a demandé de lui lire une histoire.

— Et tu l'as fait ?

— Oui, pendant un moment. J'étais pété, faut pas oublier.

— Finalement, ça n'était pas si terrible que ça.

— Son père et moi, on était à George Washington ensemble.

— Où ça ?

— Une école de droit. C'était celui qui n'avait rien à foutre des petits billets verts.

— Tu étais avocat ?

256

Le mégot devenait si court qu'il se brûla les doigts. Il le jeta à terre et l'écrasa.

— Eh oui, soupira-t-il, sauf que moi, je n'en avais *réellement* rien à foutre des petits billets verts. J'étais l'avocat gratos préféré de tout le monde.

— Tu ne te faisais pas payer?

— Non. Pas si le client était noir à Chicago ou déserteur à Toronto ou indien en Arizona... ou chicano à Los Angeles.

— Mais tu aurais pu...

— Je détestais le droit. Ce que j'aimais, c'étaient les causes. Et puis... je me suis senti largué par toutes ces causes.

Il observa fixement ses deux mains qui pendaient mollement entre ses genoux:

— Ton Vincent et moi, on se serait entendus à merveille.

— Brian...

— Oui?

— Merci de m'avoir écoutée.

— Allez... Faut que je termine ma séance d'abdos.

Paroles réconfortantes

M. Halcyon fut beaucoup plus gentil que prévu quand elle demanda un jour de congé.

— Je suis désolé pour votre ami, Mary Ann.

— Ce n'était pas exactement mon *ami*...

— Tout de même.

— Merci beaucoup.

— Ce n'est pas facile de vivre dans l'Atlantide, n'est-ce pas?

— Pardon?

— Rien. Prenez votre temps. Je peux toujours faire appel à une intérimaire.

Elle était plus déprimée que jamais. Elle resta assise sur son sofa en osier, à grignoter et à regarder la baie. L'eau était si bleue, mais le prix à payer n'était-il pas trop élevé?

Combien de fois n'avait-elle pas déjà menacé de rentrer à Cleveland?

Combien de fois n'avait-elle pas senti l'appel du service familial en porcelaine et de la maison à deux étages? Loin des pentes de ce beau volcan qu'était San Francisco?

Cette impression d'être un colon sur la lune finirait-elle par cesser?

Ou bien se réveillerait-elle un jour vieille dame, chancelant sur Russian Hill avec ses gants légèrement souillés, vêtue d'un manteau en tissu démodé, prolongeant son choix d'une unique côte d'agneau chez Marcel & Henri, expliquant au boucher ou au portier ou au contrôleur du tramway que d'un moment à l'autre, dès qu'elle aurait encaissé sa pension, dès que le temps s'améliorerait, dès qu'elle aurait trouvé une maison pour son chat, elle rentrerait à Cleveland?

Sa sonnerie retentit.

Elle ouvrit la porte, mais le visage de son visiteur était dissimulé derrière un énorme pot de chrysanthèmes jaunes.

— Bonjour, Mary Ann.

— Norman?

— Je ne t'ai pas réveillée, au moins?

— Non. Entre.

Il déposa les fleurs sur une des petites tables en teck.

— Elles sont pour moi? demanda-t-elle.

Il fit signe que oui.

— J'ai entendu ce qui était arrivé la nuit dernière.

— C'est gentil... Qui te l'a dit?

— Le type de l'autre côté du couloir. Je l'ai croisé dans la cour, ce matin.

— Brian?

— Oui. Tu es sûre que je ne te...

— Ça me fait très plaisir de te voir, Norman. Vraiment.

Elle l'embrassa sur la joue.

— Vraiment, répéta-t-elle.

Norman rougit.

— J'ai pensé que les jaunes te plairaient mieux que les blanches.

— Tu as eu raison.

Elle effleura les pétales pour signifier son plaisir :

— Les jaunes sont mes préférées. Dis, tu veux un peu de café?

— Si ça ne te cause pas trop de dérangement.

— Bien sûr que non. J'arrive.

Elle courut à la cuisine et se mit à tripoter sa cafetière française Melior en inox et en verre de chez Thomas Cara. Elle l'avait achetée pour trente-cinq dollars il y avait un mois, et s'en était servie exactement deux fois.

Elle était presque sûre que Norman ne lui en aurait pas tenu rigueur si elle avait servi du café soluble, mais pourquoi prendre le risque?

Norman sembla apprécier le café.

— Bigre! lança-t-il en souriant. Brian m'a montré ce que la logeuse cultivait dans le jardin.

— Ah... tu veux parler de l'herbe?

Elle s'étonna de sa propre décontraction. Ses facultés d'adaptation la surprenaient chaque jour davantage.

— Oui. Je suppose que c'est plutôt fréquent, ici?

259

Elle haussa les épaules :

— Elle la cultive seulement pour nous... et pour elle. Et puis, de toute façon, tu en as reçu un au moment d'emménager, non ?

— Un quoi ?

— Un joint. Scotché contre ta porte.

Norman sembla perplexe :

— Non.

— Ah, bon...

— Elle t'a scotché un joint à ta porte à toi, quand tu as emménagé ?

— Oui. C'est une coutume de la maison. Je suppose qu'elle a dû oublier.

Norman sourit.

— Ça ne me vexe pas, dit-il.

— Tu ne fumes pas, hein ?

— Non.

— C'est possible qu'elle l'ait senti. Elle a énormément d'intuition.

— Oui... peut-être. Brian m'a dit qu'elle avait travaillé dans une librairie à North Beach.

Mary Ann ne voyait pas le rapport.

— Oui, fit-elle. Il m'a dit la même chose, mais je ne lui ai jamais demandé.

— Elle n'est pas d'ici, n'est-ce pas ?

— Tu plaisantes ? lui renvoya Mary Ann. *Personne* n'est d'ici !

Elle était tout heureuse d'avoir pu replacer l'expression.

— Je trouve qu'elle a un accent du Midwest, remarqua-t-il.

— Oui... Mona et elle parlent de la même façon.

— Mona ?

— La femme aux cheveux roux du premier étage.

— Ah.

« Il a l'air un peu perdu, constata Mary Ann. Le

pauvre ! » Elle espérait qu'un jour il aurait lui aussi l'impression de faire partie de la famille.

Enquête dans la librairie

Norman quitta l'appartement de Mary Ann peu avant midi.

Il passa trois heures à explorer des librairies, sans succès. Finalement, sur Upper Grant, il découvrit une minuscule boutique, coincée entre un sex-shop et un marchand de glaces biologiques.

Il examina les livres pendant quelques minutes, avant d'approcher le vieil homme dans le fond du magasin.

— Vous avez quelque chose sur le *sky-diving* ?

— Hum ?

— Le *sky-diving*. Le parachutisme.

— Le sport ?

— Oui. Le sport.

Le vieil homme souleva son cardigan pour se gratter le flanc, puis il montra du doigt une étagère à portée de main.

— C'est tout ce que nous avons au rayon sport.

Il esquissa une expression de dégoût, comme si Norman lui avait demandé le rayon porno.

— Ça n'a pas d'importance. Je voulais juste jeter un coup d'œil à ce vieil endroit. Je suis déjà venu il y a très longtemps. Vous l'avez très joliment arrangé.

— Vous trouvez ?

— Oui. Avec beaucoup de goût. On ne voit plus beaucoup d'endroits comme ça, de nos jours. C'est bon de voir que certaines personnes respectent toujours le passé.

Le vieil homme ricana.

— C'est vrai que j'ai un sacré passé derrière moi...
Je suppose que cela me donne droit au respect.

— Oui, mais vous êtes resté jeune dans l'âme, non ?
C'est ce qui compte. Vous êtes bien plus aimable que
la dame qui dirigeait cette librairie avant vous.

Le vieil homme le mesura du regard :

— Vous la connaissiez ?

— Pas très bien. Elle m'avait paru franchement
désagréable.

— C'est la première fois que j'entends dire cela à
son sujet. Un peu excentrique, peut-être.

— Très excentrique. C'est à elle que vous avez
racheté l'endroit ?

Le vieil homme acquiesça :

— Il y a environ dix ans. Je suis resté ici depuis.

— Ça fait plaisir à entendre. Un endroit pareil a
besoin d'un minimum... de stabilité. Je suppose que
cette madame, Mme je-ne-sais-plus-quoi, a dû retourner dans l'Est. Ou ailleurs ?

— Non. Elle est toujours ici. Je la vois de temps en
temps.

— Tiens, je n'aurais pas cru ça. Elle ne semblait
pas très heureuse ici. Elle radotait sans cesse à propos
de... zut, un coin dans l'Est, je crois. D'où venait-elle
déjà ?

— Appelons ça l'Est, si vous voulez. Elle venait de
Norvège.

— De Norvège ?

— Ou bien, attendez... du Danemark. Oui, c'est ça,
du Danemark.

— J'ai dû la confondre avec quelqu'un d'autre.

— Est-ce qu'elle s'appelait Madrigal ?

— Oui. C'est ça.

— Elle venait du Danemark, j'en suis certain. Née
ici — aux États-Unis, je veux dire —, mais elle a vécu

au Danemark avant d'acheter le magasin. Je suppose que c'est là qu'elle a pris toutes ses drôles d'habitudes.

— Ça, on peut dire qu'elle en avait.

Le vieil homme sourit :

— Vous voyez cette vieille caisse enregistreuse ?

— Oui ?

— Eh bien, le jour où j'ai pris le relais, le jour où je me suis installé, j'ai trouvé une note, collée là, qui disait : « Bonne chance, et que Dieu te bénisse. » Et vous savez quoi d'autre ?

Norman secoua la tête.

— Une cigarette. Une cigarette roulée à la main. Collée juste là avec un morceau de ruban adhésif.

— Étrange.

— Très étrange, reprit le vieil homme.

A l'instant précis où Mona et D'orothea allaient entrer au *Malvina,* Norman descendait Union Street en direction de Washington Square.

Mona le salua de la tête, mais il ne remarqua pas le geste.

— Il habite dans notre immeuble, précisa-t-elle à D'orothea. Il a peur de son ombre.

— Ça se voit.

— Et pourtant il m'a surveillée. Il ne parle pas beaucoup, mais il me surveille.

Au premier étage du *Malvina,* elles sirotaient un cappuccino, et recomposaient le puzzle de leurs années manquantes.

— Là, je suis paumée, avoua Mona. Qu'est-ce qui est arrivé à Curt ?

— Plein de trucs... D'abord il a joué dans *Sleuth* pendant un an. Après, quelques nouveaux soaps. Et puis un des premiers rôles dans *Absurd Person Singular.* Il s'en est pas trop mal tiré.

263

— Et toi?

— Moi non plus, je m'en suis pas trop mal tirée.

— Moi, j'ai perdu mon boulot.

— Je sais.

— Ah! Comment...?

— Je travaille comme modèle pour Halcyon. Beauchamp Day me l'a dit.

— Bordel, le monde est petit!

— Mona, New York, c'est fini pour moi. Je voudrais me réinstaller ici.

— La grande voyageuse rentre au bercail?

— Allons... Ce que tu parais cynique maintenant.

— Pardon.

— J'ai besoin de toi, Mona.

— D'or...

— J'aimerais qu'on recommence, toutes les deux.

Mona lève le camp

La matinée était claire et venteuse. Michael lança un caillou dans la baie et glissa un bras autour des épaules de Mona.

— J'aime tellement le parc de la Marina, dit-il.

Mona grimaça et s'arrêta net, raclant sa vieille chaussure de marche contre le trottoir.

— Sans parler des crottes de la Marina.

— T'es d'un romantisme, toi, quand tu t'y mets!

— Le romantisme, je m'en tape! Regarde où ça t'a mené.

— Merci, c'est juste la réflexion dont j'avais besoin.

— Pardon. Je ne voulais pas être méchante.

— Bah!... En fait, t'as raison.

— Non, je n'ai pas raison. Je suis veule à chier dans

mon froc. Un jour, Mouse, il t'arrivera un truc formidable. Et ce jour-là, tu l'auras vraiment mérité parce que tu ne t'es jamais découragé. Moi, ça fait trop longtemps que j'ai décroché.

Michael s'assit sur un banc et nettoya la place à côté de lui.

— Qu'est-ce qui te chiffonne, Mona?

— Rien en particulier.

— Vas-y, essaie de me faire croire ça!

— Tu n'as pas besoin d'une nouvelle déprimante de plus.

— Laisse-moi rire! Je *carbure* aux nouvelles déprimantes.

Elle s'assit à côté de lui, fixant son regard vitreux sur la baie :

— Je crois que je vais peut-être déménager, Mouse.

Le visage de Michael ne changea pas d'expression :

— Ah?

— Une amie voudrait que j'emménage avec elle.

— D'accord...

— Ça n'a rien à voir avec toi, Mouse. Sincèrement. Il y a seulement que *quelque chose* doit changer dans ma vie. C'est ça ou craquer... J'espère que tu...

— C'est qui?

— Tu ne la connais pas. Elle est mannequin. Je l'ai connue à New York.

— Alors, tu me fais ça comme ça?

— Mouse, c'est vraiment quelqu'un de bien. Elle vient d'acheter une magnifique maison victorienne rénovée à Pacific Heights.

— Friquée à ce point?

— Ouais. Je suppose.

Il la fixa sans dire un mot.

— J'ai besoin... d'un sentiment de sécurité, Mouse. Merde, j'ai trente et un ans!

— Et alors ?

— Et alors, j'en ai marre d'acheter des fringues d'occase en me convainquant qu'elles sont géniales. Je veux une salle de bains nettoyable et un micro-ondes et un endroit où planter des roses et un putain de klebs qui me reconnaisse quand je rentre à la maison !

Michael se mordilla le petit doigt et lui lança un regard oblique.

— Ouaf, fit-il faiblement.

Ils marchèrent un moment le long du quai.

— Mona, vous étiez ensemble, toi et elle ?

— Oui.

— Pourquoi ne me l'as-tu jamais dit ?

— Ça ne m'a jamais vraiment paru important. Je ne faisais pas exactement... partie de ce milieu. Comme gouine, j'étais nulle.

— Et maintenant tu ne l'es plus ?

— Ça n'a pas d'importance.

— Tu parles !

— Elle est gentille, et...

— Elle prendra bien soin de toi, et tu pourras rester à la maison et bouffer des chocolats et lire des magazines jusqu'à l'écœurement...

— Mouse, arrête.

— Mais putain !... Peut-être que ça fait longtemps que tu as décroché, mais je ne vais pas te laisser foutre ta vie en l'air. Tu n'es même pas juste envers *elle,* Mona ! Qu'est-ce qu'elle va foutre d'une partenaire à la noix qui flashe sur les salles de bains en marbre ?

— Écoute, tu n'as pas...

— Rien n'est gratuit, Mona ! Rien !

— Ah, ouais ? Et ton loyer, alors ?

Ces mots firent plus de mal qu'elle ne l'avait prévu. Michael se tut.

— Mouse, je ne voulais pas dire ça.

266

— T'excuse pas. C'est la vérité.

— Mouse... J'en ai rien à cirer de ça.

Il pleurait, à présent. Elle s'arrêta de marcher et serra sa main.

— Écoute, Mouse. Tu auras tout l'appartement pour toi tout seul, et Mme Madrigal va certainement lâcher du lest pour le loyer jusqu'à ce que tu trouves un job.

Il se frotta les yeux avec le dos de la main.

— On se croirait à la fin d'une romance de série B, dit-il.

Elle l'embrassa sur la joue :

— C'est vrai, hein ?

— Tu parles d'une romance ! Tu ne seras même pas restée assez longtemps pour rencontrer mes parents.

Chez le gynéco

Les murs verts de la salle d'attente rappelaient à DeDe le ton oppressant des murs du couvent du Sacré-Cœur. Des posters de clowns ornaient la salle — des clowns tristes — et il n'y avait rien à lire sauf un numéro du *Ladies' Home Journal* daté de juillet 74.

Elle aurait pu tout aussi bien attendre pour se faire enlever une dent.

La réceptionniste l'ignorait. Elle se goinfrait de chips barbecue en lisant le *San Francisco Chronicle*.

— Ce sera encore long ? s'enquit DeDe.

Elle s'en voulut immédiatement d'avoir usé d'intonations suppliantes.

— Quoi ?

La secrétaire sans menton était visiblement agacée de devoir interrompre sa lecture.

— Euh... Le docteur sera à vous dans un instant.

Son visage s'éclaircit un peu, et elle leva le journal en indiquant le feuilleton en dernière page :

— Vous avez déjà lu celui d'aujourd'hui ?

DeDe se raidit :

— Je ne le lis jamais.

— Oh ! C'est pas vrai ?

— Si. C'est parfaitement ordurier. Un ami à moi a failli lui coller un procès.

— C'est dingue, ça ! Vous avez déjà...

Elle s'arrêta en pleine phrase et cacha le journal, juste au moment où la porte s'ouvrit à côté d'elle.

DeDe découvrit un homme blond et élancé, vêtu d'une chemise bleue Oxford, d'un pantalon kaki et d'une veste blanche en coton. Elle pensa immédiatement à Ashley Wilkes.

— Mademoiselle Day ?

Déjà un point en sa faveur. Elle ne lui avait pas expliqué son statut de femme mariée au téléphone. Elle avait simplement dit qu'elle était « une amie de Binky », d'un air furtif, telle une jeune fille délurée s'approchant d'un bar clandestin pendant la Prohibition.

— Oui, répondit-elle platement, avant de lui serrer la main.

Sentant son malaise évident, il l'entraîna hors de la salle d'attente, dans la pièce aux étriers.

— Avez-vous ressenti des nausées, récemment ? demanda-t-il doucement, tout en continuant son travail.

— Un peu. Pas souvent. Parfois, quand je sens une odeur de cigarette.

— Certains aliments vous dégoûtent-ils ?

— Quelques-uns.

— Par exemple ?

— Le porc aigre-doux.

Il rit gentiment.

— Et une demi-heure plus tard ça va mieux.

Ce n'était pas drôle. Elle lui lança un regard glacial... pour autant que ce soit possible dans cette position.

— Vous vous sentez fatiguée, en ce moment ?

Elle fit signe que non.

— Comment va Binky ?

— Quoi ?

— Binky. Je ne l'ai plus vue depuis le festival du film.

— Elle... elle va bien.

Elle enrageait que quelqu'un ose lui parler de Binky Gruen dans un moment pareil.

Quand il eut terminé, il s'éloigna du lavabo avec un sourire aux lèvres.

— Il est à vous, si vous le voulez.

— Quoi ?

— Le bébé. Pas besoin d'attendre l'analyse d'urines. Vous allez être maman, madame Day.

Elle se demanda ultérieurement si un mécanisme automatique de défense n'avait pas atténué sa réaction à cette annonce. Après tout, la plupart des femmes n'auraient pas choisi ce moment précis pour s'attarder sur le bleu lumineux des yeux de leur docteur.

Ensuite, elle se mit à l'apprécier de plus en plus, débarrassée de toute gêne par la grâce de ses gestes détendus et de son sourire éclatant. Elle sentait qu'elle pouvait lui faire confiance. Bébé ou pas. Elle était sûre qu'il percevait la délicatesse de la situation.

— Quand vous aurez pris une décision, dit-il, appelez-moi. En attendant, prenez ces comprimés.

Il lui adressa un clin d'œil, et ajouta :

— Ils sont roses et bleus. C'est une subtile campagne de propagande.

Il lui dit au revoir dans la salle d'attente, puis se

tourna vers la réceptionniste, tandis que DeDe se dirigeait vers la porte.

— Vous avez fini le journal?

Elle acquiesça, et lui tendit le *San Francisco Chronicle*.

Il ouvrit le journal à la même page que la réceptionniste un peu plus tôt. Un sourire jouissif se dessina sur
ses lèvres, et il se mit à secouer la tête :

— Écœurant, fit-il. Proprement écœurant.

Le diagnostic

Stupéfaite, Frannie dévisageait sa fille.

— Mon Dieu, DeDe, tu es sûre?

DeDe confirma, tentant de retenir ses larmes :

— Je lui ai parlé ce matin.

— Et... il est certain?

— Oui.

— Oh, mon Dieu!

Elle s'agrippa au treillage de la pièce, comme pour
s'empêcher de tomber.

— Et pourquoi n'en avons-nous... rien su avant?
continua-t-elle. Pourquoi ne nous a-t-il rien dit?

— Il n'était pas sûr, maman.

La voix de Frannie devint stridente :

— Pas *sûr*? De quel droit ose-t-il jouer à être Dieu?
Nous n'avons pas le droit de savoir?

— Maman...

Frannie se détourna de sa fille, cachant son visage.
Elle tripota un pot de chrysanthèmes « araignée »
jaunes.

— Est-ce que le docteur a dit... combien de temps il
lui restait?

— Six mois, répondit délicatement DeDe.

— Va-t-il... souffrir ?

— Non. En tout cas pas avant la fin.

Sa voix se cassa. Sa mère s'était mise à pleurer.

— Non, maman, je t'en prie. Il est très vieux. Le vétérinaire a dit que son heure avait sonné.

— Et où est-il en ce moment ?

— Sur la terrasse.

Frannie quitta la pièce, frottant ses yeux rougis.

Dehors, sur la terrasse, elle s'accroupit devant la chaise longue où Faust gisait, endormi.

— Pauvre bébé, dit-elle en caressant le museau grisonnant du chien. Mon pauvre bébé.

Plus tard dans la journée, Frannie picorait son soufflé au fromage d'un air maussade au *Cow Hollow Inn*. Elle éleva la voix :

— J'ai dit... Pourvu que je sache m'y préparer.

— Bien sûr que oui.

Helen Stonecypher s'affairait avec une serviette humectée, pour retirer un morceau de rouge à lèvres sur l'une de ses incisives.

— Je ne suis pas trop pénible ?

— Pas du tout.

— J'ai pensé à faire couler son écuelle dans du bronze, en souvenir.

— Comme c'est touchant !

— Tu sais à quel point je hais les femmes qui deviennent hystériques à propos de leur chien... Mais Faust était... mais Faust est...

Sa voix faiblit.

Helen lui tapota le dos de la main, faisant cliqueter ses bracelets à l'unisson.

— Fais tout ce qui pourra te consoler, ma chérie. Tu te souviens de Choy, n'est-ce pas ? Le cuisinier de ma grand-mère, dans notre grande maison de Pacific Heights ?

Frannie fit signe que oui, retenant ses larmes.

— Eh bien, ce bon vieux Choy était le meilleur compagnon de mamie... et quand il est mort...

— Je m'en souviens. Ce n'est pas lui qui la promenait en chaise roulante à la fête de Treasure Island ?

Helen confirma.

— Quand il est mort, poursuivit-elle, mamie a fait couper sa queue-de-cheval pour la monter en collier.

— En quoi ?

— Tu as bien entendu, ma chérie : en collier... Avec trois ou quatre perles en ivoire, très discrètes, enfilées aux mèches. C'était tout à fait ravissant, et mamie l'*adorait*. D'ailleurs, elle le portait quand elle est morte dans notre loge à l'Opéra en 1947.

— Je m'en souviens, dit Frannie en souriant courageusement. Pendant *Le Crépuscule des dieux*.

Helen remit le poudrier dans son sac à main.

— Viens, ma chérie, dit-elle. Allons prendre un petit remontant chez *Jean*.

— Helen... Pas maintenant, il est trop tôt.

— Ma chérie, mais tu es *vraiment* déprimée !

— Ça ira mieux dans un...

— Frannie, c'était un très, très vieux chien.

— C'*est*.

— C'*est*... Frannie, tu dois voir les choses ainsi : il a eu une vie riche et pleine, aucun chien n'a jamais eu une aussi belle vie.

— Ça, c'est vrai, lui renvoya Frannie, retrouvant un peu de courage. C'est tout à fait vrai.

L'invasion des Tolliver

Tout compte fait, le week-end d'Halloween s'était relativement bien passé.

Jusqu'à présent.

Les parents de Michael avaient loué une Dodge dès leur arrivée dans la ville, ce qui permettait de remplir facilement leur emploi du temps en les emmenant à Muir Woods et à Sausalito, dans Lombard Street, la fameuse rue en lacets, et sur Fisherman's Wharf.

Mais aujourd'hui, c'était dimanche. Le Sabbat des sorcières s'était abattu sur eux.

S'il était prudent, très prudent, il parviendrait à franchir le cap en douceur, à protéger leur susceptibilité *Reader's Digest* des horreurs de l'Amour Interdit.

Peut-être.

« Car dans *cette* ville, pensa-t-il, l'Amour Interdit ne se gêne pas pour apparaître au grand jour. »

Son père gloussa quand il vit l'appartement pour la première fois :

— Tu as passé tout ton week-end à nettoyer, hein ?

— Je suis plus ordonné qu'avant, lança Michael avec le sourire.

— Si tu veux mon avis, il y a une femme là-dessous.

Il lui adressa un clin d'œil.

La mère de Michael fronça les sourcils :

— Herb, je t'avais dit de ne pas...

— Oh, ça va, Alice ! Bon Dieu, nous ne sommes pas un couple de vieux chnoques ! Je me rappelle comment j'étais à l'âge de Mike... Dis-moi, fiston, j'espère que tu ne l'as pas obligée à déménager à cause de notre arrivée ?

— Herb !

— Ta mère est si vieux jeu, Mike. Va fouiner dans la cuisine, Alice. Je m'étonne que tu aies pu te retenir si longtemps.

La mère de Michael fit la moue et quitta la pièce en traînant des pieds.

— Et maintenant, dit son père, tu vas m'expliquer ce qui se passe. Ta mère et moi nous pensions être présentés à... comment s'appelle-t-elle, déjà ?

— Mona. Mais papa, c'est seulement une...

— Je ne cherche pas à en savoir plus, Mike. Franchement, je suis un peu déçu que tu te sois senti obligé de la cacher. La pauvre ! J'ai vu *L'Arnaqueur*, fiston. Même en 76, je suis encore dans le coup.

— Papa... Elle a déménagé parce qu'elle en avait envie.

— A cause de nous ?

— Non. Elle en avait envie, c'est tout. Elle s'est trouvé un autre colocataire. On s'est quittés sans rancune.

— Alors tu es un vrai ballot ! Elle te quitte sans raison, et toi tu ne lui en veux pas. « Sans rancune. » Bon sang, Mike...

Il s'interrompit quand il entendit sa femme revenir. Elle se tenait dans l'embrasure de la porte de la cuisine avec un petit flacon brun entre les doigts.

— Michael, qu'est-ce que c'est que ça ? demanda-t-elle.

Michael blêmit.

— Euh... C'est quelque chose... que ma colocataire a oublié, bafouilla-t-il.

— Dans le réfrigérateur.

— Elle s'en servait pour nettoyer les pinceaux.

— Ah.

Elle jeta un autre coup d'œil au flacon et le replaça dans le réfrigérateur.

— Ton casier à légumes a besoin d'être nettoyé.

— Je sais.

— Où est-ce que tu ranges l'Ajax ?

— Maman, on ne pourrait pas...

— Michael, il est dégoûtant. Ça ne prendra pas une minute.

— Alice, pour l'amour du ciel ! Laisse donc le gamin tranquille ! On n'a pas fait cinq mille kilomètres pour venir récurer son casier à légumes ! Écoute-moi, fiston, ta mère et moi, nous voulons t'inviter à dîner, ce soir. Pourquoi ne nous montres-tu pas un de tes endroits préférés ?

« Oh, chic alors ! pensa Michael. Fonçons au *Palms* : on pourra siroter des Blue Moons près de la fenêtre, et observer la folle Équipée de la Grosse-Cylindrée en train d'agiter ses godes en cuir au nez des agents de la paix ! »

Ils garèrent la voiture au sommet de Leavensworth. Le temps d'atteindre Union Street, et la mère de Michael était totalement essoufflée.

— Mikey, c'est la première fois de ma vie que je vois une rue pareille ! fit-elle.

Il lui serra le bras, prenant soudainement plaisir à son innocence.

— C'est une ville extraordinaire, maman.

Comme par enchantement, les sœurs apparurent juste à ce moment-là.

— Herb, regarde !

— Alice, je t'en prie ! Ne montre pas du doigt !

— Elles sont en patins à roulettes !

— Bon sang, tu as raison ! Mike, qu'est-ce que c'est que cette... ?

Mais avant que leur fils ait eu le temps de répondre, les six apparitions en cornette avaient franchi le virage en chœur, et patinaient à toute allure vers les festivités de Polk Street.

— Hé, Tolliver! se mit à beugler l'un d'entre eux à l'adresse de Michael.

Michael, à contrecœur, répondit par un signe de la main.

La sœur fit un ample geste de salut, lui dédia un baiser, puis s'exclama :

— J'ai A-D-O-R-É ton slip!

Halloween en banlieue

Mary Ann tira sur le bras de son chauffeur.

— Oh! Norman, tu veux bien klaxonner?

— Qui est-ce?

— Michael et ses parents. Le colocataire de Mona.

Norman appuya sur le klaxon. Michael regarda vers eux au moment où Mary Ann lui envoyait un baiser par la fenêtre de la voiture. Il sourit piteusement, et fit semblant de s'arracher une touffe de cheveux en signe de désespoir. Ses parents continuaient à foncer droit devant, sans se rendre compte de rien.

— Le pauvre! fit Mary Ann.

— Que se passe-t-il?

— Oh... c'est compliqué.

— C'est un inverti, n'est-ce pas?

— Un gay, Norman.

Lexy passa la tête par-dessus le siège :

— C'est quoi, un inverti?

— Assieds-toi, dit Norman.

Mary Ann se retourna et remit en place la cape Wonder Woman de Lexy.

— Comme tu es jolie, Lexy!

La fillette se laissa rebondir sur le siège arrière.

— Pourquoi t'as pas de costume? demanda-t-elle.

— Eh bien... parce que je suis une grande personne.

La fillette secoua la tête avec véhémence et, par la fenêtre, montra du doigt trois hommes déguisés en majorette.

— Ces grandes personnes-là, elles ont des costumes.

Norman pouffa de rire en secouant lentement la tête. Mary Ann soupira :

— Quel âge a-t-elle, déjà, cette petite ?

Lorsqu'ils atteignirent San Leandro, la nuit était presque tombée. Norman gara la voiture et ouvrit la porte pour Lexy.

La petite s'élança sur le trottoir en bondissant, équipée d'un gigantesque sachet en plastique pour recueillir les sucreries d'Halloween.

— Tu es sûr qu'elle ne risque rien ? demanda Mary Ann.

Norman hocha la tête.

— Ses parents habitent juste au coin. Je leur ai promis que je la laisserai se défouler.

— J'espère qu'ils te sont reconnaissants.

— Je ne le ferais pas si ça ne me plaisait pas, confia-t-il avec un sourire penaud. Tu sais, c'est un peu comme une enfant à louer.

— Oui. C'est assez agréable.

— Ça ne t'ennuie pas trop ?

— Pas le moins du monde.

Il la regarda avec un air solennel pendant quelques instants, puis il lui prit la main.

— Norman ?

— Oui ?

— As-tu déjà été marié ?

Silence.

— Excuse-moi, dit Mary Ann. C'est juste que tu t'y prends si bien avec les enfants que...

— Roxane et moi, nous devions avoir des enfants. En tout cas, c'est ce qui était prévu.

— Ah... Elle est décédée ?

Norman fit signe que non :

— Elle m'a quitté pour un représentant en carrelage de Daly City. Pendant que j'étais au Vietnam.

— Je suis désolée.

Il haussa les épaules.

— C'était il y a longtemps. Aux alentours de la naissance de Lexy, en fait. Je m'en suis remis.

Elle regarda par la fenêtre, embarrassée par ce nouvel aperçu de la personnalité de Norman. Lexy représentait-elle son seul lien avec ses rêves évanouis ? Avait-il abandonné tout espoir de fonder à nouveau une famille ?

— Norman... Je ne vois pas comment quelqu'un peut vouloir te quitter.

— Ça n'a pas d'importance.

— Bien sûr que si, ça en a ! Tu es un homme doux, gentil et attentionné, et personne n'a le droit... Norman, tu as tellement d'amour à donner !

Il se tripota les mains, et baissa les yeux.

— Oui, d'amour à donner... répéta-t-il d'un air absent.

Il avait besoin d'un signe de sa part. Des yeux, il la supplia de lui faire un signe.

Elle levait la main pour toucher son grand visage triste quand un tapotement sur l'épaule la fit sursauter.

Lexy était de retour.

— Oh, Lexy... fit Mary Ann.

Elle rit, légèrement soulagée :

— Alors, comment ça a marché ?

— Seulement une pomme.

— Et alors ? C'est bon, les pommes ! Je la mangerai, moi, si tu n'en veux pas.

La fillette la dévisagea pendant quelques secondes,

puis elle sortit la pomme et, en signe de défi, la croqua à pleines dents.

Horrifié, Norman s'écria :

— Lexy... Non !

Lexy lui sourit, le menton dégoulinant de jus.

— Ça va, dit-elle. J'ai déjà vérifié, pour les lames de rasoir.

Le fils de son père

Michael finit par emmener ses parents au *Cliff House,* l'endroit le plus hétéro qui lui fût venu à l'esprit.

Le restaurant se trouvait par ailleurs assez loin de la folie de Polk Street pour que des sœurs à roulettes ne viennent plus agresser la cellule familiale.

Les sœurs, avait-il expliqué de manière aussi désinvolte que possible, étaient des « amis un peu fous de Mona ». Et, oui, des hommes !

— Des tantouzes ?

— Herb !

La mère de Michael déposa sa fourchette et lança un regard furieux à son mari.

— Quoi, comment voudrais-tu que je les appelle ?

— Ce n'est pas très poli, Herb.

— Pourquoi devrais-je me gêner ? Ils n'oseraient pas venir me casser la gueule, tout de même ?

Il éclata d'un rire rauque.

— On ne parle pas comme ça de gens qui n'y peuvent rien, dit Alice.

— Qui n'y peuvent rien !... On ne les oblige pas à se pavaner en patins à roulettes au beau milieu de la rue déguisés en nonne !

— Herb, ne parle pas si fort ! Il pourrait y avoir des catholiques dans la salle.

Michael détacha son regard de son assiette, et parla en se forçant à la décontraction :

— C'est un peu comme le Mardi gras, papa. Il se passe plein de choses un peu folles. Des tas de gens participent.

— Des tas de tantouzes.

— Pas seulement... eux, papa. Tout le monde.

Son père renifla et réattaqua son steak.

— On ne te voit pas là-bas en train de te couvrir de ridicule, toi !

— Herb, Michael est avec nous. Peut-être qu'il aimerait être là, dehors... aller à une fête. Moi, ça m'a l'air plutôt amusant, tout ça.

— C'est ça, allez-y, tous les deux. Moi je resterai ici pour finir mon steak en compagnie des gens normaux.

Un serveur, qui remplissait d'eau le verre d'Herbert Tolliver, entendit la remarque, et d'exaspération leva les yeux au ciel.

Puis il fit un clin d'œil à Michael.

De retour au 28 Barbary Lane, Alice Tolliver récapitulait tous les potins d'Orlando depuis six mois.

On avait construit un nouveau centre commercial. La fille des Henley, Iris, fumait de la marijuana et vivait avec un professeur à Atlanta. Une famille de couleur avait racheté la maison des McKinney au bout de la rue. Tante Myriam se portait bien, malgré son opération. Et tout le monde en Floride centrale était d'accord pour dire qu'Earl Butz n'aurait pas été renvoyé s'il avait fait cette remarque à propos d'un Irlandais.

Ils ne s'attendaient pas à des gelées précoces.

Herbert Tolliver resta calmement assis pendant la

narration de cette saga, n'ajoutant qu'occasionnelle-
ment un petit rire ou un signe d'approbation. Il était
plus détendu, adouci par le vin du repas. Il rayonnait
d'une affection ouverte pour son fils.

— Est-ce que... tout va bien pour toi, fiston?
demanda-t-il.

— Pas trop mal.

— Ne te fais pas de soucis à propos de ton amie.

— Je ne me ferai pas de soucis, papa.

— Tu nous manqueras à Noël.

— Écoute, Herb, il est adulte, maintenant, et il a ses
propres amis...

— Mais je le sais, ça, bon sang! Tout ce que j'ai
dit, c'est qu'il allait nous manquer!

— Vous aussi, vous allez me manquer, dit Michael.
Mais le billet d'avion coûte vraiment trop cher...

— Je sais, Mikey. Ne t'en fais pas.

— Mike... Si on peut te dépanner jusqu'à ce que tu
aies trouvé un travail...

— Merci, papa. Je crois que je m'en sortirai tout
seul. J'ai économisé ici et là.

— En cas de pépin, tu nous préviens, d'accord?

— D'accord.

— On est très fiers de toi, fiston.

Michael haussa les épaules:

— Il n'y a pas beaucoup de raisons d'être fier,
pourtant.

— Ne sois pas ridicule! Tu sais ce que tu vaux!
Parfois, les choses prennent un peu de temps. Tu es
jeune et célibataire, et tu vis dans une ville magnifique
remplie de jolies filles. Tu n'as aucun souci à te faire,
fiston!

— Tu as peut-être raison.

— Bien sûr que j'ai raison. Tu as toute la vie devant
toi.

Il rit affectueusement et effleura la joue de son fils
d'un poing enjoué:

— Mais méfie-toi de ces tantouzes !

Michael sourit d'un air viril :

— De toute façon, je ne suis pas leur type.

— Sacré gamin, va ! dit Herbert Tolliver, ébouriffant les cheveux de son rejeton.

Le dilemme de DeDe

Quand DeDe appela Beauchamp au bureau, il était en train d'expliquer au plus sensationnel des nouveaux mannequins de Halcyon les détails de la campagne Adorable pour Noël.

— Écoute, je suis en plein...

— Pardon, mon chéri. C'est juste... Je craignais que tu oublies le vernissage de Pinkie et Herbert ce soir.

— Merde !

— Tu avais oublié.

— A quelle heure doit-on y être ?

— Je peux passer te prendre au bureau. On doit juste faire une apparition.

— A dix-huit heures ?

— Parfait... Je t'aime, Beauchamp.

— Moi aussi. Dix-huit heures, alors ?

— Oui. Sois sage.

— Toujours.

Il raccrocha et adressa un clin d'œil à D'orothea.

— Ma femme. Parfois, j'ai le sentiment que le bon Dieu a mis les femmes sur cette terre pour rappeler aux hommes l'heure des cocktails.

D'orothea émit tout juste un grognement.

— Ah, fit Beauchamp avec un large sourire. Ça me fait passer pour un misogyne, je suppose.

— Non, lui renvoya-t-elle froidement. C'est l'impression que vous vouliez donner ?

La galerie Hoover débordait de mécènes. Les femmes étaient habillées à la manière de Lilly Pulitzer, mais en plus discret, tandis que leurs maris en blazer bleu essayaient en vain de se distinguer avec leur pantalon de patchwork de madras.

Beauchamp et DeDe se dirigèrent immédiatement vers le bar. Ils affichaient des sourires identiques et étalaient leur bonheur conjugal recouvré comme on exhibe un bronzage.

DeDe était toujours agrippée au bras de Beauchamp quand Binky Gruen les intercepta.

— Oh, Dieu merci, dit-elle, vous êtes là tous les deux ! Beauchamp, vite, embrasse-moi ! Il faut que j'aie l'air occupée !

Beauchamp l'embrassa sur la joue.

— J'ai déjà entendu de meilleures excuses, mademoiselle Gruen.

— Surtout ne t'arrête pas de parler ! Il regarde par ici.

— Qui ça ?

— Carson Callas. Ça fait un quart d'heure qu'il m'empeste avec son haleine de fumeur de pipe, à m'expliquer à quel point il est sexy ! Tu parles : beurk !

Beauchamp recula en un mouvement de surprise feinte.

— Tu ne trouves pas Carson Callas sexy ?

— Oh si, il l'est ! A condition d'être attirée par les nabots.

— Vilaine fille. Il ne te mettra rien dans sa rubrique, Binky.

— C'est sûr ! Il ne me mettra quelque chose ni de cette façon-là ni d'une autre, si j'ai mon mot à dire. Sois un ange et va me remplir ce verre de scotch. Je sens l'ennui menacer. D'ailleurs, ta petite femme maigrichonne a l'air aussi d'avoir soif.

Beauchamp prit le verre de Binky, et se tourna vers DeDe :

— Un peu de champagne, Femme Maigrichonne ?

— Oui, merci.

Son ton était délibérément glacial. Elle détestait voir Binky et Beauchamp jouer à Carole Lombard et Clark Gable.

Le temps que Beauchamp disparaisse dans la foule, et Binky était prête à bondir :

— Alors ?

— Alors quoi ?

— Tu as vu le docteur Fielding ?

— Binky, ce n'est pas l'endroit idéal...

— Oui ou non ?

— Oui.

Binky siffla.

— Je connais un type formidable pour les avortements, si tu en as besoin.

— Binky... tu pourrais la fermer une seconde !

— Oh, pardonnez-moi, madâme ! J'ai cru que dans un moment pareil tu aurais besoin d'une amie. Je vois que je me suis trompée.

— Binky... Non, je suis désolée... Mais tu en parles avec tellement de... Un type formidable pour les avortements, bon sang ! Il ne fait pas non plus traiteur, par hasard ?

Binky s'esclaffa.

— Pas à ma connaissance. Mais pour l'entretien des intérieurs, alors : un vrai champion !

— Ce n'est pas drôle.

— Moi, je crois que tu prends tout cela bien trop à cœur.

Elle tapota le ventre de DeDe.

— Écoute, reprit-elle. Si cette infâme culpabilité

judéo-chrétienne te ronge à ce point, pourquoi est-ce que tu ne le gardes pas, ce petit morveux ?

— Je croyais que tu avais déjà compris depuis long-temps.

— Où est le problème ? Beauchamp jouera le jeu. Il a besoin d'un héritier, non ? Qui verra la différence ?

— Binky... Tu ne sais pas de quoi tu parles...

— Ne me dis pas que ça pourrait se voir ?

DeDe lui lança un regard noir pendant quelques secondes. Puis elle confirma d'un signe de tête.

— Les cheveux ? demanda Binky, les yeux pétillants d'excitation. Une autre couleur de cheveux ?

— Non.

— Pas la *peau* ?

Une autre confirmation.

— Oh, ma pauvre chérie ! Oh, DeDe, je ne voulais pas être si... Quelle couleur ?

DeDe désigna son chemisier couleur jonquille et fondit en larmes.

Après avoir réparé les dégâts de son mascara, elle rejoignit la foule. Beauchamp l'attendait avec un verre de champagne tiède.

— Je suis avec Peter et Shugie, dit-il. Tu te joins à nous ?

Elle hocha la tête avec un sourire vaseux :

— Pas tout de suite, non. Je papote avec Binky.

A nouveau seule, elle figea son sourire et se dirigea vers Binky et ses courtisans. Une main la stoppa net, cramponnée à son avant-bras.

— Mme Day n'a-t-elle pas l'air à croquer aujourd'hui ?

Si son bras avait été libre, elle aurait peut-être fait un signe de croix. C'était le chroniqueur mondain du magazine *Western Gentry,* Carson Callas.

Mme Madrigal et Mouse

Michael transférait la moitié de ses vêtements dans le placard de Mona quand Mme Madrigal téléphona.

— Michael, mon p'tit. Pourrais-tu descendre un instant ?

— Bien sûr. Dans trois minutes, ça ira ?

— Prends ton temps, mon chéri.

« Bon, pensa-t-il en raccrochant le téléphone. Voilà. L'heure de l'expulsion a sonné. Elle a été plus qu'indulgente pour le loyer jusqu'à présent, mais la coupe est pleine. »

Il enfila un pantalon en velours côtelé et une chemise blanche, se brossa les dents, se coiffa, et passa une serviette humide sur ses chaussures.

Rien ne servait d'avoir l'air d'un pouilleux.

Le visage anguleux de la logeuse, généralement si animé, s'était figé dans un sourire de réceptionniste.

Ses gestes paraissaient si artificiels et elle se déplaçait avec une dignité si contrôlée que même son kimono, ce soir-là, ne lui allait plus.

— Mona est partie, n'est-ce pas ?

Il confirma :

— Hier.

— Pour de bon ?

— C'est ce qu'elle dit. Mais vous connaissez Mona.

— Oui.

Son sourire semblait décalé.

— Moi, je vais rester, madame Madrigal. Enfin... j'aimerais rester. Mona paiera le reste du loyer pour ce mois-ci, et je me suis inscrit dans une agence d'intérim ; donc si vous vous inquiétez...

— Michael, où est-elle allée ?

— Ah... euh... Chez une amie. Dans une maison à Pacific Heights.

Mme Madrigal s'avança jusqu'à la fenêtre, devant laquelle elle resta sans bouger, le dos tourné à Michael.

— Pacific Heights, répéta-t-elle.

— Madame Madrigal? Elle ne vous a... rien dit?

— Non.

— Je suis sûr qu'elle allait le faire. Les choses se sont précipitées pour elle, récemment. Et puis, moi je suis toujours là. Ce n'est pas une rupture de contrat.

— Michael? Tu connais cette personne?

— Qui?... Ah... Non, je ne l'ai jamais rencontrée.

— C'est une femme?

Il fit signe que oui :

— Quelqu'un qu'elle a connu à New York.

— Ah.

— Mona dit qu'elle est très gentille.

— J'en suis convaincue. Michael... Bien sûr, tu n'es pas obligé de répondre si tu n'en as pas envie, mais...

— Oui?

— Cette femme... elle et Mona sont-elles des amies très proches?

— Euh...

— Tu m'as comprise, chéri?

— Oui, madame Madrigal. Je ne sais pas. Elles *l'étaient,* avant... à New York. Je crois que maintenant... ce sont seulement de bonnes amies.

— Bon... Mais alors pourquoi diable...? Michael, est-ce que Mona t'a jamais raconté quelque chose sur moi? Quelque chose... qui aurait pu te faire penser qu'elle était malheureuse ici?

— Non, madame, répondit-il avec grand sérieux, retrouvant des attitudes de Floride centrale. Elle était folle de Barbary Lane... et elle vous aimait beaucoup.

Mme Madrigal fit volte-face.

— Elle m'aimait beaucoup.

— Non. Vous *aime* beaucoup. Elle tient énormément à vous. Je suis sûr qu'elle va appeler. Vraiment.

La logeuse retrouva ses airs de maîtresse femme :

— Bien. Mais toi tu restes. C'est déjà ça.

— J'essaierai de faire un effort pour le loyer.

— Je sais, mon p'tit. Je viens de rentrer une nouvelle récolte, et il n'est pas encore très tard. Te joindrais-tu à moi ?

Ses doigts, en essayant de rouler le joint, tremblaient de façon très frappante. Elle marqua une pause, inspira profondément, et, des deux mains, se massa le front.

— Excuse-moi, Mouse. Je suis complètement ridicule.

— Non, ne vous... Où avez-vous entendu ce surnom ?

Elle se mordilla la lèvre inférieure pendant quelques secondes, les yeux rivés sur lui.

— Je ne suis pas la seule personne à qui Mona tenait énormément, tu sais...

— Ah, oui.

— Mes pauvres doigts me jouent des tours. Pourrais-tu... ?

Il lui prit le joint, évitant de croiser son regard parce qu'il le savait embué de larmes.

— Madame Madrigal, je ne sais pas quoi dire...

Elle ne se rapprocha pas, mais sa main longue et fine vint s'échouer sur son genou. Elle porta un mouchoir à son visage.

— Je *déteste* les femmes larmoyantes, fit-elle.

Un secret éventé

L'homme en costume safari à la face de rongeur s'approcha si près de DeDe qu'elle pouvait sentir son haleine de cendrier.

— Vous avez perdu du poids, lança-t-il avec un sourire narquois, révélant une rangée irrégulière de dents couleur Vuitton.

DeDe acquiesça :

— Comment allez-vous, Carson ?

— En ce qui me concerne, tout va. Et vous ? Une cure d'amaigrissement, hein ?

— La Porte d'Or.

Elle sourit et ne dit plus rien. Il essayait de lui soutirer des informations, elle le savait, et l'idée de voir figurer ses problèmes de poids dans *Western Gentry* ne l'enthousiasmait guère.

— Ça vous a réussi.

— Merci, Carson.

— Que pensez-vous de l'artiste ?

Pendant quelques secondes, elle fut décontenancée. Les tableaux étaient bien la dernière chose qu'elle remarquait au cours d'un vernissage.

— Oh... Un style très personnel. Beaucoup de sensibilité, je trouve...

— Vous et Beauchamp êtes acheteurs ?

— Oh... non, Carson, je ne crois pas. Beauchamp et moi ne collectionnons que l'art occidental.

Il tira sur sa pipe, ses petits yeux rivés sur elle en permanence.

— Cet artiste *est* occidental, lui décocha-t-il finalement.

— Je voulais dire... Les choses plus anciennes.

— Oui, les choses plus anciennes. Les choses plus anciennes sont parfois les meilleures.

Il lui adressa un clin d'œil, mâchouillant méthodiquement sa pipe jusqu'à ce qu'elle réponde à sa plaisanterie par un sourire forcé.

— Carson, vous m'excusez? Je crois que Beauchamp...

— J'espérais que vous pourriez m'en dire un peu plus sur le gala de charité de cette année.

— Oh... bien sûr.

Elle s'égaya immédiatement. Voilà un coup qui rendrait Shugie Sussman folle de rage!

Callas sortit un crayon et un calepin de la poche de son costume safari.

— Vous êtes membre du comité, non?

— C'est exact. Moi et quelques autres.

— Et qui verra-t-on à l'affiche cette année?

— Oh, ce sera fabuleux, Carson! Le thème est « Le vin, les femmes et le chant », et nous avons Domingo, Troyanos et Wixell...

— Prénoms?

— Plácido Domingo...

— Ah, oui...

— Tatiana Troyanos et Ingvar Wixell.

Elle évita de les épeler, se souvenant de la vanité de Callas. Il n'aurait qu'à vérifier l'orthographe au bureau.

Le chroniqueur glissa à nouveau son calepin et son crayon dans sa poche.

— Une belle soirée, alors?

— Sûrement.

— Mais pas aussi joyeuse que la plupart des vôtres?

— Euh... pardon?

Elle sentait peser sur elle son regard concupiscent. Il dit :

— Vous m'avez très bien entendu, cocotte.

Dans la galerie, la foule était devenue plus dense et

plus bruyante, mais le vacarme paraissait désormais étrangement lointain. DeDe avala, et se força à prendre un air blasé.

— Oh, Carson, vraiment ! Il y a des jours où vous êtes *too much* !

— Je crois que nous avons beaucoup de choses en commun.

— Carson, je ne vois pas du tout de quoi...

— Écoutez, nous sommes tous les deux adultes. Personne ne m'a jamais accusé d'être un néophyte en matière d'orgies... et je sais reconnaître une âme sœur quand j'en vois une.

Oh, mon Dieu, pensa-t-elle, combien de fois n'avait-il pas dû la sortir, celle-là ?

Toute la ville connaissait la rumeur selon laquelle Callas aurait un jour fait des propositions à tous les acteurs d'une comédie musicale de la région, en commençant par les femmes pour aboutir aux hommes les moins séduisants.

— Carson, ça m'a fait très plaisir de vous parler, mais je crois que j'ai besoin de me désaltérer.

— Une dernière question à propos du gala de charité...

— Oui ?

— L'avortement, c'est pour avant ou pour après ?

Son verre glissa des mains de DeDe presque instantanément, ponctuant de son éclatement en mille morceaux l'épouvantable question. Callas s'accroupit et l'aida à ramasser les tessons dans sa serviette de cocktail.

— Allez, quoi ! Ce n'est pas si grave, DeDe. Je suis sûr qu'on peut s'arranger... si vous voulez bien en discuter un de ces soirs.

Il glissa sa carte de visite dans la ceinture de sa robe et se redressa.

— Vos amis se font du souci pour vous, ajouta-t-il. Il n'y a rien de mal à cela, que je sache ?

Elle ne leva pas les yeux, et continua de ramasser les morceaux en silence.

Un peu de discrétion, c'était décidément trop demander à Binky Gruen.

Un remède pour les petits creux

Après un service éreintant chez *Perry,* à minuit, Brian s'écroula dans son lit. Cinq heures plus tard, il se réveilla complètement affamé.

Titubant en caleçon jusqu'à la cuisine, il farfouilla dans le frigo, à la recherche d'un petit en-cas pour apaiser ses gargouillements d'estomac.

Ketchup. Mayonnaise. Deux saucisses de Francfort. Et un bocal de petits oignons.

S'il avait été stone, il y serait peut-être arrivé. (Un jour, après avoir fumé un demi-joint de Maui Wowie, il en avait été réduit à tremper ses crackers dans du concentré de légumes.)

Mais pas ce soir.

Ce soir — si l'on peut encore dire « ce soir » à cinq heures du mat' ! — il avait envie d'un Zim-burger et d'une portion de frites bien grasses, et peut-être d'un milk-shake au chocolat ou d'un...

Il entreprit une fouille de son sac de linge sale jusqu'à ce qu'il ait trouvé un T-shirt qui puisse passer le test de l'odeur. Ensuite, il enfila son Levi's et ses Adidas et puis piqua un sprint hors de la maison, dans Barbary Lane.

Hyde Street paraissait étrangement calme. La nuit, les vieux tramways semblaient plus présents que jamais. Vus du sommet de Russian Hill, les quais baignaient dans une lumière incolore, un paysage noir et blanc sur une carte postale des années quarante.

Même les Porsche garées sur Francisco suggéraient l'idée d'abandon.

On se serait cru dans la dernière scène du *Dernier Rivage*.

Zim, par contraste, était d'une gaieté discordante. Le café-restaurant, ouvert toute la nuit, bourdonnait de serveuses efficaces, d'insomniaques harassés et de vieilles épaves fêtardes impossibles à arrêter.

La serveuse de Brian était habillée dans un style *country* commercial. Fichu à carreaux, blouse et pull-over orange. Son badge disait : « Candi Colma. »

— Tiens, « la Cité des morts », dit Brian en souriant, tandis qu'elle déposait une serviette et une fourchette devant lui.

— Eh ben quoi ?

— Vous êtes de Colma, le pays des cimetières ?

— En fait, j'habite à South San Francisco. Juste à la frontière. Mais il n'y avait pas la place sur le badge pour mettre « South San Francisco ».

— De toute façon, Candi Colma, c'est beaucoup plus joli.

— Ah bon ?

Elle avait un beau sourire, qui éveillait l'idée d'une fausse intimité. « Elle doit approcher de la quarantaine », pensa Brian, mais cela ne se voyait réellement qu'autour des yeux. Sa taille était mince et ferme, et ses jambes bigrement longues.

« Tant pis pour les cheveux blonds ébouriffés, pensa-t-il. On ne va pas faire le difficile à cinq heures du matin. »

Après qu'elle eut pris sa commande, il la regarda traverser la salle. Elle marchait comme une femme consciente de son public.

— Le Zim-burger vous a plu?

— Il était parfait.

— Désirez-vous autre chose? Un dessert?

— Qu'avez-vous à me proposer?

— C'est écrit là, sur le menu.

Il referma celui-ci et adressa à la fille son plus beau sourire Huck Finn.

— Je parie que ça n'y figure pas.

S'approchant de lui, elle tapota son crayon contre sa lèvre inférieure, jeta un coup d'œil à gauche puis à droite, et murmura :

— Je n'ai pas fini avant sept heures.

Brian haussa les épaules.

— Pas de problème. C'est ce qui vient après sept heures qui compte.

La Camaro de Candi était garée juste après le coin, à côté du Musée maritime. Un véhicule couleur prune, avec un autocollant à l'arrière : JE FREINE POUR LES ANIMAUX.

Quand ils eurent mis leur ceinture de sécurité, elle le regarda avec l'air de s'excuser.

— Je me sentirais mieux si on allait chez moi, dit-elle.

— A Colma?

— Si ça ne te dérange pas.

— Mais c'est à une demi-heure de route!

— Il n'y a pas de problèmes de circulation dans ce sens-là.

— Et comment est-ce que je suis censé rentrer?

— Je te raccompagnerai en voiture. Écoute... Il y a quelqu'un qui habite avec moi.

Il se frappa le front du plat de la main :

— Et merde!

— C'est une fille. C'est tout à fait OK, mais elle risque de s'inquiéter si je ne suis pas rentrée.

— Pourquoi tu ne lui téléphones pas?

Elle secoua la tête :

— Brian, je m'excuse. Si tu préfères t'en aller, je comprends.

— Non. Allons-y.

— Tu n'es pas obligé, si...

— Ça va, j'ai dit qu'on pouvait y aller.

Elle mit le contact.

— J'habite dans une caravane, ajouta-t-elle pour finir. J'espère que ça ne te dérange pas?

Il fit signe que non, et fixa son regard sur la surface argentée de la baie au petit matin.

A présent il en était sûr : tout cela avait déjà eu lieu.

Les soucis d'un privé

Quand la sonnerie du téléphone retentit, Norman était occupé à engloutir un petit déjeuner constitué de rouleaux de printemps froids.

Le vacarme le fit sursauter. Dans sa petite maison, sur le toit, il n'avait pas l'habitude de recevoir des appels.

— Oui, j'écoute.

— Monsieur Williams?

Il reconnut immédiatement l'accent grinçant du Midwest.

— J'espère que c'est important, dit-il.

— Ben, je... je voulais juste savoir si ça avançait.

— Écoutez, je vous avais pourtant donné le numéro de mon bureau.

— Monsieur Williams... J'ai laissé trois messages à votre bureau ces deux dernières...

— Vous vous croyez ma seule cliente?

— Non, bien sûr, mais je ne vois pas pourquoi vous ne pourriez pas...

— Libre à vous de chercher ailleurs, si vous voulez.

Il savait qu'il ne risquait rien en disant cela. Il était à présent trop précieux à sa correspondante.

— J'ai une confiance absolue en vos...

— Pour l'instant, je travaille sur *trois* maris différents... en plus d'une affaire de gosse fugueur à Denver et tous ces gars qui trompent leurs femmes et qu'il faut que je surveille... Je vous rappelle que vous me payez à la mission. Pas à l'heure.

— Je sais.

Le ton se voulait conciliant.

— Vous auriez pu tout faire rater en appelant ici, dit Norman. Je n'ai aucune intimité dans cette cage à lapins. Il aurait pu y avoir quelqu'un à un mètre de moi qui aurait deviné toute...

— Je sais, monsieur Williams. Pardon... Pourriez-vous juste me dire si vous avez découvert quelque chose ?

Il attendit quelques instants.

— Ça avance.

— Vous croyez... ?

— Je crois que c'est bien elle.

Elle en fut toute secouée.

— Mon Dieu ! lâcha-t-elle, incrédule.

— Mais il faut que j'avance lentement. C'est très délicat.

— Je comprends.

— Vous savez, les gens tiennent à leur vie privée, ici.

— Bien sûr.

— Ce que je peux vous dire, c'est que cela ne saurait durer plus de deux ou trois semaines.

— J'espère que vous comprenez pourquoi je suis si...

296

— Écoutez... Dites-vous une chose. Vous avez déjà attendu trente ans. Un mois de plus ne devrait pas vous tuer.

— Mais vous venez de me dire deux semaines !

— Madame Ramsey !

— Très bien. Ça va. Vous avez découvert si le nom... ?

— Ouais. Bidon. C'est une anagramme.

— Anna Madrigal ? Vous voulez dire que les lettres... ?

— Oui, mais ça suffit, maintenant. Vous n'aurez qu'à lire mon rapport !

— Je ne vous dérangerai plus, monsieur Williams.

Elle raccrocha.

Ce coup de téléphone le déstabilisa pour le reste de la matinée. Combien de temps allait-il encore pouvoir faire illusion ?

On avait retrouvé le gosse de Denver il y avait des semaines, ce qui avait mis fin à l'une des affaires les plus potentiellement lucratives de toute sa carrière. La plupart de ses clients pour des recherches de personnes disparues s'étaient tournés vers des agences plus reconnues, et on ne lui avait pas proposé une seule affaire de mari infidèle depuis 1972.

Il faisait durer l'affaire Ramsey car c'était sa *seule* affaire... et il ne pouvait pas admettre la réalité de son échec.

Si les choses ne s'amélioraient pas rapidement, il allait devoir vendre des vitamines pour de vrai.

— Paul...

— Oui ?

— C'est Norman.

— Écoute, mon pote... Les épreuves ne sont pas encore prêtes. Je t'appellerai dès qu'elles le seront, OK ?

— Ce n'est pas pour ça que je t'appelle. Je me suis dit que... tu voudrais peut-être déjà fixer la date de la prochaine séance.

— Non. C'est trop tôt. En plus... je crois qu'on commence le tournage cette semaine.

— Ça paie bien ?

— Pas trop mal. Ça te tente ?

— Ouais. Je peux m'arranger.

— Il faut te prévenir combien de temps à l'avance ?

— Deux, trois jours.

— Ça va.

— Paul ? Je veux le fric d'avance.

— Tu l'auras.

Drame dans une caravane

Le terrain pour caravanes de Treasure Island était une sorte de parc sinistre juste à la sortie de l'autoroute, à la frontière entre Colma et South San Francisco. Il avait comme voisin le plus proche le cimetière de Cypress Lawn.

Alors que la Camaro de Candi quittait la bretelle d'autoroute pour pénétrer dans le parc, Brian grimaça à la vue d'une rangée hideuse d'habitations de Monopoly serpentant sur une colline lointaine.

Des rangées.

Les gens de la Péninsule se condamnaient souvent aux rangées, pensa Brian. Des rangées de maisons, des rangées d'appartements, des rangées de tombes...

Ah, mais pas dans le parc de Treasure Island. Le terrain pour caravanes de Treasure Island avait des *rues*.

En français. Bien plus classe.

Rue 1, Rue 2, Rue 3... Candi habitait dans une caravane rose délavé embourbée dans un lit de cactées, dans la Rue 8. Sur la devanture, une plaque gravée en séquoia disait : CANDI ET CHERYL.

Et c'était tout ce qu'il avait besoin de savoir.

— Euh... Candi. Il faut que je te dise quelque chose.

— Oui ?

— Je sais que tu ne vas pas me croire, mais je crois que je connais ta colocataire.

— Cheryl ?

— Est-ce qu'elle travaille aussi chez *Zim* ?

Candi sourit :

— Dans la tranche horaire du matin. C'est OK, Brian. Elle et moi nous voyons à peine.

— Candi, je suis déjà venu ici.

Elle lui serra la cuisse :

— J'ai dit que c'était OK.

Apparemment, c'était bien OK pour Cheryl aussi.

Dévorant son petit déjeuner — un bol de céréales —, elle ne parut que moyennement surprise de voir Brian entrer au bras de Candi.

— Tiens, tiens, regardez ce que le chat a ramené.

Elle était plus jeune que Candi. Considérablement. Brian l'embrassa — ce n'était pas la première fois — sur la bouche. Une bouche à la Bernadette Peters qui semblait faire la moue. S'il avait pu, il aurait volontiers échangé la vieille contre la jeune.

— Comme le monde est petit !

Elle répliqua par un sourire obscène :

— Pas particulièrement. Moi, je dirais plutôt que t'es à court de matériel.

Candi entra dans la chambre à coucher tout en accablant sa colocataire d'invectives :

— Tu es encore en retard, Cheryl. Je ne vais pas passer mon temps à inventer des excuses pour toi. Ça commence à devenir gênant.

— J'attendais ma putain de perruque, si ça ne te dérange pas !

Silence.

— Tu m'as entendue ?

La voix de la chambre à coucher se fit basse et menaçante.

— Cheryl, viens ici une seconde.

— Je termine mes céréa...

— Cheryl, nom de Dieu !

Cheryl repoussa sa chaise avec fracas, leva les yeux au ciel, et quitta la pièce. Il entendit les bruits étouffés du combat qui suivit. Quand Cheryl réémergea quelques minutes plus tard, elle portait un uniforme de chez *Zim* et les cheveux de Candi.

— Casse pas le lit, ronronna-t-elle, claquant les fesses de Brian avant de sortir.

— Brian ?

— Mmm ?

— Tu veux boire un verre ? Un Pepsi ou autre chose ?

— Hé ! Je te rappelle que t'es plus au boulot, là.

— Je pensais juste que... Enfin, tu sais, parfois, on a soif, après.

— Non, ça va.

— Est-ce que j'ai été... ? Tu me trouves aussi jolie que Cheryl ? Enfin... Je sais que je suis vieille, mais, pour mon âge ?... Est-ce que tu me trouves pas trop moche ?

Il chatouilla le lobe de son oreille et l'embrassa sur le bout du nez.

— Tu es bien mieux que ça. Même sans cette satanée perruque.

Elle rayonna.

— Tu sais quoi ? Je suis en congé toute la journée, et le réservoir de la Camaro est plein...

— Il faut que je rentre, Candi. J'attends un coup de fil.

— Ça ne prendra pas longtemps. Je pourrais te montrer un champ de citrouilles. Elles sont magnifiques à cette époque de l'année.

Il secoua la tête en souriant.

— Tu veux que je te reconduise à la maison ? demanda-t-elle.

— Il y a un bus, non ?

— Ouais. Si tu préfères. Mais ça ne me dérange pas du tout, tu sais.

Il sortit du lit.

— Je n'ai rien contre le bus, assura-t-il.

— Ça me ferait plaisir, que tu me téléphones.

— D'accord. T'es dans l'annuaire ?

Elle acquiesça.

— Alors je t'appelle.

— Le nom, c'est Moretti.

— OK.

— Avec deux *t*.

— Très bien. Je t'appelle dans une semaine.

Il quitta la caravane sans lui donner son nom de famille, mais non sans remarquer une photo encadrée sur le mur de la salle de bains.

Cheryl dans sa tunique noire de diplômée du lycée.

Candi en tenue de ville, la serrant dans ses bras.

Et une inscription : « A la meilleure maman du monde. »

Un heureux événement ?

Un brouillard wagnérien se posait sur la ville quand DeDe quitta la maison de Carson Callas dans la Porsche gris métallisé de son mari.

Terminé.

Elle frissonna rien que d'y penser. Cet immonde petit corps !... Ces ongles jaunis griffant sa chair !... Et cette chose... qu'il gardait sur sa table de nuit !...

Le secret, néanmoins, était toujours préservé, et elle doutait sérieusement que le chroniqueur exigerait d'elle une deuxième prestation. Le temps qu'elle atteigne Upper Montgomery Street, et l'horreur de l'outrage subi lui paraissait aussi éloignée dans le temps que sa vie de jeune fille.

Dans l'ascenseur qui la conduisait jusqu'au penthouse, elle ressentit presque un sentiment de noblesse. Elle avait sacrifié quelque chose, ravalé sa fierté, pour sauver son mariage, pour sauver l'honneur de toute la famille Halcyon.

— Comment étaient les baleines ? s'enquit Beauchamp.

— Comme d'habitude, mentit-elle. On essaie toujours de fixer une date pour la représentation de bienfaisance.

— Je trouve que vous auriez mieux fait de choisir la leucémie.

— Muffy fait déjà la leucémie. Ce n'est pas très original.

— Ou alors les enfants handicapés.

— Oh, mon Dieu, pas ça ! On est allés à au moins trois thés dansants pour les enfants handicapés rien que le mois passé. Au moins, avec les baleines, tu n'as pas besoin de faire de photos bras dessus, bras dessous.

Elle s'assit sur les genoux de Beauchamp et l'embrassa sur la bouche :

— On ne dirait pas que je t'ai tellement manqué.

— Je lisais.

— Tu lisais quoi ?

— Ce sur quoi tu viens de t'asseoir.

— Ah.

Elle glissa sur l'accoudoir de la bergère, pour permettre à Beauchamp de récupérer son exemplaire de *Some Kind of Hero*.

— James Kirkwood, dit-il.

DeDe examina la jaquette.

— Ça parle du Vietnam ?

— Ouais. Si on veut.

— Beauchamp ?

— Mmm ?

— Emmène-moi au lit.

— J'ai eu une longue journée, DeDe.

— Juste un câlin, OK ?

Il posa son livre à terre et lui sourit :

— OK.

— Beauchamp ?

— Mmm ?

— On s'en sort beaucoup mieux, tu ne trouves pas ?

— De quoi parles-tu ?

— De notre vie commune.

— Qu'est-ce que tu veux ? Le label du magazine *Good Housekeeping* ?

— Non, mais vraiment, je trouve...

— Un mariage, c'est la galère, DeDe... pour *tout le monde*. Les autres ne s'en sortent pas beaucoup mieux que nous. Je te l'ai dit dès le début.

— Quand même... Je crois qu'on en a appris un peu plus. Qu'on a évolué.

— Oui, si ça peut te faire plaisir.

— Ben oui, assez. Avant, je pensais que nous n'étions pas assez *mûrs* pour élever des enfants.

— Tu remets ça ?

— Quoi ? Tu dois bien admettre qu'on a résolu...

— Combien de fois va-t-il falloir que je te le dise, DeDe ? Je n'ai aucune intention d'...

— Tu ! *Tu* n'as aucune intention ? C'est *mon* corps ! Et si je *voulais* un bébé, hein ? Qu'est-ce que tu dirais, alors ?

Il se redressa, s'appuya sur le rebord du lit, et sourit d'un air satisfait.

— Comme tu voudras. Mais trouve-toi quelqu'un d'autre que moi pour te foutre en cloque.

— Tu es dégoûtant !

— Ne t'attends pas à ce que je paie un franc, ou que je vive avec ça !

— Ça ? Ce n'est pas une chose. C'est un être *humain* !

Il la transperça du regard.

— Bon Dieu ! Tu es enceinte ?

— Non.

— Alors tais-toi... Et dors. Demain j'ai une rude journée.

Une cravate qui se noue

Mary Ann passa l'heure du déjeuner au magasin Hastings, à choisir pour Norman exactement la cravate qu'il lui fallait. Ce n'était peut-être pas très délicat, elle devait le reconnaître, mais il fallait que *quelqu'un* fasse quelque chose à propos de cette hideuse cravate à clip pleine de taches de sauce.

Retournant à pied jusqu'à Jackson Square, elle avisa

un grand camion Hertz qui se garait sur Montgomery Street dans une zone commerciale.

Le conducteur, solide, s'avança d'un pas nonchalant vers l'arrière du camion et ouvrit les doubles portes.

A l'intérieur, il y avait au moins une douzaine de jeunes femmes, entassées comme du bétail. Elles égrenaient de petits rires nerveux. La plupart d'entre elles semblaient habillées pour du travail de bureau.

— OK, dit le conducteur. Placez-vous sur le monte-charge. Six à la fois.

Il retourna à l'avant du camion, tandis que les jeunes femmes attendaient docilement d'être déposées sur le trottoir. Quand la dernière d'entre elles eut quitté la plate-forme hydraulique, le conducteur leur distribua à chacune une boîte en carton, accrochée à une lanière qui permettait de se la pendre autour du cou.

Les boîtes contenaient des échantillons gratuits de cigarettes Newport Lights.

Mary Ann frissonna. C'était donc *de là* que venaient ces créatures pathétiques qui se postaient au coin des rues, et qui distribuaient des cigarettes gratuites, des pièces porte-bonheur en bois, ou des prospectus criards pour un nouveau snack-bar.

Elle se dit qu'il existait décidément des boulots pires que le sien.

Elle accéléra le pas. Elle avait déjà quinze minutes de retard.

A l'agence, elle poussa un soupir de soulagement. M. Halcyon était toujours en conférence pour Adorable.

Elle ouvrit la boîte de la cravate et examina à nouveau son achat. De la soie, avec des rayures bordeaux et bleu marine. Un peu vieux jeu... mais chic. Juste ce dont Norman avait besoin.

Elle griffonna distraitement sur un bloc-notes et aboutit à ceci :

ne les laisse pas décréter
que je suis trop jeune et toi trop âgé
car je suis assez âgée pour savoir
que tu es assez jeune pour garder espoir

Pas mal, conclut-elle. La poésie représentait une thérapie idéale, qui la ramenait aux jours plus simples du lycée de Central High, lorsqu'elle accouchait de vers angoissés, dans le style de E. E. Cummings, pour *Plume et Palette*.

Mais ce poème-ci la mettait étrangement mal à l'aise, car il touchait d'un peu trop près à cette impression de devoir se justifier de sa relation avec Norman.

Et puis d'abord, quelle relation? Jusqu'à présent, ils avaient juste échangé un baiser. Un baiser de bonne nuit parfaitement innocent, par-dessus le marché.

Mais Norman était-il comme un grand frère? A vrai dire, non... et pas exactement comme un oncle non plus.

Elle ressentait envers Norman le même sentiment qu'envers Gregory Peck quand elle avait douze ans et qu'elle avait vu *Du silence et des ombres* cinq fois... juste pour revivre cette sensation de chair de poule, de gorge sèche et de frissons qui l'envahissait dès qu'Atticus Finch apparaissait à l'écran.

Mais Norman Neal Williams n'était pas Gregory Peck.

Elle déchira le poème.

M. Halcyon était toujours en conférence quand Beauchamp se glissa furtivement dans le bureau de Mary Ann.

— Rude journée?

— Pas particulièrement, répondit-elle avec une amabilité forcée.

— On dirait que quelque chose te chiffonne.

— Ce doit être mon biorythme.

Elle ne savait pas ce que ça voulait dire, mais cela permettait de maintenir la conversation à un niveau impersonnel.

— Je peux t'inviter ce soir à boire un verre ?

Elle le dévisagea froidement.

— Non, mais je rêve ! fit-elle.

— Écoute, j'essayais seulement d'être gentil.

— Je te remercie beaucoup, mais je suis prise ce soir.

— Ah, ah ! Et où t'emmène l'heureux élu ?

Elle glissa une feuille de papier dans sa machine à écrire.

— Je ne vois pas en quoi ça te concerne, lui opposa-t-elle.

— Oh, allez, quoi ! J'aimerais savoir.

Elle se mit à taper sur son clavier.

— Dans un endroit appelé *Beach Chalet*.

— Ah !

— Tu connais ?

— Bien sûr ! Tu vas adorer : c'est là que se réunit l'Association des anciens combattants.

Elle leva les yeux pour voir un sourire moqueur se dessiner sur les lèvres de Beauchamp. Il retourna dans le couloir, d'où il la salua sèchement, disant :

— Ne fais pas une overdose de cacahuètes, ma belle !

New York, New York

Rivée au combiné de son téléphone ancien, D'orothea maniait un Mont-Blanc à pointe dorée comme un bâton de chef d'orchestre.

Elle était de nouveau en ligne avec New York.

Pour la quatrième fois en deux jours.

Mona l'observait dans un silence cynique, confortablement recroquevillée sur leur nouveau sofa Billy Gaylord en cuir suédé. Elle en avait assez de devoir rivaliser avec New York.

— Oh, Bobby, s'écria D'orothea, ça fera trois fois ce mois-ci que tu emmènes Lina au *Toilet*... Oui, je sais, mon chou, mais... Non, écoute, Bobby. Une fois, c'est délicieusement dépravé, mais trois fois, c'est carrément *malsain*... C'est pas comme au *Anvil*. Le *Anvil* était drôle, dans le temps ! Je veux dire : Rudi y allait... J'ai jamais vu ça... Non, Bobby, c'est faux. Je ne les ai jamais rien vus faire avec le poing... En tout cas, le *Toilet* est un endroit tout simplement *crade*. J'y ai foutu en l'air une paire de pompes Bergdorf Goodman quasiment neuve...

D'orothea continua ainsi pendant dix minutes. Quand elle raccrocha, elle sourit à Mona en signe d'excuse.

— Putain, je me suis tirée juste à temps : New York atteint des sommets dans le scabreux.

— C'est pour ça que tu as besoin d'un rapport détaillé tous les soirs ?

— Pas *tous* les soirs.

— On a de la perversité ici aussi, tu sais... Et puis d'abord, c'est quoi cette saloperie d'endroit, le *Toilet* ?

— Un bar.

— Évidemment.

— Il est dans le *Vogue* de ce mois-ci.

— Comme c'est maladroit de ma part de...

— Hé, mais qu'est-ce que t'as, Mona ?

— J'en ai marre d'entendre parler de New York, c'est tout. Tu es revenue ici, mais j'ai plutôt l'impression...

— Non, Mona, c'est pas ça. Tu broies du noir. Il y a quelque chose qui te tracasse.

— Je ne broie pas du noir. Je suis toujours comme ça.

— Je crois que Michael te manque.

— Épargne-moi ton analyse.

— Chérie, si on n'en parle pas...

— Ce n'est rien. Je suis de mauvaise humeur. Laisse tomber.

— Moi aussi, je me sens un peu claustro. Viens, on va se balader !

A Barbary Lane, Brian Hawkins faisait bouillir un sachet de *chow-mein* surgelé. Dès que ce fut prêt, il l'engloutit, assis à la table de la cuisine, en parcourant son courrier.

Pas grand-chose. Un prospectus pour une nouvelle pizzeria. Une circulaire de la Ligue urbaine de Chicago. Une enveloppe rose criard, au dos de laquelle était inscrit « Parc de Treasure Island ».

L'enveloppe contenait une carte ornée d'une nymphette aux airs mielleux qui regardait niaisement par une fenêtre.

Cher Brian,

Chez Perry, *ils m'ont donné ton adresse. J'espère que ça ne te dérange pas. Je voulais juste te dire que j'ai passé un moment formidable avec toi. Tu es vraiment quelqu'un de gentil, et j'espère que tu m'appelleras bientôt. Moi, je ne t'appellerai pas car je ne suis pas une mégère ! Ha, ha ! Non, sérieusement, tu es vraiment un mec bien. Ne te sens pas obligé de me répondre.*

Je t'aime,

Candi.

Au lieu d'un point sur le *i* de Candi, elle avait dessiné un petit visage souriant.

Il jeta le courrier à la poubelle, laissa la vaisselle sale dans l'évier, et retourna dans sa chambre pour se rouler un joint. Il lui restait un peu de Maui Wowie. Assez pour obtenir l'effet désiré, en tout cas.

Il se coucha sur le dos, sur son sofa, et fit l'inventaire des petites histoires foireuses de ces six derniers mois. Mary Ann Singleton, qui le tourmentait *toujours*... Connie Bradshaw, un véritable musée du kitsch... La gonzesse des bains turcs... Et maintenant, un tandem mère et fille !

Il rit de lui-même à haute voix.

Soit il était masochiste, soit le bon Dieu était sadique !

Quelques minutes plus tard, il se releva et enfila un Levi's avec une chemise militaire kaki. Il s'approcha de la porte, s'arrêta, et revint sur ses pas pour se rouler un autre joint.

Puis il dévala les escaliers jusqu'au premier étage et appuya sur la sonnette de Michael.

Pleine lune à Seacliff

Jon Fielding ne put s'empêcher de ressentir une pointe de jalousie quand le domestique des Hampton-Gidde lui offrit un champignon farci.

Harold était une véritable *trouvaille*.

Efficace, courtois et intelligent. Avec juste ce qu'il fallait de teint café au lait et de tempes grisonnantes pour lui donner l'air d'un vieux serviteur de famille... un serviteur en trop que Madame Mère avait expédié de Bar Harbor.

— C'est une perle, dit Jon à Collier Lane dès qu'Harold se fut éloigné.

Collier approuva :

— Il est parfait. Une sorte d'Oncle Ben homo.

— Il est homo ?

— Y a intérêt. C'est lui qui montre les films.

— Ici ?

— Juste là. Devant cette œuvre de Claes Oldenburg qui ressemble à deux sacs de supermarché. Un écran descend. Ils passent *Garçons dans le sable* après les cigares et le brandy.

Les Hampton-Gidde, constata Jon, n'avaient pas lésiné sur les moyens. Des murs marron en cuir suédé. Un casier en chrome pour les bûches de la cheminée. Du marbre à perte de vue, et un système d'éclairage qui aurait parfaitement fait l'affaire pour une petite représentation d'*Aïda*.

Le médecin sourit à son ami avocat :

— Quelqu'un m'a dit qu'ils avaient même branché la télévision sur un variateur de lumière.

Collier sourit à son tour :

— Toute leur vie est branchée sur un variateur de lumière.

Il y avait huit personnes au dîner. Rick Hampton et Arch Gidde (les Hampton-Gidde), Ed Stoker et Chuck Lord (les Stoker-Lord), Bill Hill et Tony Hughes (les Hill-Hughes). Et Jon Fielding et Collier Lane.

Jon et Collier se réfugièrent dans la salle de bains en onyx noir des Hampton-Gidde.

— Merde, Jon, tu n'en as pas marre d'entendre parler de cuisines rénovées ?

— Tiens, sniffe une ligne, dit le médecin. Les choses passent mieux avec de la coke.

Les Hampton-Gidde avaient mis la cocaïne à la disposition de leurs invités. Dans la salle de bains uniquement. A l'abri du regard des serviteurs. Collier sniffa une ligne.

— Si on allait au sauna ? dit-il en se redressant.

— On ne peut pas s'en aller comme ça.

— Pourquoi pas ? Je m'emmerde à crever.

— Alors prends une autre ligne.

— Et puis où sont les beaux mecs, d'abord ? Ils ont généralement la décence de placer un ou deux beaux mecs décoratifs... Merde quoi, on ne va pas gâcher une soirée entière à regarder ces vieilles tantes Gucci fatiguées.

— Je ne peux pas partir maintenant. Après le film, peut-être...

— J'emmerde le film ! Si on passait plutôt à l'acte ! C'est la pleine lune, aujourd'hui ! Tu t'imagines ce que ça doit être aux bains... ?

Jon pinça la joue de Collier.

— Pense à nos obligations sociales, espèce de rustre.

— Tu es un dégonflé, Fielding.

Jon sourit.

— Prends une douche froide. Ça te calmera.

— Bref ! dit William Devereux Hill III en passant les endives braisées à Edward Paxton Stoker Junior. Tony et moi, nous avons vérifié dans le Registre mondain de Saint Louis, et ils n'y figurent pas. Aucun des deux.

— C'est pas vrai ?

— Et franchement, ma chérie, à Saint Louis, ce n'est pas *si* difficile !

— Que dirais-tu du 8 ? demanda Archibald Anson Gidde.

Charles Hillary Lord vérifia dans son agenda Hermès en cuir noir.

— Désolé. Edward emmène Mme Langhurst écouter Edo, ce soir-là. Une fois de plus, je me retrouve veuve philharmonique.

— Et le mercredi suivant ?

— C'est notre nuit ACT.

— J'abandonne.

— C'est fou, non ? soupira Charles Hillary Lord.

— Comment va ton p'tit lapin ? s'enquit Richard Evan Hampton, décochant un sourire goguenard à Jon Philip Fielding par-dessus la table en marbre.

— Qui ça ?

— Ton p'tit lapin en slip. Au *Endup*.

— Oh... Ça fait un bout de temps que je ne l'ai pas vu.

— Oui, ce n'était pas vraiment ton type.

— Ah bon ?

— Tu connais beaucoup de mecs convenables qui s'inscrivent à des concours de danse en slip ?

— Je connais au moins celui-là, Rick. Et je l'appréciais.

— Oh, excuse-moi !

— Non, c'est moi qui m'excuse.

— De quoi ?

— C'est la pleine lune, monsieur Hampton, et j'en ai plus qu'assez de cette réunion de grandes duchesses. Messieurs, veuillez m'excuser.

Il repoussa sa chaise, se leva, et fit un signe de la tête à son ami.

— Je prends un taxi, dit Jon.

— Surtout pas ! Je te conduis, lui renvoya Collier.

Ils transportèrent leurs blazers Brioni au sauna.

Norman avoue

Après trois verres de vin blanc au *Beach Chalet,* Mary Ann, dans l'atmosphère rustique du bar, se sentit plus à l'aise.

— J'aime bien cet endroit, confia-t-elle à Norman en toute sincérité. Ce n'est pas du tout prétentieux.

Beauchamp pouvait aller au diable avec ses plaisanteries de snob sur l'Association des anciens combattants.

— Je me disais que tu aimerais les peintures murales, hasarda Norman.

— Quelles peintures ?

— Sur le mur.

— Ah... oui, elles sont magnifiques. Art nouveau, non ?

Norman confirma.

— Sacré Roosevelt. C'est grâce à lui et à ses subventions que... Hé, si on allait faire une balade sur la plage ?

L'idée n'enthousiasmait guère Mary Ann. Dehors, il faisait froid, et une atmosphère réellement douillette se dégageait, autour d'elle, de ces enseignes lumineuses et de ces clients en veste de bowling adossés au bar.

Elle lui sourit :

— Tu veux vraiment ?

— Oui.

— Norman, il y a quelque chose qui ne va pas ?

— Non, non. J'ai juste envie de me promener.

— D'accord.

Il sourit et lui toucha le bout du nez.

Elle prit le bras de Norman dès qu'ils atteignirent le sable, laissant sa chaleur la réconforter. Sous la pleine lune, la Cliff House luisait comme un manoir dans les romans de Daphné Du Maurier.

Elle fut la première à rompre le silence.

— Tu as quelque chose à me dire?

— J'aimerais... Non.

— Vas-y, Norman.

— J'aimerais être plus beau.

— Norman!

— Le fait d'être vieux ne me dérangerait pas si... Oh, tant pis!

Elle s'arrêta de marcher, et l'obligea à faire volte-face.

— Premièrement, Norman, tu n'es pas vieux! dit-elle. Tu n'as aucune raison de passer ton temps à t'excuser. Deuxièmement, tu es un homme fort, viril et... très attirant.

Il continua comme s'il n'avait rien entendu:

— Pourquoi est-ce que tu sors avec moi, Mary Ann?

Elle leva les bras au ciel et gémit:

— Tu ne m'écoutes même pas.

— Beaucoup d'hommes te désirent, tu sais. J'ai vu la manière dont Brian Hawkins te regarde.

— Oh, je t'en prie!

— Tu ne trouves pas Brian séduisant?

— Brian Hawkins pense que chaque femme qui couche avec lui est une...

Elle s'interrompit brusquement.

— Une quoi? demanda-t-il.

— Norman...

— Une quoi?

— Une pute.

— Ah.

— Norman... J'aimerais pouvoir te montrer toutes tes qualités.

— Ne te fatigue pas.

— Norman, tu es quelqu'un de gentil, d'atten-tionné, et tu crois en beaucoup de... valeurs traditionnelles. Et tu ne me donnes pas l'impression d'être constamment hors du coup.

Il partit d'un éclat de rire amer.

— C'est parce que je suis encore plus hors du coup que toi, lança-t-il.

— Ce n'est pas ce que j'ai dit. Et puis, dis donc, je te remercie !

— Tu crois que je pourrais te rendre heureuse, Mary Ann ?

Et voilà, on y était : juste ce qu'elle craignait de l'entendre dire.

— Norman, répondit-elle, je passe toujours de bons moments avec toi.

— Ce n'est pas ce que je demandais.

— On ne se connaît pas depuis très longtemps.

La réplique était si débile qu'elle regretta immédiatement d'y avoir eu recours. Elle étudia son visage pour évaluer les dégâts. Il semblait lutter intérieurement. Ses traits s'étaient étrangement déformés.

— Mary Ann, avoua-t-il soudain. Je ne vends pas de comprimés.

— Quoi ?

— Je ne suis pas vendeur de vitamines. J'ai uniquement dit ça pour... comme ça.

— Mais alors la... ?

— Je suis sur le point de gagner beaucoup d'argent. Je vais pouvoir t'acheter tout ce que tu veux. Je sais que là, maintenant, je dois avoir l'air d'un raté, mais...

— Norman, dit-elle aussi gentiment que possible. Je ne veux pas que tu m'achètes quoi que ce soit.

Son visage se décomposa complètement. Il la fixa d'un regard empli de désolation.

— Norman... commença-t-elle.

Puis elle réajusta sa nouvelle cravate :

— Elle te va très bien.

— Je te ramène, dit-il.

— Je t'en prie, ne te sens pas...

— Ça va. Parfois... j'en veux un peu trop.

Il ne dit presque rien sur le chemin du retour.

Les silences de D'or

Sur la pente obscure d'Alta Plaza, une cabine télé-phonique fluorescente luisait comme un ectoplasme. Mona et D'orothea flânaient vers l'ouest de la ville, gravissant Jackson Street.

Mona frissonna :

— Quel endroit sinistre, pour donner un coup de fil !

— Tu as peur du noir ?

— Ça m'a toujours terrifiée.

— Je n'aurais jamais deviné.

— Je croyais que tout le monde avait peur du noir. C'est la seule chose qui nous distingue des animaux.

D'or sourit.

— Moi, ça ne me fait pas peur. « Black is Beautiful », n'oublie pas.

— Ouais. A toi, ça te va.

D'or cessa de marcher et prit les mains de Mona dans les siennes.

— Chérie... Est-ce que tu...

— Oui ?

— Rien.

D'un geste de la main, elle sembla vouloir chasser ses idées et elle recommença à marcher.

— Rien d'important, reprit-elle.

Mona fronça les sourcils :

— Ça, je déteste, dit-elle.

— Quoi, chérie ?

— La manière dont tu passes sous silence tout ce que tu me crois incapable d'encaisser.

— Je ne voulais pas avoir l'air...

— Putain, je ne suis pas si fragile que ça ! Tu ne penses pas que tu pourrais *partager* un peu plus ?

— Très bien.

D'or semblait vexée.

— Et je n'ai pas besoin de t'entendre dire que tu m'aimes. Je *sais* que tu m'aimes, D'or. Mais il se trouve que... tu ne te confies pas à moi. Parfois, j'ai l'impression de vivre avec une inconnue.

Silence.

— Pardon, ajouta-t-elle. Mais tu m'avais demandé ce qui me tracassait.

— Tu veux déménager. C'est ça ?

— Non ! Je ne m'attendais pas à des miracles, D'or... Jamais. J'ai juste...

— C'est à cause du sexe ? Je t'ai dit que pour moi ça n'avait pas d'importance...

— D'or... Je t'aime beaucoup.

— Aïe.

— Ben ouais. Merde, c'est déjà beaucoup, non ? Je ne suis même pas certaine d'avoir besoin d'une relation physique. Que ce soit avec un homme *ou* avec une femme. Parfois même, j'ai l'impression que je pourrais me contenter de cinq amis proches.

Elles marchèrent en silence pendant plusieurs minutes. Puis D'orothea demanda :

— Bon, alors qu'est-ce qu'on fait ?

— D'or, je veux rester.

— Mais je dois m'améliorer, c'est ça ?

— Je n'ai rien dit de tel.

— Écoute, Mona... Il y a sûrement quelque chose de précis qui te fait râler.

Mona la dévisagea furieusement et se débonda :

— Tu crois vraiment que ma fonction dans la vie est de rester plantée sur mon cul toute la journée pendant que toi tu te fais cent briques avec le fils de pute qui m'a foutue à la porte ?

— Mona... Je pourrais parler à Edgar Halcyon...

— Fais ça et je me tire sur-le-champ !

— Bon, alors *quoi* ? Qu'est-ce que tu veux que je fasse ?

— Je ne sais pas... Je me sens coupée de toi. Et puis je ne supporte pas l'idée de devoir ressembler un jour à l'une de ces petites vieilles aux cheveux mauves qui cachent des sprays d'autodéfense dans leurs sacs pour aller promener leurs sales caniches dix fois par jour...

— Je n'y peux rien...

— Tu pourrais me laisser partager ta vie, D'or, me présenter à tes amis... A ta famille, aussi. Tu te rends compte ? Tes parents sont à Oakland et je ne les ai encore jamais vus !

Le ton de D'orothea devint glacial :

— N'entraîne pas mes parents dans cette histoire.

— Ah !

— Je peux savoir ce que ce « Ah ! » signifie ?

— Il signifie que tu es pétrifiée à l'idée que papa et maman découvrent que t'es une gouine !

— Pas du tout.

— Alors quoi ?

— Je... ne parle plus à mes parents. Je ne leur ai pas adressé un seul mot depuis que je suis rentrée de New York. Pas un seul.

— Je ne te crois pas.

— Est-ce que tu m'as vue le faire ? Quand leur ai-je parlé ?

— Pourquoi, D'or ?

— Et toi, à quand remonte ta dernière conversation avec ta mère ?

— C'est différent. Elle est à Minneapolis. Pour toi, ça pose moins de problèmes...

— Mona, tu n'as pas la moindre idée des problèmes que ça pose.

Mona arrêta de marcher et lui fit face.

— Écoute, je sais que tu es probablement bien plus...

Elle s'interrompit.

— Bien plus quoi ?

— Je ne sais pas... plus sophistiquée qu'eux ?

D'orothea partit d'un rire triste :

— Si ce n'était que ça ! répliqua-t-elle.

— Alors c'est quoi ? Est-ce que j'ai l'air si snob que ça ? J'ai fait deux trois trucs pour le tiers-monde, tu sais !

— Mona, mon père est pâtissier dans l'usine de friandises Twinkie !

Mona se retint de sourire.

— Je ne te crois pas, lâcha-t-elle.

— Arrête avec ça, OK ?

— Non ! Tu ne me crois pas capable de parler à des gens âgés et noirs, n'est-ce pas ? Raciste *et* agiste, malgré moi !

Silence.

— C'est ça, hein ?

— Je trouve que tu es quelqu'un de très ouvert. Et maintenant fous-moi la paix, OK ?

Mona ne dit plus rien.

Sa conscience libérale, cependant, ne lui permettait pas de mettre la question de côté.

Elle creuserait cette histoire... Il ne devait pas y avoir des centaines de Wilson travaillant à l'usine Twinkie...

Le visiteur de Michael

Michael faisait son lit quand la sonnette retentit. Il accéléra la cadence, et rit de se voir faire. Il ne faisait pas son lit pour *lui-même*. Il le faisait pour les autres... ou dans l'attente des autres.

La même raison, en fait, qui le poussait à garder les toilettes propres et une brosse à dents neuve dans le placard de la salle de bains. On ne sait jamais quand exactement on devra auditionner pour le rôle de bonne ménagère.

Il ouvrit la porte à la deuxième sonnerie, préparé à servir une fois de plus d'oreille attentive à Mary Ann.

— Brian !

— Je... ne t'interromps pas dans quelque chose ?

— A vrai dire, Casey Donovan est en train de se languir dans mon boudoir.

— Ah, je suis...

— Je plaisante, Brian. Excuse-moi, c'est un peu ésotérique. Qu'est-ce que je peux faire pour toi ?

— Euh, rien... Je... Il me reste un peu de Maui Wowie. J'ai pensé que ça te dirait de fumer un pétard et de... entrer en relation pendant un moment.

Quelle expression pittoresque ! pensa Michael. « Entrer en relation. » Les hétéros ne sont toujours pas remis de la période hippie !

L'herbe fit rapidement son effet.

— Mince, dit Michael. Combien ça coûte, ce truc ?

— Deux cents le sachet.

— Tu charries !

— Je te jure.

— Je ne sens plus mes dents.

— Pour ce qu'elles te servent !...

Michael pouffa de rire :

— Tu l'as dit! Ce truc vient de la région?

— Non. Los Angeles.

— Sacrée Lah!

— Hein?

— Lah. *L.A...* tu piges?

— Ah... ouais.

— L.A. devient Lah. S.F., Sif.

— Putain!

Ils éclatèrent de rire.

— Merde, Brian, encore une bouffée et je verrai Dieu.

— Trop tard. Il a déménagé à Lah.

— Dieu est à Lah?

— A qui tu crois que je l'ai acheté?

— Parfois, dit Brian, j'ai le sentiment que notre vieux rêve de la Nouvelle Moralité est passé. Tu vois ce que je veux dire?

— Plus ou moins.

— Enfin... Je veux dire... Qu'est-ce qu'il en reste? Tu vois?

— Ouais.

— Des mecs et des nanas, des nanas et des nanas, des mecs et des mecs.

— Exactement.

— Mais maintenant... tu vois... c'est le retour du pendule.

— Ouais... le putain de pendule.

— Tu sais, Michael... je crois que... je crois que tout ça va se terminer, mon vieux.

— Quoi?

— Tout ça.

— Sodome et Gomorrhe, hein?

— Peut-être pas aussi... dramatique, mais quelque chose comme ça. On sera... enfin je veux dire, des gens comme toi et moi... on sera de vieux libertins de cinquante ans dans un monde rempli de calvinistes de vingt ans.

Michael grimaça :

— La passion dans les têtes... mais nulle part ailleurs ! dit-il.

— Ouais... Est-ce que tu bandes ?

Le cœur de Michael cessa de battre.

— Euh...

— Moi, l'herbe, ça me fait toujours bander.

— Ouais... je connais ça.

— Pourquoi est-ce qu'on... ne règle pas ça tout de suite ?

La pièce était tellement silencieuse que Michael pouvait entendre les poils de Brian pousser sur sa poitrine.

— Brian... C'est plutôt... compliqué, non ?

— Pourquoi ?

— Pourquoi ? répéta Michael. Eh bien, je... Toi et moi, on n'est pas vraiment du même bord.

— Et alors ? Il doit bien y avoir un endroit dans cette putain de ville où on trouve des gonzesses hétéros et des mecs homos ?

— Tu veux qu'on aille... draguer ensemble ?

— Plutôt excitant comme perspective, non ?

Michael le regarda pendant plusieurs secondes, avant de laisser un sourire se dessiner lentement sur ses lèvres.

— T'es vraiment sérieux ?

— Et comment !

— C'est complètement pervers.

— Je savais que ça te brancherait.

— Peut-être qu'on pourrait faire rompre un couple, dit Michael en prenant ses airs de Pan.

Trois hommes au sauna

Quittant la demeure des Hampton-Gidde, Jon remplit ses poumons du brouillard purificateur qui avait débordé de la baie dans Seacliff.

Collier lui sourit.

— Je savais que tôt ou tard tu ferais une overdose.

— Ta gueule.

— T'as toujours ce petit Tolliver dans la tête, hein ?

— Je n'ai personne *dans la tête,* Collier. J'en ai juste marre de ces conversations de pétasses sur les minets. C'est leur façon à elles de jouer aux phallocrates !

— Est-ce que je peux envoyer ça au dictionnaire des citations ?

— Concentre-toi sur la route.

— On va au sauna, donc ?

— C'est ça que tu veux, non ?

— Je peux te déposer chez ton p'tit mec ?

— Collier, si tu me parles encore une seule fois de lui...

— Bon. Direction le sauna, milord.

Tout au long du trajet jusqu'à la 8ᵉ Avenue et Howard Street, Jon garda le silence. Il haïssait ces moments où l'esprit étriqué des Hampton-Gidde et le désœuvrement des Michael Tolliver semblaient tous deux inapplicables à sa propre vie.

Dans des moments pareils, le sauna offrait une issue facile.

Discret, sans passion, sans engagement. Il pouvait s'y défouler à gauche et à droite pendant une heure ou deux, et puis retourner sans une tache à sa profession de médecin.

Il n'avait d'ailleurs pas vraiment le choix.

Les décorateurs, les coiffeurs et les shérifs adjoints : à San Francisco, on *attendait* d'eux qu'ils soient gays.

Mais qui voudrait d'un gynécologue gay ?

La plupart des femmes, avait-il remarqué, attendaient de leur gynécologue un certain détachement quand il s'occupait de leur anatomie intime. Elles ne s'attendaient *pas,* en revanche, à ce que ce détachement vienne facilement. Au fond de leur cœur logeait le minuscule espoir qu'elles rendaient le pauvre bougre cinglé.

Pas d'homos en obstétrique-gynéco.

Le salon télé était plein à craquer de tarzans en serviette.

Pour une fois, ils étaient véritablement absorbés par la télévision.

— Oublie la backroom, lança Collier. Elle se vide, pendant *Mary Hartman.*

Jon sourit. Il se sentait déjà mieux.

— J'ai faim, de toute façon. On n'a pas dépassé le stade de l'endive braisée, je te le rappelle.

Ils réchauffèrent deux hot-dogs au micro-ondes, se moquant de l'avertissement obligatoire sur les pacemakers. Un pacemaker au *Club Baths* était à peu près aussi fréquent que le poppers dans un couvent.

Puis ils se séparèrent, chacun à la recherche de sa propre aventure au Pays des Merveilles.

Jon rôda dans les couloirs pendant un quart d'heure, et opta finalement pour un beau ténébreux, dans une cabine près des douches, qui se reposait sur ses coudes.

Il avait gardé sa serviette et laissé la lumière allumée.

Un bon signe, pensa Jon. Les cas désespérés éteignaient immanquablement la lumière et enlevaient leur serviette.

Quand ils eurent terminé, Jon dit :

— Fais-moi signe si tu veux que je parte.

— Tu peux rester, répondit l'homme aux cheveux bruns.

— Ça fait du bien de se reposer.

— Ouais. C'est la cohue, là, dehors.

— Pour cause de pleine lune.

— Je préfère les soirées plus calmes. Parfois, je viens ici seulement pour m'évader.

— Moi aussi.

L'homme aux cheveux bruns mit ses mains derrière la tête et fixa le plafond.

— Je n'avais même pas particulièrement besoin de baiser, ce soir.

— Moi non plus. En général, j'essaie de me dire que je viens pour la vapeur, mais ça tourne toujours autrement.

L'homme rit.

— Quelle coïncidence !

Jon se releva.

— Bon, ben je crois que je vais...

— Je peux t'offrir un café ?

— Non merci. Je suis ici avec un ami.

— Un amant ?

Jon rit :

— Oh, non !

— Est-ce que tu fais partie des gens... joignables ? demanda l'homme.

— Bien sûr !

— Je peux te donner mon numéro de téléphone ?

Jon acquiesça, et lui tendit la main.

— Je m'appelle Jon.

— Salut. Moi, c'est Beauchamp.

La drague au Stud

Pour sa sortie nocturne avec Brian, Michael choisit finalement le *Stud*. Le bar de Folsom Street était un véritable marché du sexe, et sa décoration pseudo-écologique intimiderait Brian probablement moins que les autres.

« Ça lui rappellera peut-être même Sausalito. »

— Ça me fait penser au *Trident,* lâcha-t-il quand ils franchirent la porte.

Michael sourit.

— C'est le code des années soixante-dix, non ? Ce que tu fais n'a pas d'importance, à condition que tu le fasses dans un endroit qui ressemble à une grange.

— Putain ! Vise un peu ces nichons, là, au bar !

— Ouais ! Il doit faire de la muscu depuis l'âge de treize ans, celui-là !

— La gonzesse, Michael !

— Eh ! fit Michael. Tu regardes tes nichons ; moi, je regarde mes pectoraux !

Les autres clients étaient nonchalamment regroupés autour du bar central, certains en grappes de trois ou quatre. Ils lançaient de petits éclats de rires spasmodiques, pendant que sur scène un groupe minable imitait Kenny Loggins en train de chanter *Back to Georgia.*

— Voilà ce qu'on va faire, dit Michael en aparté. Si je tombe sur quelque chose qui pourrait t'intéresser, je te l'envoie.

— Pas quelque chose, Michael. Quelqu'un.

— Oui. Et toi tu fais la même chose pour moi.

— T'en fais pas.

— Quelque chose t'a déjà tapé dans l'œil ?

— Ouais. Nichons d'Or, tout là-bas.

— Tu vas d'abord devoir te débarrasser du type qui l'accompagne.

— Il est peut-être homo ?

— Ne rêve pas. Il est hétéro.

— Comment tu sais ?

— Regarde la taille de son cul, Brian !

— Les homos n'ont pas de gros culs ?

— S'ils en ont un, ils ne vont pas dans les bars. Ça, c'est *l'autre* code des années soixante-dix.

La femme qui s'assit à côté de Brian portait un T-shirt beige qui titrait GARCE en discrètes lettres brodées.

— Vous êtes ensemble, toi et ce mec ? s'enquit-elle.

— Ouais. Enfin, pas exactement. Il est gay et moi je suis hétéro.

— Ça doit être agréable, pour toi.

— Ce n'est pas ce que je voulais dire. Michael est un ami.

— Et qu'est-ce que tu fais ?

— Avec Michael ?

— Non. Dans la vie.

— Je suis serveur. Chez *Perry*.

— Ouh là. Dur-dur !

Il en fut contrarié.

— Ah bon ? dit-il.

— Enfin je veux dire... c'est assez... plastique, non ?

— Moi, j'aime bien, mentit-il.

Il n'allait pas laisser une connasse en T-shirt GARCE traiter son boulot de toc.

— Moi, je travaille pour Francis.

— Le Mulet Parlant ?

Elle leva les yeux impatiemment :

— Ford Coppola.

Michael attendait seul au bar quand Brian vint le rejoindre.

— Ça marche ?

Brian but une gorgée de bière.

— J'ai préféré me casser, dit-il. Elle était bizarre.

— Comment ça ?

— Oh, laisse tomber.

— Allez. Je veux les détails. Esclave et Discipline ?
Sports aquatiques ? Draps en satin ?

— Elle voulait savoir si j'aimais... les cockrings.

Michael faillit hurler :

— Tu déconnes ?

— A quoi ça sert, ces trucs-là ?

— Les cockrings ? Alors... attends voir. C'est une
espèce d'anneau en acier... environ grand comme ça...
parfois il est en bronze ou en cuir... et tu le mets autour
de ton... engin.

— Et quel est l'intérêt de faire ça ?

— Ça permet de bander plus longtemps.

— Ah.

— La vie n'est-elle pas intéressante ?

— Et t'en as un, toi ?

Michael rit.

— Certainement pas.

— Pourquoi ?

— Ben... ça fait un truc de plus à ne pas oublier. Je
n'arrive déjà pas à garder une paire de lunettes solaires
plus d'une semaine.

Il éclata de rire en pensant soudain à quelque chose :

— Je connaissais un mec... un courtier très convenable, d'ailleurs... qui en portait un constamment. Mais
il s'est débarrassé assez rapidement de cette habitude.

— Qu'est-ce qui s'est passé ?

— Il devait aller à une conférence à Denver en
avion, et on l'a arrêté à l'aéroport quand il est passé
par le détecteur de métaux.

— Merde ! Qu'est-ce qu'ils ont fait ?

— Ils ont ouvert sa valise et ont découvert ses jam-
bières en cuir noir !

Brian siffla en secouant la tête.

— Il n'est pas trop tard pour une tasse de café chez *Pam-Pam*.

— OK, mec. Ça sera avec plaisir.

DeDe rue dans les brancards

Peu après sept heures, Beauchamp tituba hors de son lit, jusqu'à la salle de bains.

DeDe se retourna et continua à respirer profondément, feignant d'être endormie.

Cette fois-ci, elle ne voulait plus entendre son excuse. Elle était assommée d'excuses, vidée par tous les efforts qu'elle avait consentis pour continuer à le croire.

Il était rentré à quatre heures du matin. Point à la ligne.

Il n'y avait pas forcément Une Autre Femme, mais il y avait indubitablement d'autres femmes.

Sa réaction à cet état de choses se devait d'être vigoureuse, raisonnée, et intrinsèquement féminine. Elle essaya de s'imaginer comment Helen Reddy aurait réagi.

Le téléphone la réveilla à neuf heures quinze.

— Allô... fit-elle.

— Tu dormais, ma chérie ?

— Pas vraiment.

— Tu as l'air déprimée.

— Ah ?

— Voilà. Je t'appelle à propos de ce que tu sais... C'est une petite procédure toute simple, et tu...

— Binky, j'...

— On n'en est plus à l'époque du vieux cintre rouillé !

— *Ça va,* Binky !

Silence.

— Binky... Je m'excuse, OK ?

— Je comprends.

— J'ai eu une mauvaise nuit.

— Bien sûr. Dis, j'en ai une juteuse à te raconter ! Tu veux l'entendre ?

— Je suis tout ouïe.

— Jimmy Carter est un Kennedy !

— Euh... Tu peux répéter ?

— N'est-ce pas la rumeur la plus *savoureuse* que tu aies entendue depuis des mois ?

— Je dirais plutôt la plus fétide.

— Écoute... Je ne fais que répéter ce que tout le monde racontait chez les Stonecypher hier soir. Apparemment, on a acheté le silence de certaines personnes pour être sûr que...

— Mais de quoi est-ce que tu parles ?

— Miss Lillian était la secrétaire de Joe Kennedy.

— Quand ça ?

— Oh, ma chérie, ne sois pas si rabat-joie. Moi, je trouve cette histoire absolument divine.

— Divine, oui.

— Ça expliquerait toutes ces *dents,* non ?

Quand elle parvint enfin à se détacher du téléphone, DeDe frissonna et entra dans la salle de bains.

Une demi-heure de conversation avec Binky lui faisait le même effet que de manger un kilo de chocolats en une fois.

Elle évita soigneusement la cuisine, puis enfila à la hâte un pull-over en cachemire et un Levi's, emportant par précaution sa veste en daim Ann Klein.

Elle voulait marcher. Et réfléchir.

Comme d'habitude, elle alla jusqu'aux Filbert Steps, où les petites maisons de contes de fées et les impasses en pente constituaient un décor Walt Disney idéal pour ses malheurs.

Elle s'assit sur le passage en planches de Napier Lane, et observa les chats du quartier qui déambulaient au soleil.

Il était une fois un chat qui s'était assoupi au soleil et qui avait rêvé d'être une femme endormie au soleil. Lorsqu'il se réveilla, il ne parvenait plus à se rappeler s'il était un chat ou une femme.

Où avait-elle entendu cela ?

Aucune importance. Elle ne se sentait ni chat ni femme.

Toute sa vie, elle avait fait ce qu'on attendait d'elle. Elle avait glissé, sans même un battement de cils, de l'autocratie bienveillante d'Edgar Halcyon à la tyrannie flasque de Beauchamp Day.

Son mari la dominait tout autant que l'avait fait son père, la manipulait avec des sentiments de culpabilité, des promesses de regain d'amour et la crainte de la répudiation. Elle n'avait jamais rien fait pour elle-même.

— Allô, docteur Fielding ?
— Oui ?
— Je suis désolée de vous déranger chez vous.
— Ce n'est rien. Euh... A qui ai-je l'honneur ?
— DeDe Day.
— Ah. Comment allez-vous ?
— Je... J'ai pris une décision.
— Bien.
— Docteur Fielding, je garde le bébé.

Le docteur est là

Beauchamp décida de boire son déjeuner chez Wilkes Bashford.

Là, au milieu de la vannerie, des matériaux plastique translucides et des murs plâtrés, il vida trois Negroni, tout en essayant une paire de bottes Walter Newberger à 225 dollars.

Walter Newberger en personne les lui enfila.

— Comment vous sentez-vous ? demanda le styliste.

— Divin, répondit Beauchamp. Juste ce qu'il faut de Campari.

— Les *bottes,* Beauchamp. Vous *pouvez* vous lever, n'est-ce pas ?

Beauchamp lui adressa un sourire espiègle :

— Seulement si c'est indispensable... Pardon, où est votre téléphone ?

— Il y en a un dans la salle des miroirs.

Beauchamp marcha gaiement jusqu'à la salle des miroirs et forma le numéro du bureau de Jon au 450 Sutter.

— Salut, blondinet.

— Bonjour.

— Dis, beauté, je suis dans le quartier. Pourquoi est-ce qu'on ne se louerait pas une chambre au *Mark Twain* pour une petite sieste ?

— Je suis occupé, en ce moment. Si vous pouviez appeler ma secrétaire plus tard, je suis sûr...

— Ah, j'ai pigé !

— Bien.

— Il y a une patiente dans ton cabinet ?

— C'est exact.

— Elle est mignonne ?

— Je regrette... Je ne peux pas parler de...

— Ooooh... Allez, quoi! Dis-moi juste si elle est mignonne.

— Je dois vous interrompre.

— Elle n'est quand même pas plus mignonne que moi?

Le médecin raccrocha.

Beauchamp rit à haute voix, s'appuyant contre le cactus en coton rembourré dans la salle des miroirs. Puis il retourna d'un pas nonchalant au bar, où le styliste l'attendait.

— Mettez-les sur mon compte, commanda Beauchamp.

Le Vieux n'avait apparemment toujours pas terminé de déjeuner à la *Villa Taverna*.

D'un pas assuré, Beauchamp pénétra dans le bureau du président et prit mentalement quelques notes.

Pas si mal, comme espace, finalement. Des lignes claires et un éclairage décent. Une fois débarrassé de ces abominables gravures géantes et des chaises Barcelona vieillottes, Tony Hail pourrait probablement en faire quelque chose d'époustouflant avec des paniers et quelques ficus, et peut-être des œufs d'autruche sur l'étagère, derrière le...

— Tu cherches quelque chose de particulier?

C'était Mary Ann, en train de jouer les chiens de garde pour défendre le territoire du Vieux.

— Non, lui renvoya-t-il sèchement.

— M. Halcyon ne sera pas de retour avant quatorze heures.

Beauchamp haussa les épaules.

— Très bien.

Elle resta figée dans l'embrasure de la porte jusqu'à ce qu'il l'eût croisée pour retourner dans son propre bureau, au bout du couloir.

Cette nuit-là, Mary Ann céda à une tentation qui l'avait rongée tout au long de la semaine.

Elle parla de Norman à Michael, et lui raconta son étrange soirée au *Beach Chalet*.

Pour Michael, il n'y avait aucune raison de se mettre martel en tête :

— Où est le problème ? Tu es une fille sensée, non ? Tu brises les cœurs. Ce n'est pas de ta faute, que je sache.

— Mouse, là n'est pas la question. Je n'arrive pas à me débarrasser de cette impression... qu'il mijote quelque chose.

— Ça m'a tout l'air d'un écran de fumée.

— Pardon ?

— Il essaie de t'impressionner. Tu lui as parlé, depuis ?

— Une ou deux fois. Des trucs superficiels. Il m'a acheté une glace chez Swensen. Il y a quelque chose de terriblement... je ne sais pas... désespéré, chez lui. Comme s'il attendait le bon moment pour me prouver quelque chose.

— Tu sais, si tu avais quarante-deux ans et que tu vendais des vitamines au porte à porte...

— Mais justement, ce n'est pas ce qu'il fait ! Ça, j'en suis certaine : il me l'a dit... et je le crois.

— En tout cas, il n'arrête pas de se balader avec cette valise Nutri-Vim ridicule.

— Il fait semblant, Michael. Je ne sais pas pourquoi, mais il le fait.

Michael sourit malicieusement.

— Il n'y a qu'un moyen de le savoir, fit-il.

— Lequel ?

— Je sais où Mme Madrigal garde le double des clés.

— Oh, Mouse... Non, tu es fou. Je ne pourrais pas.

— Il n'est pas là ce soir. Je l'ai vu partir.

— Mouse, non !
— OK, OK. Si on allait plutôt au ciné ?
— Mouse... ?
— Oui ?
— Tu trouves vraiment que je suis une fille sensée ?

Une conspiration

Ce fut la ville elle-même, et non la météo, qui fit savoir à Mary Ann que l'hiver s'était finalement installé.

De grandes roues tournaient joyeusement sur le toit de l'Emporium. Des cèdres en aluminium apparaissaient dans les vitrines des blanchisseries chinoises. Et un beau matin de la mi-décembre, un billet fit son apparition sur sa porte :

Chère Mary Ann,

Si tu n'as rien prévu d'autre, je t'invite, toi, et le reste de la famille de Barbary Lane pour fêter le soir de Noël ensemble.

> *Avec toute mon affection,*
>
> *A.M.*

P.-S. Toute aide pour l'organisation est la bienvenue.

Cette nouvelle — ainsi que le joint accroché au billet — lui remonta considérablement le moral. C'était bon, de se sentir à nouveau intégrée dans un groupe. Même si elle ne considérait que rarement ses colocataires comme les membres d'une « famille ».

Mais pourquoi ne pas laisser Mme Madrigal se bercer de cette illusion ?

La fête de Noël devint la nouvelle obsession de Mary Ann.

— ... et après avoir allumé le sapin, on pourrait peut-être chanter des chansons de Noël... ou bien monter un *sketch*? Oh, Mouse, un sketch! Ce serait super!

Michael resta impassible :

— Génial, Mary Ann. Tu seras Judy Garland et moi je ferai Mickey Rooney.

— Mouse!

— Bon, d'accord. Tu peux faire Mickey Rooney, et je serai Judy Garland.

— Ça ne t'emballe pas du tout, hein?

— Non. Toi, par contre, tu fonces tête baissée. Ça fait trois jours que tu es intenable.

— Tu as quelque chose contre Noël?

Il haussa les épaules.

— Tu poses mal la question. C'est Noël qui a quelque chose contre *moi*.

— Oui... Je sais que c'est devenu un truc commercial et tout et tout, mais ce n'est pas...

— Oh, ça, ça ne me dérange pas. J'aime beaucoup les petites lumières kitsch, les scènes de foule et les rennes en plastique. C'est le côté... mielleux, qui m'écœure complètement.

— Le côté mielleux?

— C'est une conspiration. Noël est une conspiration pour bien faire sentir aux célibataires qu'ils sont seuls.

— Mouse... Je suis célibataire et je ne...

— Regarde le résultat : tu fais des pieds et des mains pour être sûre d'avoir un endroit où aller!

Il désigna la pièce d'un geste de la main :

— Où est le sapin, si tu es si dingue de Noël? demanda-t-il. Et les guirlandes? Et le gui?

— Il se peut que j'achète un sapin, répliqua-t-elle, sur la défensive.

— Ça n'aurait aucun sens. Aucun sens de se traîner jusqu'à Polk Street pour choisir un minable petit sapin de table ! Et de dépenser deux jours de salaire en décorations, comme celles que tu avais à Cleveland, pour le plaisir de rester bêtement assise dans le noir en train de regarder ton sapin clignoter.

— Michael, j'ai des amis. Toi aussi, tu as des amis.

— Les amis rentrent chez eux. Et la nuit de Noël est la plus horrible des nuits pour rester seul au lit, car le réveil ne ressemble pas du tout aux pubs Kodak avec gosses en pantoufles... Ça ressemble à n'importe quelle autre foutue journée de l'année !

Elle se glissa plus près de lui sur le sofa :

— Tu ne pourrais pas inviter Jon ? proposa-t-elle.

— Eh... arrête avec ça, OK ?

— Je crois qu'il t'aimait beaucoup, Mouse.

— Je ne l'ai pas vu depuis...

— Et si moi je l'appelais ?

— Mais merde, à la fin !

— Bon, bon !

Michael prit sa main :

— Pardon. Il y a seulement que j'en ai par-dessus la tête des « Nous » ! avoua-t-il.

— Des quoi ?

— Des « Nous ». Les gens qui ne disent jamais « je ». Ils disent : « Nous allons à Hawaï pour Noël » ou bien : « Nous emmenons le chien se faire vacciner. » Ils se complaisent dans la première personne du pluriel parce qu'ils se rappellent très bien à quel point c'était chiant d'être une première personne du singulier.

Mary Ann se leva, et le tira par le bras.

— Allez, Ebenezer.

— Quoi ?

— *Nous* allons acheter des sapins de Noël. Deux sapins.

338

— Mary Ann...

— Allez. Enfile ton gai costume de fête.

Elle rit de la référence fortuite.

— C'est drôle, non ?

Il sourit malgré lui et répondit :

— *Nous* ne trouvons pas, non !

Énigme à l'usine Twinkie

Après plusieurs semaines d'hésitation inquiète, Mona s'embarqua finalement dans sa mission secrète pour réunir D'orothea et ses parents.

Les indices étaient maigres.

Elle apprit que les Twinkies étaient fabriqués par la Continental Baking Company et qu'il y avait deux usines dans la région de la baie de San Francisco. L'une était la boulangerie Wonder-Bread à Oakland. L'autre se trouvait à Bryant Street.

— Hostess Cakes, bonjour.

— Je... Est-ce que vous faites les Twinkies ?

— Oui, certainement. Nous confectionnons aussi les Ho-Hos, les Ding-Dongs, les Crumb Cakes...

— Merci. Est-ce qu'un M. Wilson travaille chez vous ?

— Lequel ?

— Euh... Je ne suis pas sûre.

Elle faillit dire « le Noir », mais cela lui parut raciste.

— Donald K. Wilson travaille comme emballeur.... et nous avons un Leroy N. Wilson, qui est pâtissier.

— Je crois que c'est lui.

— Leroy ?

— Oui... Pourrais-je lui parler, s'il vous plaît ?

— Je regrette. Les pâtissiers travaillent dans la tranche de nuit. De vingt-trois heures à sept heures.

— Pourriez-vous me donner son numéro privé ?

— Désolé. Nous ne sommes pas autorisés à divulguer ce type d'information.

« Bon sang, pensa-t-elle. Où est-ce que je suis tombée ? Dans une centrale nucléaire ou dans une putain d'usine Twinkie ? »

— Si je passais, ce soir, euh... serait-ce possible de lui parler ?

— Je ne vois pas ce qui vous l'interdirait. Pendant sa pause, par exemple ?

— Aux alentours de minuit ?

— Je suppose.

— Vous vous situez sur Bryant Street ?

— C'est cela. Au coin de la 15e Avenue. Un grand bâtiment marron, en briques.

— Merci beaucoup.

— Vous désirez peut-être lui laisser un message ?

— Non... Merci quand même.

D'orothea rentra tard, épuisée par une séance de dix heures devant l'objectif des photographes.

— Je ne veux plus jamais voir une assiette de Rice-a-Roni de ma vie !

Mona rit et lui tendit un verre de Dubonnet :

— Devine ce qu'il y a pour dîner ? risqua-t-elle.

— Je vais t'égorger !

— Non, attends : côtes de porc et *okra* !

— Quoi ?

Mona confirma, un sourire aux lèvres :

— Probablement comme ta mère le faisait.

— Qu'est-ce que c'est que cette remarque à la con à propos de ma mère ?

— Bon... Comme tes ancêtres, alors.

— Tu t'es remise à lire *Racines* ?

340

— Mais D'or, *j'aime* la cuisine ethnique !

D'orothea lui jeta un regard mauvais :

— Est-ce que tu m'aimerais si je n'étais pas noire ? demanda-t-elle.

— D'or ! Pourquoi est-ce que tu dis ça ?

Après avoir étudié le visage de Mona pendant un moment, D'or mit fin à la discussion par un sourire et un clin d'œil.

— Je suis juste fah-tiguée, ma ché'ie. Allons manger ces côtes de po'.

Après dîner, elle se couchèrent près du feu et regardèrent des transparents en couleur de D'orothea avec ses panties Adorable.

Le moment sembla propice à Mona pour prévenir D'orothea :

— D'or... Michael m'a proposé d'aller voir un film avec lui au Lumière tard ce soir.

— Tant mieux.

— Ça ne te dérange pas si... ?

— Tu ne dois pas me demander l'autorisation d'aller au cinéma.

— En temps normal je t'aurais demandé de venir...

D'orothea lui tapota la main.

— Chérie, dans dix minutes je plonge dans un sommeil profond. Amuse-toi bien.

Un peu après minuit, le cœur de Mona battait si fort que l'usine Twinkie aurait pu tout aussi bien être la Maison Usher.

La salle d'attente lui rappelait le hall d'entrée d'un ancien hôtel du Tenderloin.

Au bureau d'informations, elle appuya sur une sonnette. Plusieurs minutes plus tard, un homme qui semblait être pâtissier demanda s'il pouvait l'aider.

— Connaissez-vous Leroy Wilson ? s'enquit-elle.

— Ouais... vous voulez lui parler?

— Oui, s'il vous plaît.

L'homme disparut, et dix minutes supplémentaires s'écoulèrent avant que Leroy Wilson ne se présente à Mona, qui resta bouche bée : le pâtissier était recouvert d'une fine couche de sucre en poudre, et sa peau, dessous, était aussi blanche que le sucre.

Anna craque

Dans l'obscurité, le couple escaladait péniblement l'étroit et boueux chemin de montagne, lissé par des pèlerinages antérieurs.

— Quelle heure est-il? demanda-t-il.

Elle regarda sa montre, une Timex pour homme :

— Presque minuit.

Quelque chose d'autre que le brouillard le fit frissonner alors qu'ils traversaient la forêt d'eucalyptus. Sa compagne semblait imperturbable.

— Tu es une femme vaillante, Anna.

— Qu'y a-t-il? Tu ne suis plus? Je te rappelle que c'est toi qui as proposé cette petite escapade.

— Je ne sais pas ce qui m'a pris.

Elle ne dit rien. Il baissa les yeux vers elle et écarta délicatement une mèche de cheveux sur son visage.

— Si, Anna, je le sais, je le sais, avoua-t-il.

Sur la crête du mont Davidson, ils reprirent leur souffle au pied de la gigantesque croix en béton.

Edgar désigna la ville sous eux d'un ample geste de la main.

— Toute ma vie... soupira-t-il. Toute ma saloperie de vie, et je ne suis jamais monté ici.

342

— Dis-toi que tu le gardais en réserve.

Il prit sa main et l'attira vers lui.

— Ça valait vraiment la peine.

Silence.

— Anna...

— On n'est pas venus ici pour se faire des câlins, Edgar ?

Il s'assit au pied de la croix.

— Je... non.

Elle s'assit à côté de lui.

— Qu'y a-t-il ?

— Je ne sais pas exactement. J'ai reçu un coup de téléphone aujourd'hui.

— A quel sujet ?

— Un homme qui veut me parler d'un madrigal.

— Quoi ?

— C'est ce qu'il a dit. En fait, c'est *tout* ce qu'il a dit. « Je suis un ami et je voudrais vous entretenir d'un madrigal. » Pas un mot de plus.

— Tu crois qu'il... ?

— Quoi d'autre ? Je suppose qu'il veut de l'argent.

— Du chantage ?

Edgar ricana doucement :

— Touchant, non ? Il y a six mois, ça m'aurait peut-être sérieusement secoué.

— Mais comment l'aurait-il appris ?

— Qui sait ?... Mais quelle importance ?

— Apparemment, ça en a pour toi. Tu viens de me faire escalader une montagne pour m'en parler.

— Là n'était pas la raison.

— Tu vas aller le voir ?

— Assez longtemps pour mémoriser son visage et le balancer dans l'escalier.

— Tu es sûr que c'est une bonne idée ?

— Que veux-tu qu'il fasse ? Je vais crever. Merde, je n'aurais jamais cru qu'un jour ça me serait utile !

Anna ramassa une petite branche et traça un cercle dans la terre humide.

— Edgar, nous ne sommes pas les seuls à qui il faut penser.

— Tu parles de Frannie ?

Anna hocha la tête.

— Il ne se tournera pas vers elle, répondit Edgar. Pas quand il aura vu à quel point tout cela m'indiffère.

— Tu ne peux pas en être certain.

— Non, mais ça ne m'empêche pas non plus de dormir.

— Tu es sûr que c'est du chantage ?

— Absolument certain.

Anna se releva et s'éloigna de la croix, en direction des lumières de la ville.

— Il t'a dit son nom ?

— Juste Williams. M. Williams.

— Quand veut-il te voir ?

— L'après-midi du 24 décembre.

Il sourit.

— Théâtral, non ?

Anna ne répondit pas à son sourire.

— Je ne veux pas faire de mal à ta famille, Edgar. Ou à toi.

— A moi ? Anna, tu ne m'as *jamais* causé un seul moment de...

— Je *pourrais* le faire, Edgar. Je pourrais te faire très mal.

— Quelle bêtise !

— Ta famille a besoin de toi, Edgar. Je n'ai pas le droit de...

— Mais qu'est-ce qui te prend ? Bon sang, c'est moi qui suis censé être le grand nerveux dans cette relation ! Je t'ai amenée ici pour te demander de partir avec moi !

Elle fit volte-face.

— Quoi ?

— Je veux que tu partes avec moi.

— Mais nous... Où ?

— Où tu voudras. Une croisière au Mexique. Je pourrais faire passer ça pour un voyage d'affaires. Anna, regarde-moi ! Tu peux voir combien de temps il me reste !

Les yeux d'Anna se remplirent de larmes.

— Je peux voir... un homme magnifique !

— Alors c'est oui ?

— Tu ne peux pas faire ça à Frannie.

— C'est mon problème.

— Je ne...

Sa voix s'étrangla.

— Je ne veux pas t'entraîner là-dedans, Edgar.

— Mais je suis *déjà* entraîné dedans, bordel de merde !

— Il n'est pas trop tard. Tu peux dire à M. Williams... Tu peux lui dire... Oh, je ne sais pas... Nie tout en bloc. Il n'a pas de preuves concrètes contre nous. Impossible. Et si on ne se voit plus jamais...

Il saisit ses épaules et la regarda droit dans les yeux.

— Tu te trompes sur toute la ligne, s'exclama-t-il.

— Oh, mon Dieu, je sais !

Elle sanglotait, à présent.

— Anna, je t'en prie... non.

— Je suis une menteuse, Edgar. Je t'aime de tout mon cœur, mais je t'ai menti !

— Mais de quoi parles-tu ?

Elle se calma un peu et se détourna de lui.

— C'est pire que tu ne le crois, dit-elle.

La femme du pâtissier

A minuit, dans l'usine Twinkie, confrontée à l'inconnu, à cet inconnu *blanc,* Mona resta sans voix pendant un long instant.

— Oui ? fit-il aimablement. Que puis-je pour vous ?

— Je... Excusez-moi... Je crois que c'est l'autre M. Wilson que je cherche.

— Don ? L'emballeur ? Je peux aller le chercher, si vous...

— Non, attendez... Est-ce que vous avez une fille qui s'appelle Dorothy ?

Le visage de Leroy Wilson devint encore plus pâle.

— Oh, mon Dieu ! émit-il.

— Monsieur Wilson, je...

— Vous êtes de la Croix-Rouge, n'est-ce pas, ou un truc de ce genre ? Il lui est arrivé quelque chose ?

— Oh non, elle va très bien, vraiment ! Je viens de la voir ce soir.

— Elle est à San Francisco ?

— Oui.

L'expression du soulagement fit place à celle de l'amertume.

— Je suppose que c'était trop demander d'avoir de ses nouvelles...

— Elle habite ici, maintenant.

— Qui êtes-vous ?

— Pardon... Mona Ramsey. Je partage une maison avec votre fille.

— Qu'est-ce que vous me voulez ?

— Je voudrais... Monsieur Wilson, vous n'auriez pas envie de revoir Dorothy ?

Il renifla :

— Ce que *nous* voulons n'a pas beaucoup d'importance dans tout ça, dit-il.

— Je crois... Je crois que Dorothy aimerait beaucoup...

— Dorothy n'a pas une très bonne opinion de sa mère et de moi.

C'était donc ça, pensa Mona. La très distinguée Miss D'orothea Wilson était le produit d'un mariage prolétaire interracial. Et cela l'indisposait jusqu'au rejet.

Ce qui expliquait, entre autres choses, les traits à moitié blancs de D'orothea et sa répugnance farouche à reconnaître son héritage africain.

Elle avait, en clair, honte d'être métisse.

Leroy Wilson offrit à Mona une tasse de café dans la cantine de la pâtisserie, au premier étage. Visiblement blessé par le comportement de sa fille, il laissa à Mona le loisir de monopoliser la conversation.

— Monsieur Wilson, je ne sais pas pourquoi Dorothy a décidé... de couper les ponts avec vous et Mme Wilson... mais je crois qu'elle a changé, maintenant. Elle veut vivre à San Francisco, et je suis sûre que ça signifie...

— Je ne me souviens même plus de la dernière fois où Dorothy nous a écrit.

— On perd facilement le contact, à New York. Surtout quand on est top-model et que...

— Ça va. Où voulez-vous en venir?

Mona déposa sa tasse et le regarda droit dans les yeux :

— Je voudrais que votre femme et vous veniez dîner cette semaine.

Il resta bouche bée.

— Nous serions juste nous quatre, ajouta-t-elle.

— Dorothy est au courant?

— Eh bien, c'est-à-dire que... non.

— Je crois que vous feriez mieux de rentrer chez vous.

— Monsieur Wilson, s'il vous plaît...

— Quel intérêt avez-vous à faire ça, d'abord?

— Dorothy est mon amie.

— Ça ne suffit pas.

— Bon sang, tout ça est un tel gâchis!

Il la regarda d'un air sérieux, et Mona sentit chez lui une sorte d'intuition primaire.

— Vous parlez à votre père, vous? demanda-t-il.

— Monsieur Wilson...

— Eh bien?

— Je... Je ne l'ai jamais connu.

— Il est décédé?

— Je ne sais pas. Il a quitté ma mère quand j'étais bébé.

— Ah.

— Allez-y. Analysez mes motivations profondes, si vous le voulez. Tout ce que...

— D'accord. Quand?

— Pardon?

— Quand voulez-vous que nous venions?

— Oh, je suis si...

Elle lui sauta au cou et l'étreignit, puis elle recula, gênée.

— Le soir de Noël, ça vous convient?

— Oui, fit Leroy Wilson. Pourquoi pas?

Vieilles flammes

Noël.

Il y a des années où ça marche. D'autres non.

« Cette année, pensa Brian, achevant une bouteille de Gatorade, ça ne marchera pas.

« Même s'il neige sur Barbary Lane. Même si tu fais

une overdose de grands crus. Même si Donny et Marie et Sonny et Cher et tout le putain de Chœur mormon du Tabernacle se pointent à ta porte en chantant *Il est né le divin enfant,* ça ne marchera pas. »

En ce qui le concernait, la petite fête de Mme Madrigal serait comme toutes les autres.

— Cheryl ?

— Oui.

— C'est Brian.

— Euh... Brian qui ?

— Hawkins. De chez *Perry.* Celui qui s'est tapé ta mère, idiote !

— Ah... Salut !

— Ça va ?

— Ouais.

— T'habites toujours dans la caravane ?

— Oui. Moi, j'y habite toujours.

— Bien.

— Candi est partie. Elle travaille à Redwood City maintenant. Chez *Waterbed Wonderland.*

— Super.

— Elle s'est trouvé un mec. Une supervedette. Larry Larson.

— Connais pas.

— Mais si... Sur Channel 36 !

— Je ne vois pas.

— Le Magicien du Matelas à Eau.

— Ah.

— « Nous vous aiderons à faire des vagues au lit » ?

— Ça me revient.

— Larry va peut-être lui laisser faire une pub, bientôt !

— L'heure de gloire. Dis, Cheryl... Tu as envie de venir à une fête de Noël ?

— Quand ça ?

— Le soir de Noël.

— Ah... Je serais bien venue, mais Larry nous emmène au *Rickey's Hyatt House* pour une dinde et tout le tremblement.

— Ah.

— Je pourrais demander à Larry. Ça ne le dérangerait peut-être pas si tu venais.

— Non, ça ira.

— Ça m'ennuie que tu sois seul le...

— Cheryl, je ne serai pas seul.

— J'aurais pu me désister, mais Larry a déjà commandé le mousseux et...

— Ce sacré Larry a pensé à tout.

— Ouais. Il est très chouette.

— Bon, ben j'espère que tu t'en trouveras un aussi. Un riche enfoiré en costard qui pourra t'acheter tout le mousseux et toutes les merdes dont tu rêves...

— Pauv' con ! T'es toujours aussi mal dans ta peau, à ce que je vois.

— Et toi t'es environ aussi libérée qu'un hamster.

— Je n'ai *jamais* dit que j'étais libérée !

— Ah, ça, tu peux le jurer.

— Tu me fais vraiment, mais vraiment pitié !

— Ça se voit.

— Tu détestes les femmes, hein ?

— Qu'est-ce qui te fait croire que t'es une femme ? Elle lui raccrocha au nez.

— Connie ?

— Une seconde. Je baisse le son de la chaîne.

Les Ray Conniff Singers, dans le fond, massacraient *The Little Drummer Boy*.

— Salut ! lança-t-elle. C'est qui ?

— Ton dernier cadeau d'anniversaire.

— Byron ?

— Brian.

— Oh... pardon. Ça fait si longtemps !

— Oui. Dis... Il se peut que ce soit mortel, mais je suis invité à une fête de Noël organisée par ma logeuse et... voilà.

Silence.

— Qu'est-ce que tu en dis, Connie ?

— Tu m'invites ?

— Oui.

— C'est quand ?

— Euh... le 24.

— Une seconde, OK ?

Elle quitta le téléphone pendant quelques instants seulement.

— Très bien, dit-elle finalement. Le 24, ça me convient.

L'adieu d'un amant

Chez *Perry,* la foule de midi était plus dense que d'habitude. Beauchamp se faufila jusqu'au fond du bar, et fit un signe au maître d'hôtel en blazer bleu.

— J'ai rendez-vous avec un ami.

Jon l'attendait à une table dans la minuscule cour arrière.

— Désolé, dit Beauchamp. J'ai de nouveau été retenu par les panties.

Le gynécologue sourit :

— Tu essaies toujours de me faire de la concurrence ? demanda-t-il.

— C'est drôle. Je n'y avais jamais pensé.

— Je t'ai commandé un Bullshot.

— Parfait.

— Je ne peux pas rester longtemps, Beauchamp.

— Ce n'est rien. Moi non plus.

— De toute façon, je ne trouve pas que ceci soit une très bonne idée.

Beauchamp fronça les sourcils.

— Écoute, commença-t-il. Il n'y a aucune raison pour que deux hommes ne puissent pas...

— Tu trouves que ta femme n'est pas une *raison* suffisante ?

— Tu ne vas pas recommencer avec ça !

— Ce n'était pas mon intention.

— Et puis, de toute façon, pourquoi ça devrait te déranger, si moi ça ne me dérange pas ? DeDe ne te connaît pas du tout. Tu pourrais être n'importe qui. Un ami du club... Pour ce qu'elle en sait !

— Là n'est pas le problème.

— Bon, alors il est où, le putain de... ?

— Puis-je prendre votre commande ?

Les Bullshot étaient arrivés, accompagnés d'un serveur dont les yeux verts et les cheveux auburn détournèrent temporairement les deux hommes de la crise imminente.

Beauchamp rougit et choisit le premier plat qu'il aperçut sur le menu.

— Euh, oui. Le hachis Parmentier.

— Moi aussi, fit Jon.

Le serveur s'éclipsa sans un mot.

— Renfrogné, critiqua Beauchamp.

Jon haussa les épaules :

— Peut-être, mais mignon.

— C'est le genre de chose que tu remarques, n'est-ce pas ? demanda Beauchamp.

— Pas toi ?

— Pas quand je suis avec quelqu'un qui compte pour moi.

Jon regarda son verre.

— J'ai l'impression que tu attends trop de moi, Beauchamp.

Silence.

— Il vaudrait mieux... qu'on arrête ici, ajouta Jon.

— Comme ça ? D'un seul coup ?

— Ce n'est pas « comme ça, d'un seul coup » et tu le sais très bien. Tu le voyais venir depuis longtemps.

— C'est à cause de DeDe, hein ?

— Non. Pas entièrement.

— Bon, alors c'est *quoi* ?

— Je ne suis pas tout à fait sûr.

— Oh si, tu l'es !

— Beauchamp... je crois que je ne te fais pas vraiment confiance.

— Putain, c'est pas vrai !...

— Je *sais* que DeDe ne peut pas te faire confiance. Pourquoi le ferais-je, moi ?

— C'est différent.

— Ce n'est pas différent. Elle souffre autant que toi et moi.

— Mais pourquoi tu me racontes toutes ces conneries sur DeDe ? Qu'est-ce que DeDe a à voir avec...

— Beauchamp, elle est enceinte.

Silence.

— C'est une de mes patientes.

— Putain de merde !

— Sympa pour elle. Même s'il a bien fallu qu'elle couche avec quelqu'un...

— Dieu de Dieu !

— Oui, celui-là est un candidat comme un autre.

— Comment est-ce que tu peux plaisanter sur un sujet pareil ?

— Ce n'est pas *ma* plaisanterie, Beauchamp. C'est la tienne. Et je ne veux pas en faire partie.

La commande arriva. Aucun des deux ne prononça une parole avant que le serveur ne s'en soit allé.

— Jon, je veux continuer à te voir.

— Ça ne m'étonne pas.

— Il y a une réception au club, le soir de Noël.

— Je suis déjà pris, le soir de Noël.

Il repoussa sa chaise et se leva, avant de déposer un billet de dix dollars sur la table :

— Je n'ai pas faim, fit-il. C'est moi qui règle.

Beauchamp saisit son poignet.

— Attends une petite minute ! Tu as parlé de nous deux à DeDe ?

— Lâche-moi.

— Je veux savoir !

Jon libéra son bras d'un geste brusque et redressa sa cravate.

— C'est une femme bien, dit-il. Elle méritait mieux que toi.

Edgar in extremis

Les crampes avaient repris.

Edgar quitta son bureau et étira lentement ses bras, les écartant de son tronc tel un sémaphore usé.

Il répéta l'exercice quatre ou cinq fois, assez longtemps pour se rendre compte que ça ne servait à rien, puis s'examina dans le miroir de la salle de bains de son bureau. Son visage était d'une pâleur cireuse.

Pyélonéphrite chronique. Une maladie rénale. Des toxines qui s'accumulent jusqu'au jour où... une péricardite aiguë entraîne un arrêt cardiaque.

Des tas de mots savants pour dire que ses reins étaient foutus.

Mary Ann l'appela par interphone du bureau extérieur.

— Mildred a téléphoné de la Production. Elle voudrait vous parler du coursier.

— Nom de Dieu ! Vous ne pourriez pas tenir cette vieille bique éloignée assez longtemps pour...

— Excusez-moi, monsieur Halcyon. Elle semblait bouleversée, et je ne savais pas...

— Il lui a de nouveau montré son petit oiseau ?

Mary Ann pouffa :

— Vous ne le croirez jamais, annonça-t-elle.

— Je meurs d'envie de savoir.

— Elle l'a surpris en train de photocopier... ses parties.

— Quoi ?

— Elle est arrivée tôt ce matin, et elle l'a trouvé couché sur la photocopieuse... le pantalon baissé.

Edgar partit d'un si grand éclat de rire, que cela dégénéra en crise de toux.

— Monsieur Halcyon, ça va ?

— C'est la chose la plus drôle que... Et qu'avait-il l'intention d'en faire ?

Ce fut au tour de Mary Ann d'éclater de rire.

— Il le faisait... Il le faisait depuis des semaines, monsieur Halcyon.

Elle marqua une courte pause pour reprendre son calme, puis :

— A la Production, reprit-elle, tout le monde l'appelait l'Exhib' de la Xerox, mais personne ne savait qui c'était. Mildred...

Son fou rire repartit de plus belle, incontrôlable.

— Quoi, Mildred ?...

« Bon sang, pensa-t-il. Des commérages avec ma secrétaire, maintenant ! »

— Mildred pensait que c'était quelqu'un du département Création...

— Mmm. Tous des pervers.

— Bref... Il faisait toujours un grand nombre de

copies et, tous les matins, les laissait sur le bureau des secrétaires... Jusqu'à ce que, enfin donc, Mildred le prenne sur le fait.

— Eh bien, au moins, il est le seul dans toute la boîte à ne pas s'être rendu coupable de publicité mensongère !

— Euh... Pas tout à fait !

Edgar éclata de rire à nouveau :

— Non ! Ne me dites pas que...

— Si, monsieur : il utilisait la touche d'agrandissement !

Frannie appela après le déjeuner, manifestement affolée.

— Edgar, je veux que tu interviennes contre le personnel de chez Macy's !

— Qu'y a-t-il cette fois-ci ?

— Edgar, *jamais...* de ma vie... je n'ai été aussi *humiliée*...

— Frannie...

— Ce matin, je suis passée chez Loehmann, à Westlake...

— Je croyais que tu avais dit Macy's ?

— Laisse-moi finir. Je suis passée chez Loehmann car je voulais trouver un joli cadeau de Noël pour Helen, et Loehmann vend de *ravissants* vêtements de marque comme Ann Klein, Beene Bag, Blassport...

— Frannie...

— Il faut que je *t'explique,* Edgar. Donc, Loehmann vend ces merveilleux vêtements, sauf qu'ils enlèvent la griffe car ce sont des surplus, ce qui veut dire que tu peux les avoir pour pratiquement *rien*... et comme j'aime énormément Helen, mais qu'il ne faut quand même pas pousser, j'ai pensé lui acheter un adorable pull en cachemire Calvin Klein à col boule dont on voyait immédiatement que c'était un Calvin Klein, même s'ils avaient enlevé la griffe, à cause du GJG à l'intérieur.

Edgar abandonna et laissa s'écouler la logorrhée.

— Le GJG? demanda-t-il aimablement.

— C'est le code. Bon, comme c'est du plus mauvais goût d'offrir un pull dégriffé à sa meilleure amie, je leur ai demandé s'il leur restait quelques étiquettes en réserve, et ils m'ont répondu qu'elles étaient toutes enlevées par les fabricants, donc...

— Macy's, Frannie.

— J'y arrive. Je suis allée chez Macy's... enfin, pas exactement Macy's, mais ce nouveau magasin appelé *The Shop* sur Union Square, et j'ai choisi deux pulls Calvin Klein... et quand j'étais dans la cabine d'essayage, j'ai remarqué qu'une des étiquettes se détachait, ce qui veut dire qu'elle était pratiquement *en train* de tomber; donc j'ai sorti une paire de ciseaux à ongles et...

— Ce n'est pas vrai?

— Oh, Edgar, ne sois pas si moralisateur! Ils ont des *centaines* d'étiquettes, et je n'allais pas... Bref, quand cet affreux petit vendeur chicano a fait irruption dans la cabine, il m'a quasiment traitée comme une voleuse!

Deux minutes après que Frannie eut raccroché, Edgar était à nouveau au téléphone.

— Allô, Anna?

— Bonjour.

— Anna, il faut que je te voie.

— Edgar... Je ne crois pas que ce...

— Pas de palabres. Je veux te montrer quelque chose.

— Quoi?

— Tu verras. Je passerai te prendre demain après le petit déjeuner.

— Et M. Williams?

— Il ne vient pas avant dix-huit heures. Nous serons de retour avant.

Effraction

La veille du 24 décembre, Michael appela Mona à Pacific Heights.

— Salut, Babycakes!

— Mouse!

— Je ne te permets pas de m'appeler Mouse! Je suis très en colère! Je croyais que tu allais devenir une gouine, pas une nonne! Où étais-tu passée?

— Oh, Mouse, je suis désolée... Ça m'a pris tellement de temps pour m'habituer...

— Vas-y, dis-moi. C'est dur d'être une chipie. J'ai essayé une fois, pendant trois jours, à Laguna Beach... et j'ai failli périr noyé sous les cafetans.

Mona réussit à rire.

— Tu me manques, Mouse. Tu me manques beaucoup.

— Alors prouve-le, et viens à la petite fête de Mme Madrigal.

— Quand?

— Demain soir.

— Je ne peux pas. Oh, mon Dieu... Je n'ose même pas y penser!

— Qu'est-ce qu'il y a?

— J'ai invité les parents de D'or à dîner.

— Ouh là! Les beaux-parents, rien que ça? Tu dois t'amuser comme une folle, avec D'orothea!

— Elle n'est même pas au courant.

— Elle n'est...? Qu'est-ce que tu mijotes, Baby-cakes?

— Oh, c'est une longue histoire... Inutile de te dire que je suis crispée.

— Mme Madrigal va être déçue.

— Je sais. Je regrette.

— Tu devrais peut-être juste lui passer un coup de fil. J'ai l'impression qu'elle croit que... tu lui en veux.

— Mais pourquoi?

— Mona, tu ne lui as pas parlé depuis des semaines!

— Merci de remuer le couteau dans la plaie...

— Je ne remue pas le couteau dans la plaie. Elle m'a demandé de t'appeler. Tu lui manques énormément.

Silence.

— Je lui expliquerai, pour ton dîner. Elle comprendra. Mais appelle-la, OK?

— OK.

Sa voix semblait curieusement faible.

— Babycakes, tu es sûre que ça va?

— Mouse... Je crois que D'or se drogue.

Michael ne put s'empêcher de rire.

— Mouse, je suis très sérieuse! reprit Mona.

— Quoi? Elle te fauche tes Quaalude?

— Figure-toi, petit malin, que j'ai découvert des pilules totalement *non identifiables* dans son armoire hier soir. Et elle a eu une réaction très bizarre quand je lui ai demandé ce que c'était.

— Elle agit bizarrement, le reste du temps?

— Non. Pas particulièrement.

— Bon. Alors détends-toi.

— Je ne peux pas. J'économise mon dernier Quaalude pour demain.

Mary Ann, pendant ce temps, s'interrogeait sur la démarche à suivre avec Norman.

Il était devenu impossible à joindre ces derniers jours, évitant Barbary Lane et ne rentrant souvent à son domicile sur le toit qu'à trois ou quatre heures du matin, quand Mary Ann pouvait entendre ses pas lourds sur les marches.

Il buvait beaucoup, supposait-elle, et l'idée qu'*elle* puisse en être la cause la mettait mal à l'aise.

Mme Madrigal lui avait laissé deux mots à propos de la fête. Il n'avait répondu à aucun des deux. Il semblait être devenu un homme obsédé par une idée fixe. Un homme maussade et légèrement maniaque, lancé sauvagement à la conquête d'un saint Graal que lui seul pouvait voir.

Il *fallait* faire quelque chose.

Le vestibule de la maison baignait dans l'obscurité quand Mary Ann ouvrit la porte qui, sous la cage d'escalier, menait à la cave. Cherchant l'interrupteur à tâtons, elle tendait attentivement l'oreille, à l'affût du moindre bruit au-dessus d'elle. Elle en *mourrait,* pensait-elle, si quelqu'un la surprenait.

Les crochets des clés se trouvaient juste derrière la boîte à fusibles, enveloppés de toiles d'araignées. Elle chercha pendant une demi-minute avant de trouver la clé marquée « Maison du toit ». Ensuite, elle referma la porte aussi doucement que possible et gravit les trois étages sur la pointe des pieds, jusqu'à la porte peinte en orange.

Bien qu'elle fût certaine de l'absence de Norman, elle frappa deux fois. Les deux coups résonnèrent dans la cage d'escalier. Elle s'immobilisa. Quelqu'un aurait-il pu l'entendre ?

La maison était complètement silencieuse.

Elle enfonça la clé dans la serrure. Avec difficulté. Elle la fit jouer jusqu'à ce que la porte s'ouvre. Puis les ténèbres de la maisonnette l'engloutirent.

Il lui fallut moins d'une minute pour trouver la valise Nutri-Vim.

Au Grove

Le garde forestier qui les admit ne regarda pas une seule fois Anna, laquelle était blottie en silence sur le siège avant de la Mercedes d'Edgar.

Au passage, elle adressa un clin d'œil à leur sentinelle impassible.

— J'espère qu'il m'a prise pour une pute, dit-elle après.

— Ce ne serait pas la première fois, répondit Edgar.

Anna serra son genou :

— Pour lui ou pour vous, très cher?

Il refusa de plaisanter à ce propos :

— Tu es la seule femme que j'aie jamais amenée ici, Anna.

Ils garèrent la voiture dans le parking adjacent à l'entrée, et entamèrent leur odyssée à pied.

— Eh bien!... fit Anna, alors qu'ils progressaient parmi d'imposants séquoias. Anna Madrigal au *Bohemian Grove*!

— Tout est bien ainsi.

— Merci, en tout cas...

— J'aurais dû y penser il y a vingt ans.

— Douze.

Edgar sourit.

— Douze, répéta-t-il.

Anna glissa son bras sous celui d'Edgar, sourit simplement, et, tout ébahie, secoua la tête.

Edgar n'eut aucune difficulté à se glisser dans la

peau du Lapin Blanc. Son Alice le dévisagea de ses grands yeux quand il lui montra la scène de théâtre du Grove.

— Tu as *joué* ici ?

— Un jour, j'y ai même fait sensation en Walkyrie.

— Déguisé en *femme*, Edgar ?

— Ben quoi ? Les Grecs le faisaient bien !

— Les Grecs faisaient tant de choses...

Il sourit :

— Arrête de m'enfoncer !

— C'est ce que disaient parfois les Grecs.

Edgar lui donna une claque sur le derrière et la poursuivit le long de la route de la rivière, sans prendre garde à l'étau qu'il sentait maintenant lui serrer la poitrine.

Les « camps », de petites concentrations de bungalows par lesquelles ils passèrent, portaient des noms comme ceux des suites nuptiales du *Madonna Inn* : Pays Enchanté, Monastère, Dernière Chance...

Le camp d'Edgar s'appelait *Hillbillies* en l'honneur des montagnards du Sud.

Un chalet à un étage dominait l'enclave et donnait sur une cour pourvue d'une fosse à barbecue. Grâce à sa clé, Edgar emmena Anna jusqu'au premier étage, où les attendaient un sofa et une cheminée en pierre.

Anna sourit d'un air rusé :

— Oh, j'ai compris ! dit-elle.

Il répondit par un sourire de satyre.

— Edgar Halcyon, reprit-elle, ne prends pas ton air supérieur. Je peux te battre quand tu veux à ce petit jeu de la décadence !

Elle fouilla dans la poche de son manteau de laine et en sortit un mince étui à cigarettes en écaille de tortue. Elle en tira un joint.

— Anna...

— Ça te fera du bien là où ça te fait mal.

Il leva un sourcil :

— Tu veux parier ?

— Pardon. Je... Merde, d'habitude je m'en sors si bien avec les mots.

Il l'excusa d'un sourire. Elle continuait à tenir le joint à sa disposition.

— Anna... dit-il. Tu ne pourrais pas seulement te contenter du dernier survivant d'une espèce disparue ?

Elle tapota sa lèvre inférieure avec son joint, et le glissa à nouveau dans l'étui :

— Tu as bougrement raison, murmura-t-elle.

Emmitouflés dans une couverture indienne, ils s'étaient assis devant le feu.

— Autrefois, dit-il, on aurait pu s'enfuir tous les deux dans la nature.

Avec ses doigts, elle ratissa la crinière blanche d'Edgar :

— On est déjà dans la nature, non ? lui fit-elle observer.

— Bon... alors dans la nature sauvage.

— Ce serait merveilleux.

— Rien ne nous oblige à rentrer, Anna.

— Oh si !

Il se tourna et regarda les flammes, lui demandant :

— Tu m'aurais quand même tout raconté, si M. Williams ne s'était pas manifesté ?

— Non.

— Pourquoi ?

— Ce n'était pas... nécessaire.

— Tu es toujours aussi belle, Anna.

— Merci.

— Que vais-je lui dire ce soir ?

Anna haussa les épaules :

— Dis-lui... qu'il est en retard pour le loyer.

Edgar rit, et la serra dans ses bras :

— Une dernière question...

— Oui ?

— Pourquoi est-ce que tu ne m'as pas invité à ta petite fête ?

— Comment as-tu... ?

— J'ai entendu Mary Ann en parler.

Elle lui sourit avec émerveillement :

— Mon amour !

— Ça ne répond pas à ma question.

— Vingt heures, ça te va ?

Il acquiesça :

— Juste après que j'en aurai terminé avec M. Williams.

Besoin d'art pour respirer

La matinée de Mary Ann ressembla à une masse floue et cauchemardesque d'images remémorées. Pétrifiée à l'idée de croiser Norman dans le couloir, elle se faufila hors de la maison et descendit Leavenworth Street en courant. Puis elle y prit le premier taxi qu'elle aperçut.

— Je vous emmène où ?

— Euh... vous connaissez un bon musée ?

— Le Legion of Honor.

— Au-delà du pont ?

— Ouais. Ils ont plein de beaux trucs de Rodin.

— Très bien.

C'était parfait, vraiment. Dans un moment comme celui-ci, elle avait *besoin* d'Art, et de Beauté... ou de n'importe quoi d'autre avec une majuscule qui lui permettrait de se remettre de la plus abominable veille de Noël de sa vie.

Elle erra dans le musée pendant presque une heure, puis regagna la cour des colonnades et ses rayons de soleil bienfaisants. Elle s'assit au pied du *Penseur* jusqu'à ce que l'ironie comique de la scène l'entraîne à nouveau vers l'intérieur, dans le *Café Chantecler*.

Après trois tasses de café, elle prit une décision.

Elle trouva une cabine téléphonique près de l'entrée, au rez-de-chaussée, prit dans son sac la carte de visite Nutri-Vim de Norman, et composa le numéro gribouillé au verso avec un crayon.

— Allô...

— Norman ?

— Oui.

— C'est Mary Ann.

— Bonjour.

Il paraissait ivre, terriblement ivre.

— J'ai... un petit problème, commença-t-elle. J'espérais que tu pourrais venir me rejoindre.

Il y eut un moment de silence, puis il dit : « D'accord. » Même maintenant, avec ce qu'elle avait découvert, elle s'en voulait de la manière dont elle parvenait à manipuler ses sentiments.

— Je suis au Legion of Honor.

— Ce n'est pas un problème. Dans une demi-heure, ça va ?

— Ça va. Norman ?

— Oui.

— Roule prudemment, OK ?

Mary Ann l'attendait sur le parking, aux pieds de la statue *Les Ombres*. Norman sortit de la voiture avec une dignité exagérée. Il était dans un état d'ébriété épouvantable.

— Comment ça va ? demanda-t-elle.

— Oh, ça va, ça va.

Pourquoi avait-elle dit *cela* ? Pourquoi était-elle gentille avec lui ?

— Tu veux entrer dans le musée ? dit-il.

— Non, merci. J'y ai passé toute la matinée.

— Ah.

— On se promène ?

Norman haussa les épaules.

— Où ça ?

— Par là...

Elle montra du doigt l'autre côté de la route, en direction de ce qui semblait être un terrain de golf et son réseau de sentiers. Elle voulait s'éloigner des gens.

Norman lui offrit son bras avec une galanterie tout éthylique. Chacun de ses gestes, en fait, ressemblait à une parodie hideuse de ce qu'elle avait apprécié en lui. Elle prit son bras, et se retint de frissonner. Au moins, cela empêcherait Norman de s'étaler à terre.

Ils traversèrent la rue et descendirent un chemin qui longeait le terrain de golf. Le brouillard commençait à rouler lourdement sur la côte, gommant déjà, au loin, sur une hauteur, les cyprès de Monterey. Quelque part au-delà de ces arbres, il y avait l'océan.

Mary Ann relâcha le bras de Norman :

— Je voulais te parler seul à seul.

— Oui ?

Il lui sourit, laissant manifestement ses espoirs renaître. Elle dit :

— Je suis au courant, pour les photos.

Il s'arrêta net et la dévisagea, bouche bée.

— Hein ?

— J'ai vu les photos, Norman.

— Quelles photos ?

Bien sûr que non, il n'allait pas lui faciliter la tâche.

— Tu sais très bien de quoi je parle.

Il avança la lèvre inférieure comme un enfant irascible et recommença à marcher. Plus vite, à présent.

— Je ne sais *pas* de quoi tu parles! lui opposa-t-il.

— *Tendres Bambins*? *Bébés bien en chair*? Tu ne sais toujours pas?

— Tu es complètement...

— Je sais ce que tu fais avec Lexy, Norman!

Devine qui vient dîner?

Papillonnant autour d'une table à quatre couverts, Mona chantonnait son mantra dans un effort de dernière minute pour calmer ses nerfs.

Les parents de D'orothea arrivaient dans dix minutes.

Et D'orothea n'était toujours pas au courant.

— Mona, je suis sérieuse. J'ai horreur des surprises. Si tu as invité ces affreuses gouines à sac à dos de Petaluma, ne compte pas sur moi. J'en sais assez sur la manière de dépouiller un écureuil, merci beaucoup!

Mona ne leva pas les yeux.

— Tu les aimeras, D'or. Je te le promets.

« Merde, pensa-t-elle. Et si elle ne les aime pas? Et si elle se sent plus aliénée que jamais? Et si le mariage interracial étrangement bourgeois des Wilson avait laissé d'inimaginables cicatrices sur le psychisme de leur fille? »

— Ah oui, Mona, autre chose : à la *seconde même* où un de tes gourous de pacotille se mettra à déblatérer des conneries sur le troisième œil ou sur quelle lune est dans...

— Je veux bien te donner la moitié de mon Quaalude, si tu veux.

— Tu ne m'apprivoiseras pas en me *droguant,*
Mona.

Mona se retourna et remit en place une fourchette.

— Très bien, laisse tomber.

— Pardon, j'étais injuste.

— Pourrais-tu *essayer* d'agir en être humain ?

— D'accord. Si tu insistes.

— Je voudrais que ceci... que ceci soit une réussite.

— Je sais. Je ferai mon possible.

Les quinze minutes qui suivirent furent les pires de toutes celles que Mona avait déjà vécues.

Elle s'affairait aux quatre coins de la maison, feignant de faire le ménage, convaincue que la terreur pourrait se lire sur son visage si elle restait en place.

Les Wilson étaient en retard.

D'orothea restait en haut. Elle se maquillait.

Mona abandonna le mantra et récita une prière apprise dans son enfance. Elle était arrivée à la moitié quand la sonnette retentit. Impossible de faire demi-tour, désormais. Pas d'excuses. Pas de remise à plus tard.

Elle ouvrit la porte juste au moment où D'or atteignait le palier.

— Je m'excuse, nous sommes en retard, dit Leroy Wilson doucement. Je vous présente ma...

Ses yeux, en montant le long de l'escalier, s'écarquillèrent.

— Dorothy ? Mon Dieu ! Dorothy, oh, mon Dieu, mais qu'est-ce que... ?

D'orothea resta figée sur le palier.

— Mona !... se mit-elle à hurler. Oh non, Mona, qu'est-ce que tu as... ?

Elle fit volte-face et remonta les escaliers au pas de course, pleurant comme une femme hystérique.

Mona était anéantie, sans voix, face à Leroy Wilson

et à une femme rondelette, de petite taille, qui avait pénétré dans la maison trop tard pour assister à l'étrange scène.

Une femme rondelette, de petite taille... et blanche.

M. et Mme Wilson livrés à eux-mêmes au rez-de-chaussée, D'or pleurait comme un bébé dans les bras de Mona.

— Je te jure, Mona... Je te jure... Je n'ai jamais voulu te mentir. Je voulais travailler... Je voulais juste travailler. Quand j'ai déménagé à New York il y a cinq ans, personne ne m'engageait. Personne ! Puis j'ai fait deux séances de photos en maquillage foncé... du style fille dans un harem arabe... et d'un seul coup les gens n'ont plus demandé que la belle nana noire sexy... Ce n'était pas quelque chose que j'avais planifié. Ça m'est juste...

— D'or. Je ne vois pas ce...

— Je suis une tricheuse, Mona !

Ses sanglots redoublèrent d'intensité.

— Je ne suis rien d'autre... qu'une fille blanche d'Oakland ! reprit-elle.

— D'or... ta peau... ?

— Ces pilules. Celles que tu as trouvées dans mon tiroir. Elles sont contre le vitiligo.

— Je...

— Une maladie qui entraîne l'apparition de taches blanches sur le corps. Les gens qui ont le vitiligo prennent ce médicament pour assombrir leur pigmentation. Si tu es blanche, et que tu en prends suffisamment pendant deux mois... Tu n'as jamais lu *Dans la peau d'un Noir* ?

— Si. Mais il y a longtemps.

— Bon. Eh bien, c'est exactement ce que j'ai fait. J'ai trouvé un dermatologue à La Nouvelle-Orléans qui voulait bien me prescrire les pilules, ainsi que des traitements aux ultraviolets. J'ai disparu pendant trois mois et je suis revenue à New York en mannequin noir. Mona, je me faisais du *fric*... plus de fric que je n'en avais jamais vu de ma vie. Naturellement, j'ai coupé tout contact avec mes parents, mais je n'ai jamais eu l'intention...

— Mais est-ce que ça ne s'estompe pas ?

— Bien sûr. Ça demande un effort constant. Je devais chaque fois m'éclipser discrètement après quelques mois pour de nouveaux traitements aux ultraviolets... et j'ai continué à prendre les pilules, bien entendu... et puis un jour, je n'ai tout simplement plus supporté cette imposture, et j'ai décidé...

— ... de déménager à San Francisco et de redevenir blanche ?

D'or confirma d'un signe de la tête, et sécha ses larmes.

— Naturellement, je m'étais dit que tu serais mon refuge jusqu'à ce que... je sois redevenue ce que j'étais... et j'avais toujours prévu de revoir mes parents, mais pas avant...

— Mais D'or, pourquoi ne m'as-tu rien dit ?

— J'ai essayé. J'ai essayé très souvent. Mais chaque fois que j'étais sur le point de te le dire, tu te lançais dans la préparation d'un plat de tripes ou tu te mettais à me parler de mon précieux héritage africain... et j'avais tellement le sentiment d'être une tricheuse. Je ne voulais pas... que tu aies honte de moi.

Mona sourit.

— Est-ce que j'ai l'air d'avoir honte ?

— Ce sont vraiment mes cheveux, Mona. J'ai vraiment les cheveux frisés.

— D'or, est-ce que tu as la moindre idée de ce que je m'étais imaginé ?

D'or secoua la tête.

— Je croyais que tu étais mourante. Je devenais

folle. Je croyais que tu prenais ces pilules parce que tu étais en train de mourir.

— De quoi ?

— De quoi ? Mais d'anémie à hématies falciformes, ma chérie !

La confrontation

Norman s'était presque mis à courir, titubant dangereusement du côté des cyprès au sommet de la colline.

— Ferme ta gueule, tu m'entends ? Ferme-la !

— Non, je ne vais pas fermer ma gueule, Norman ! Je ne vais pas rester là à ne rien faire pendant que toi tu exploites cette enfant de manière aussi abjecte, aussi répugnante...

— Mêle-toi de ce qui te regarde !

— Norman, j'ai vu ces magazines dans ta valise !

— Et qu'est-ce que tu foutais dans ma valise ?

— Tu es un malade, Norman ! Tu...

Sa respiration était devenue presque aussi pénible que celle de Norman. Elle le tira par le bras :

— Arrête !

Il obéit, freinant brusquement au sommet de la colline. Il vacilla pendant un bref instant, et s'agrippa à elle pour retrouver son équilibre. Elle eut le souffle coupé, non pas à cause de lui, mais en découvrant le panorama vertigineux qui les attendait dans le brouillard.

— Norman... reviens !

— Qu'est-ce que... ?

— C'est une falaise ! Reviens ! Je t'en prie !

Il la fixa, hébété, puis fit quelques pas chancelants

dans sa direction. Elle s'accrocha à son bras, et enroula son autre bras autour d'un arbre.

Norman était rempli d'indignation :

— J'ai un vrai métier, tu sais !

— Norman, si tu n'...

— Ces photos de merde ne signifient rien ! Je travaille sur des choses bien plus importantes que ça !

— Norman...

Elle adoucit quelque peu le ton de sa voix, l'éloignant du précipice :

— Ce que tu fais... est interdit par la loi, d'abord !

— Ha ! Tu crois que je ne suis pas au courant ?

— Mais comment as-tu *pu,* Norman ? Tu étais si gentil, avec Lexy !

— Et alors ?

— Je ne vais pas fermer les yeux, Norman. Je vais appeler les parents de cette gosse.

— Tu crois qu'ils ne le savent pas ?

Elle serra les dents :

— Mon Dieu ! gémit-elle.

— Comment est-ce que tu crois qu'ils gagnent leur vie, hein ? Lexy est une vraie *star* ! C'est une véritable petite... En fait, je suis juste... son agent !

— Mais on te voit, dans les magazines.

Il hocha la tête, presque avec fierté :

— Et dans quelques films aussi.

— Ah, mon Dieu !

— J'y peux rien. Elle refuse de le faire avec quelqu'un d'autre que moi.

— Norman, je t'en prie, arrête...

— Tu me prends pour un minable, hein ? Tu me prends pour un minable pornographe pédophile !

— Norman, arrête...

— Laisse-moi te dire une chose, sainte nitouche ! Je suis détective privé, et je vais bientôt résoudre la plus grosse affaire de ma putain de carrière !

— Norman, éloigne-toi du...

Elle ne pouvait pas regarder.

Quand elle se retourna à nouveau, il descendait pesamment le chemin en bordure de la falaise. A son grand soulagement, elle vit qu'il avait déjà franchi la partie la plus raide, vers un endroit où la pente semblait moins prononcée.

— Norman, reviens !

Il tourna la tête et répondit d'une voix rageuse :

— Démerde-toi pour retrouver ton chemin !

Puis, d'un seul coup, il perdit l'équilibre, et dérapa hors du chemin vers les pierres glissantes et le sable de la pente qui plongeait vers la mer.

Elle accourut, horrifiée. Il était étendu sur le dos, bras et jambes écartés, fouettant l'air comme un cafard retourné. Trois ou quatre mètres sous lui, une autre falaise l'attendait. Il émit une plainte pathétique :

— S'il te plaît... Aide-moi, s'il te plaît...

Mary Ann se jeta à plat ventre et tendit le bras dans la pente, aussi loin que possible.

— Ne bouge surtout pas, Norman. Reste tout à fait immobile.

Il n'écoutait pas. Ses membres battaient l'air furieusement, et le sol, sous lui, commença à se dérober et à gronder comme de la lave en fusion. Elle plongea désespérément pour attraper son bras et n'y parvint pas.

Sa descente vers le bord du précipice fut lente, régulière et horrible.

Il laissa derrière lui sa cravate à clip, qui, dans la main de Mary Ann, après, pendit mollement au vent.

Elle courut jusqu'au musée dans un brouillard tourbillonnant, les hurlements de Norman résonnant encore dans sa tête.

Dans la cabine téléphonique, elle ouvrit son porte-monnaie : trente-sept cents. Elle avait compté sur Norman pour la reconduire à la maison.

Elle forma le 673-MUNI.

— Service des transports en commun municipaux, fit un homme au bout de la ligne.

— S'il vous plaît... Comment va-t-on à Barbary Lane en partant du Legion of Honor?

— A Barbary Lane? Attendez voir. D'accord... Vous descendez la rue à pied jusqu'au coin de Clement et de la 34ᵉ, et vous prenez le bus 2 Clement jusqu'au croisement entre Post et Powell. Puis vous prenez le tramway 60 Hyde.

— Le bus 2 Clement?

— Oui.

— Merci.

— A votre service. Et joyeux Noël!

— Joyeux Noël à vous aussi, répondit-elle.

La petite fête

— Où est Mary Ann? demanda Connie Bradshaw, qui se tenait sous l'arche aux pompons rouges de Mme Madrigal. Je croyais que tu avais dit qu'elle serait là?

Brian choisit un joint sur une assiette Wedgwood.

— Elle est là. Du moins... je l'ai aperçue, en haut.

— Mince, ça fait des millions d'années-lumière qu'on ne s'est plus vues!

— Vous êtes de bonnes amies, toutes les deux?

— Oh oui, les meilleures amies du monde! En fait... on s'est un peu perdues de vue et tout ça, mais bon... Tu sais comment ça se passe dans cette ville.

— Ouais.

374

— Euh... Brian? Je crois qu'il y a quelqu'un qui veut te parler.

— Ah... Salut, Michael.

— Salut. Dis, t'aurais pas vu notre G.O., par hasard?

— Qui ça?

— Mary Ann.

Brian tira une bouffée du joint, puis le passa à Connie.

— On en parlait, justement. Je me demande ce qu'elle fout. Je croyais que c'était elle qui orchestrait cette orgie?

— C'est bien elle. Je suppose qu'elle se maquille, ou quelque chose comme ça. Hé, t'en va pas. J'ai quelque chose pour toi.

Il s'esquiva dans la cuisine et en revint avec un petit paquet enveloppé dans du papier aluminium.

Brian rougit:

— Oh, mec, dit-il. On avait dit pas de cadeaux.

— Je sais, lui renvoya Michael, mais ceci n'est pas vraiment pour Noël. J'ai juste oublié de te l'offrir avant.

— C'est sympa! lança Connie, radieuse.

Brian jeta un coup d'œil dans sa direction, puis regarda à nouveau Michael. Le sourire de celui-ci était plus malicieux encore que de coutume.

— Michael, ce n'est quand même pas...

— Allez! s'écria Connie. Je ne peux plus supporter ce suspense!

Brian regarda Michael droit dans les yeux et sourit:

— J'y vais?

— Ben ouais. Plus vite tu l'ouvriras, plus vite tu pourras l'utiliser.

— Exactement! renchérit Connie.

Brian déchira le paquet. Il avait déjà deviné quand le lourd anneau métallique jaillit du papier cadeau.

— C'est un beau spécimen, Michael. Très joli.

— Tu es sûr? Je peux aller l'échanger si tu...

— Non. J'en suis dingue.

Michael garda son sérieux :

— J'espère qu'il est à ta taille.

— Qu'est-ce que c'est? demanda Connie.

Brian le lui tendit pour qu'elle puisse l'admirer.

— Chouette, hein?

— C'est *ravissant*. A quoi ça sert?

Le regard de Brian se détourna sur Michael pendant une fraction de seconde, avant de se poser à nouveau sur Connie.

— C'est... une décoration, dit-il, l'air comblé. On la pend au sapin de Noël.

Michael prit un plateau de brownies dans la cuisine.

— Ils sont fourrés avec ce qu'il faut? s'enquit-il.

Mme Madrigal ne fit qu'esquisser un sourire.

— Je m'en doutais, conclut Michael.

— Mary Ann est déjà descendue?

— Pas encore.

— Mais qu'est-ce qui peut bien la...

— Je peux aller voir, si vous voulez.

— Non, mon grand, merci... J'ai besoin de toi ici.

— Vous attendez d'autres personnes?

Elle regarda sa montre.

— Une seule, dit-elle vaguement, mais je ne suis pas sûre que... Enfin, rien de certain.

— Madame Madrigal? Est-ce que... tout va bien?

Elle sourit et l'embrassa sur la joue.

— Je suis avec ma famille, non?

Quand Michael retourna dans le salon, il faillit lâcher les brownies.

— Mona!

— En chair et en os.

— Merde alors! Et qu'est-ce qui s'est passé avec D'orothea?

— Elle fête un Noël blanc avec ses parents. A Oakland.

— Il *neige* à Oakland?

— Oh, c'est une trop longue histoire, Mouse!...

Il déposa le plateau et la prit dans ses bras :

— Putain, ce que tu m'as manqué!

— Ouais. Même chose pour moi.

— En tout cas, tu n'as pas l'air de t'en porter plus mal.

— Oui, lâcha-t-elle en souriant. Toujours la même Mona : souriante face à l'adversité — que dis-je? — à la perversité!

Les adieux

Quand Mary Ann fit son apparition, elle présenta ses excuses à Mme Madrigal :

— J'espère que ça n'a pas posé de problèmes. Je... Enfin, j'ai un peu perdu la notion du temps avec les courses de Noël et tout ça.

— Ne sois pas ridicule, chérie. Ça n'a pas posé le moindre problème, et Michael a été parfait... Mary Ann, tu n'aurais pas vu M. Williams, par hasard? S'il est dans la maison, nous devrions l'inviter...

— Non. Non, je ne l'ai pas vu. Pas depuis un jour ou deux.

— Bon, tant pis, alors.

— Il était souvent parti, ces derniers temps. Il ne paraissait pas lui-même... Pas selon moi, en tout cas.

— Non, effectivement.

— Ça me fait plaisir de revoir mon amie Connie.

— Je sais. Quelle coïncidence, hein? Et Mona a finalement réussi à se libérer... Que Dieu nous bénisse, tous!

Elle embrassa Mary Ann sur la joue un peu trop jovialement et se dépêcha de quitter la pièce.

Il sembla à Mary Ann qu'elle pleurait.

Un quart d'heure plus tard, Mona partit à la recherche de la logeuse et la trouva assise sur l'escalier à l'entrée de la ruelle.

— Vous attendez quelqu'un? demanda-t-elle, s'asseyant à côté d'elle.

— Non, chérie. Plus maintenant.

— Quelqu'un que je connais?

— Non, mais j'aurais aimé.

— Aurais?

— Je voulais dire... C'est dur à expliquer.

— Je regrette de ne pas avoir donné de mes nouvelles.

Mme Madrigal se tourna et la regarda. Elle avait les larmes aux yeux:

— Oh, merci de me dire ça!

Elle éclata en sanglots et s'appuya contre Mona pendant un instant. Puis, recouvrant son calme, elle se redressa.

— J'aimerais revenir habiter ici, dit Mona. Si vous pouvez me supporter.

— Te supporter? Ma pauvre enfant! Tu ne réaliseras jamais à quel point tu m'as manqué!

Mona sourit:

— Merci... Et joyeux Noël!

— Joyeux Noël, chérie.

— Pourquoi est-ce que vous ne rentrez pas? Il fait froid, dehors.

— J'arrive. Dans une minute. Vas-y la première.

— Est-ce que votre ami ne pourrait pas venir vous rencontrer à l'intérieur?

— Il ne viendra pas. Il nous a déjà quittés.

Edgar s'éteignit à Halcyon Hill.

Le docteur Jack Kincaid avait administré un sédatif à sa femme, pendant que sa fille et son beau-fils lui disaient au revoir.

Il était allongé dans le lit, sur le dos. Sa peau était si pâle qu'elle paraissait translucide.

— Papa?...

— C'est toi, DeDe?

— Moi et Beauchamp.

— Ah.

— On a une surprise pour toi, papa.

Beauchamp jeta un coup d'œil embarrassé à sa femme. DeDe lui décocha un regard noir, puis se tourna et s'agenouilla auprès de son père.

— Papa... Tu vas devenir grand-père!

Silence.

— Papa, tu m'as entendue?

Edgar sourit.

— J'ai entendu.

— Tu n'es pas content?

Il leva faiblement la main.

— Pourrais-tu... me montrer?

— Elle est si petite!

DeDe se leva, prit sa main, et la pressa doucement contre son ventre.

— Je ne sais pas si tu peux la sentir... dit-elle.

— Si. Je la sens, fit Edgar. Tu crois que c'est une fille, hein?

— Oui.

— Moi aussi. Tu as déjà choisi un nom?

— Non. Pas encore.

— Appelle-la Anna, tu veux bien?

— Anna?

— J'ai... toujours aimé ce prénom.

Souriant à nouveau, il garda sa main pressée contre la chaleur de cette vie nouvelle :

— Bonjour, Anna ! dit-il. Comment ça va ?

Le Golden Gate

Le jour du Nouvel An, emmitouflés contre le vent, Mary Ann et Michael se mirent en route pour leur traversée du pont.

— Je ne l'avais encore jamais fait, avoua-t-elle.

— Je n'arrive pas à le croire, lâcha-t-il en souriant. Il existe donc quelque chose que tu n'as jamais fait ?

— Oh, Michael, ça va !

Il lui serra le bras :

— Tu as eu une année bien remplie, Lucrèce !

— Écoute, Michael. Avec moi, tu peux en rire, mais nous devons être très, très prudents en ce qui concerne...

— Tu crois que je ne sais pas ce que ça veut dire, être complice ?

— J'en suis toujours tellement bouleversée que je pourrais en mourir !

Michael s'appuya contre la rambarde.

— Montre-moi où ça s'est passé.

Elle eut l'air vaguement ennuyée, puis désigna les falaises d'un mouvement de tête.

— Là-bas. Tu vois où se trouve la balise flottante ? Juste derrière.

Il montra la balise du doigt.

— Celle-là ?

— Michael, ne montre pas du doigt !

— Pourquoi ?

— Quelqu'un pourrait te voir.

— Oh, je t'en prie ! Le corps n'a même pas encore été retrouvé.

— Mais il pourrait être retrouvé. A tout moment.

— Et alors ?

— Eh bien, il se peut que la police pense que tout cela soit... suspect. Et il se peut qu'un témoin quelque part puisse m'identifier comme étant la personne qui l'accompagnait au musée. Il y a des tas de choses qui pourraient m'impliquer dans...

— Je ne comprends toujours pas pourquoi tu n'as pas signalé l'accident à la police. C'était bien un accident, n'est-ce pas ?

— Bien sûr que oui !

Il sourit :

— Simple vérification.

— Michael... Si je te dis quelque chose, est-ce que tu me jures sur une pile de bibles que tu ne vas jamais le répéter à personne ?

— Crois-tu que j'oserais te contrarier, mon cœur ? J'ai vu le sort que tu réservais à tes ennemis.

— Arrête avec cet humour, s'il te plaît !

— Allez, je jure ! Raconte vite !

Elle l'étudia avec un grand sérieux, puis elle dit :

— Norman n'était pas seulement un pornographe.

— Hein ?

— Il était détective privé.

— Merde ! Comment le sais-tu ?

— Il me l'a dit. Juste avant sa chute. Il m'a aussi raconté qu'il travaillait sur une grosse affaire qui allait lui rapporter beaucoup d'argent. J'ai commencé à me demander pourquoi il était venu à Barbary Lane, et pourquoi il me posait... certaines questions.

— Ouh là !... Continue !

— Bon... Eh bien, quand je suis rentrée à la maison après... l'accident, j'ai repris le double de ses clés dans la cave, j'ai de nouveau fouillé sa chambre, et cette fois les photos pornos pédophiles ne m'ont pas arrêtée !

Michael siffla :

— En avant, Nancy Drew !

— Il avait un énorme dossier, Michael. Et tu sais sur qui il enquêtait ?

— Non, sur qui ?

— Sur Mme Madrigal !

— Quoi ?

— Je n'arrivais pas à le croire non plus.

— Et qu'est-ce que ça disait ?

— Je ne sais pas.

— Non, alors là, attends...

— J'ai tout brûlé, Michael. J'ai emporté le dossier dans ma chambre et je l'ai brûlé dans une poubelle. Pourquoi est-ce que tu crois que j'étais en retard à la petite fête ?

Dans le sud de la Péninsule, au cimetière de Cypress Lawn, une femme en turban à motifs cachemire descendit d'une voiture abîmée et grimpa péniblement la colline jusqu'à une tombe récente.

Elle resta immobile pendant un moment, fredonnant doucement, puis sortit un joint d'un étui à cigarettes en écaille de tortue. Elle le déposa délicatement sur la tombe, et dit en esquissant un sourire :

— Prends bien ton pied, chéri. C'est de la colombienne.

Impression réalisée sur Presse Offset par

BRODARD & TAUPIN

GROUPE CPI

La Flèche (Sarthe), 16958
N° d'édition : 3110
Dépôt légal : mars 2000
Nouveau tirage : février 2003

Imprimé en France